Paz 著

薄荷印记 2

长江出版社
CHANGJIANG PRESS

薄渐也笑起来。
他们一起穿过人群。

风卷着小小的纸飞机往更远处去了。

『毕业了,薄渐。』江淮说。

目 录
CONTENTS

第一章　相册　001

第二章　故意　030

第三章　发小　057

第四章　生日　090

第五章　兔兔　121

第六章　新年　152

第七章　寒假　182

第八章　江总　214

第九章　变好　246

第十章　毕业　275

番　外　　　303

纸飞机随风去，

随风自由去，往更远去。

"毕业快乐！"

Pat

下课铃一响，老林准时夹着教案走出了教室。

同学们立时争先恐后地冲了出去，桌椅板凳哐啷一阵响。没过几分钟，人就走了大半，教室又静了下来。

江淮扣上中性笔笔帽，把纠完错的数学卷子丢到一边。

他转头，后桌不在。

江淮回头，在后桌桌沿上靠了半晌，掏出来手机。

听卫和平的意思，宋俊被抓进局子里这件事好像被人发到校园网上了。江淮平常不太登录校园网，对登录校园网再看一遍别人是怎么故弄玄虚、添油加醋地把他和宋俊的那点破事造谣一通没什么兴趣。

中午没事干，不想去吃饭，不如看看校园网打发时间。江淮没什么表情地想着。

江淮扭过头，又瞟了眼没人的后桌。

半晌，江淮捏着手机站起来，单方面和薄渐换了座位。

他有点心不在焉地登了校园网账号，眼睛却黏在薄渐的课桌上。薄渐的桌面一直特别整齐，两本书，一支笔，压着一沓页脚都平平整整的试卷。

江淮盯了半晌，伸手摸了摸薄渐的卷子，又摸了摸薄渐的书，最后戳了戳薄渐的钢笔，钢笔被他戳得骨碌碌翻了个身。

江淮从这沓试卷里随便抽了一张出来。

这就是老师今早说的年级最高分的那张试卷。145分，江淮两科加起来都没薄渐的这一张卷子分数高。

这就很烦了。

薄渐没有在卷子上乱涂乱画的习惯，主观题都誊在答题卡上，所以考完试，卷面还是干干净净，几乎一个字都没有写。

江淮和他相反，一考完试，卷子如飓风过境，遍地狼藉，跟费了多大劲写卷子似的，等成绩一下来，也就将将到薄渐的二分之一。

江淮抽出薄渐的答题卡。薄渐的字写得很漂亮，行楷连笔的写法，两面作文纸看上去像两面硬笔书法，字数止于800字的线下三行，正好在老师的建议字数区间，不多不少。

薄渐这个人和江淮一点儿都不一样，是个品学兼优的好学生。

好学生的人设屹立不倒。

江淮又摸了摸薄渐的作文纸。他摸着薄渐写的字，一面看着薄渐的考试作文，一面心不在焉地瞥了眼手机登上的校园网。账号登录后自动跳转到校园网首页。

江淮大致扫了一眼……

首页飘红着好几个热帖。

江淮的手顿了几秒，点进了最后一个帖子。

主楼明晃晃地放着一张偷拍照。薄渐侧着身立在讲台边，微微垂头。

711："诸位，我有一种强烈的不祥预感。"

影流之主："上课摸鱼，必有惊喜。"

江淮没什么表情地从一楼看到最后一楼。

"咔哒"，细微的拧门声。

江淮手指头一个哆嗦，下意识地扭头往后门看。

薄渐推门进来，看见他，眉眼弯弯："你还没走？"

江淮坐在薄渐的凳子上，压着薄渐的卷子，看了眼薄渐，又捂住了手机屏幕，不动声色地把手机揣回了衣兜："没。"

"在等我吗？"薄渐看上去心情不错。

江淮捏紧了兜里的手机，半晌，瞥了薄渐一眼："没有。"

薄渐低头看着他，半晌，长叹出一口气，说："趁我不在的时候偷偷坐我的座位，用我的东西……"

江淮："滚，我哪里……"

"不许狡辩。"薄渐说，"你把我的这沓卷子都摸歪了。"

江淮："……"

江淮推开薄渐的卷子，起身道："我先走了。"

薄渐转头："你要去吃饭吗？"

江淮头也没回，拧开了后门："嗯。"

薄渐："那我和你一起。"

江淮沉默了会儿，扭头回看："你中午不回家吗？"

薄渐走到他身边，侧头："司机今天中午没来。"

江淮："……"

他感觉薄渐在骗他。

江淮的声音还是生硬的，情绪不露："我去食堂。"

"好。"薄渐应声道。

江淮终于带了点嘲讽："您仙子下凡，身娇体贵，吃得惯食堂的这种粗茶淡饭？"

薄渐神情自若："仙子喝多了露水也是会腻的。"

江淮忽然想起上回他诓薄渐去小烧烤店吃烧烤的事儿，他还记得他们当时说了什么话……薄渐也还记得。

江淮偏头，"嗤"了声，没再说什么。

两人走出了学礼楼。

江淮不大来食堂，一般中午都回家吃，要不就去学校附近的路边摊或者小餐馆吃饭，今天是不想让薄渐跟他一起才说的来食堂吃。

但他没想到薄渐就这么跟他来了，那还不如和薄渐出去吃路边摊。

食堂人声嘈杂，人来人往。

其实，学校食堂的菜挺好的，而且食堂很大，东西边各有一个，打菜窗口不是千篇一律的，反而有点像那种物美价廉的美食城，有米线窗口、麻辣烫窗口、炸鸡窗口……

江淮走远了点，随便找了个窗口排队，一句话也没再说。

薄渐也默契地没有说话，跟在江淮身后排队。

江淮仰了仰头，戴上了卫衣帽子。穿卫衣还戴帽子，看上去有点傻。

这个窗口卖的是拉面，现拉现煮现卖，队伍龟速挪动。

江淮一直没说话，冷着脸专心排队。

大概过了三分钟，薄渐在后面轻声问："你怎么不说话了？"

江淮没说话是怕撞见熟人，以为他和薄渐有什么关系。以薄渐的个人知名度，这个"熟人"的范畴大致可以等于全校同学。校园网里那都是些什么乱七八糟、瞎编胡侃的帖子，他和薄渐什么事都没发生过，就已经在校园网上当过死对头、打过架，最后还成了亲兄弟。

薄渐只看得见前桌留给他的一个冷酷的卫衣帽，前桌头也没回地道："没话可说。"

薄渐的声音很轻，向江淮微微俯身："哦，我以为你想装和我没关系，好过分啊。"

江淮扭头："你在说什么话！"

薄渐轻叹："你还骂我。"

江淮现在不但想骂他，还想打他。江淮用拇指按过指节，"咔吧"几声响。他冷笑了声："您要惜命，劝您闭嘴。"

薄渐的叹气永远听不出一星半点的诚意，他叹道："我中午不回家好心好意来找你说考试复习的事……你就让我闭嘴？"

江淮面无表情地想：薄渐这家伙今天中午提过一句复习的话吗？

"你什么时候说过考试的事？"江淮问。

薄渐："刚才。"

江淮："滚。"

"一碗牛肉面，不加香菜等辅料，谢谢。"薄渐刷了校园卡，语气礼貌，前半句对窗口阿姨说的，后半句和江淮说："我不滚，就想跟在你后面。"

江淮："……"

"你准备怎么复习？"薄渐扭头。

江淮顿了三两秒，"啧"了声："能怎么复习，看看书吧。"

薄渐又问："有计划了吗？"

江淮："没有。"

薄渐看了他一会儿，问："需要我帮忙吗？"

如果薄渐肯帮他复习，江淮百分百确定比他一个人在家瞎翻书要强，但薄渐凭什么要帮他复习啊？

尽管薄渐的言行举止让江淮看见他一回就想和他干架一回，但薄渐一直在帮他。倪黎的事，薄渐在帮他；考试的事，薄渐也在帮他。

江淮斜瞟了薄渐一眼："年级第一的时间就是用来给我这种吊车尾的学生

补课的吗?"

窗口阿姨端出牛肉面,薄渐接过面碗:"谢谢。"他神情不变道:"帮助同学,你不用多想。"

帮你个头。你帮助同学?怎么没见你帮别人,就帮我?

江淮"啧"了声,想说"别对我这么好",可薄渐的这一句话就把他要说的话堵得严严实实。

江淮就感觉薄渐像是在温水煮青蛙,薄渐岿然不动,青蛙已经慢慢熟了。

青蛙本蛙觉得很没有面子。

薄渐侧头:"这周末我有时间……来我家?"

江淮去过薄渐家两回,都没好印象。他战术性地掩饰,拉了拉卫衣帽檐,没什么表情:"这周末没空,不去。"

薄渐笑了,却没继续说考试复习的事。他朝江淮倾了倾身,悄悄问:"你可以把帽子摘下来吗?"

江淮下意识地抬手按住了帽子:"干什么?"

其实,江淮问出这句话的时候,就听见后面排队的同学窃窃私语了。

"哎,前面的是薄渐吗?"

讨论的声音压得不能再低,但江淮听得见:"咦?薄主席旁边……是江淮吗?"

卫和平和许文杨几个在食堂吃完饭,正要下楼往外走,卫和平眼尖,在食堂犄角旮旯里的一个窗口边上看见了两个熟悉的背影。其中一个戴着黑卫衣帽。

但是,别说江淮戴着卫衣帽,就是穿着太空服,卫和平都能认出他来。

许文杨瞥见卫和平一直盯着一个地方看,也转头看过去:"你看什么呢?"

卫和平立刻迈出一大步,挡住了许文杨的视线,感叹:"没看什么,就是想起一句老话……留不住的兄弟。"

许文杨:"……"

这句老话是这么说的吗?

渐近十一月中旬,S市已经很冷了。街边的行道树的树叶都已经落光了,街边只杵着一排排褐色发灰发白的树干,天光阴郁。

周五又下了场冷雨,大概是冷秋的最后一场雨了。

考试在即，学校的人都匆匆忙忙。下周四周五考试，最后这几天，包括周六周日在内，每一天要干什么、该干什么，都被学校安排得明明白白。

因为这是这学期的第一次正式考试，所以学校格外重视。

周五临放学，江淮又被老林叫过去了。

江淮杵着，林飞上下打量了他一番："最近复习得怎么样了？"

"不怎么样。"江淮实话实说。

林飞："你倒挺诚实。"

江淮顺杆儿爬："嗯，我很诚实。"

林飞："……"

林飞找江淮来不是和他瞎扯淡的："反正你下周好好考就行了，别想些有的没的……更别想着是不是要换学校了，不考算了，听见了没？"他估计江淮又得回他个听了就来气的单字"哦"，于是林飞干脆没给江淮留说话的时间，接着说，"学校那边的处分，你不用担心……明白吗？"

林飞说得很隐晦，因为学校还没下正式通知，所以不能在学生面前把话说满。

但江淮已经知道林飞的意思了。老林说不用担心，就是这事差不多能过去，之前的处分可以撤销，这次也不会开除他。

江淮低着头，半晌后应了声："我知道了。"

林飞："没别的事了，那你就先——"

江淮用鞋底碾了碾走廊地面，抬眼："老师，上学期我的那些事……薄渐是怎么帮我和学校沟通的？"

林飞一愣。

江淮插兜站着，仰了仰下颏，眉眼显而易见地压着躁郁。他问："这些事学校都没找过我……所以，都是薄渐帮的忙，对吗？"

情况是这样，就是江淮说的这样，学校没怎么找过江淮，因为所有事都是薄渐来处理的。

林飞沉吟片刻，回答："和你说的差不多。"

薄渐的家庭背景，林飞有所了解。但得知薄渐出来帮江淮忙的时候，林飞还是觉得十分不可思议。不是说班里这两位男同学关系极差，老死不相往来吗？

"哦。"江淮踢了踢走廊墙角，没什么表情，"我知道了，老师我先回教室复习了。"

老林一听,颇为欣慰:"好,那你就先回教室复习去吧。下周考试好好发挥。"

江淮点点头,倚在走廊窗沿儿,眼见老林胳肢窝夹着数学书,匆匆忙忙地小跑出了走廊拐角。江淮开了窗户,二班在一楼,走廊也在一楼。

江淮手臂一撑,翻出窗户,差半小时到五点半,给自己提前放了学。

书包也没带。

对强者来说,书包无关紧要。

江淮去自行车棚取了滑板,这时,裤兜里手机一振。他皱了皱眉,掏出了手机。

BJ:"你人呢?"

江淮眉心的褶儿加深了点,觉得这个场景似曾相识。

上回他给自己提早放学,也是被薄渐问个正着。薄渐上课闲得没事干,一天到晚找自己在哪儿干什么?

真正的强者:"上厕所去了。"

BJ:"骗人,我看见你翻窗跑了。"

真正的强者:"……"

BJ:"你书包没拿。"

真正的强者:"用不着书包。"

BJ:"你周末复习不用书吗?"

真正的强者:"校园网上有教材和卷子的PDF文件。"

BJ:"校园网上的是盗版书,你别看。"

江淮"啧"了声。

真正的强者:"您还兼职负责打击校园网的盗版资源吗?"

BJ:"不是负责打击盗版,而是盗版书一般都缺字漏字。"

BJ:"你到哪儿了,要走得不远,我帮你把书包送过去?"

江淮没回教室,就是不想看见薄渐。

他说不清什么感觉。林飞告诉他,宋俊的事的确都是薄渐在帮他的时候,江淮才惊觉,一天到晚大大小小的事,都与薄渐有关。

处分的事是薄渐帮他解决的,学习上也是薄渐督促他……连跑酷,薄渐都和他一起。除了洗澡睡觉这种事,江淮甚至找不出还有别的什么事是和薄渐完完全全不沾边的。

再这么下去，江淮怕他早晚要翻车。

强者不能翻车。

江淮打了"不用"二字，但刚刚发送过去，猛地想起来薄渐给他设置的 ABB 型备注。

太傻了。

BJ："哦，那晚上视频，我和你一起看书吧。"

真正的强者："为什么？"

BJ："想和你一起学习，不行吗？"

真正的强者："不行。"

BJ："大骗子。"

真正的强者："……"

十一月份，考试终于来了。

明诚小学的考试时间比江淮他们学校早一个星期，江淮去隔壁小学领阿财的时候，阿财已经光荣考完了三门考试。

于是，阿财比江淮早自闭一个星期。

江淮问了一路——

"考得怎么样？"

"卷子做完了吗？"

"有没有不会的题？"

"卷子难吗？"

"你们班的其他同学都考得怎么样？"

阿财一个字没回，并愤愤地从江淮手中拽出了江淮拉狗链似的提溜着的帽衫小帽子。

江家苦考试久矣。

江淮最后问了一句："晚上吃什么？再不说话你就喝西北风去。"

阿财把两只雪地靴踢到一边，从玄关鞋柜上够下来一盒杯面和一根玉米火腿肠——这是阿财早上上学前自己放在这里的。

阿财高瞻远瞩，早上就预料到了下午放学的情景，提前储粮，避开和邪恶势力的晚餐交锋。

阿财背着沉重如山的书包，抱着方便面，揣着火腿肠，又去拿了盒果汁，头也不回地回了卧室。

江淮"啧"了声，也懒得管阿财，脱了外套挂上，去了厨房。

冰箱里还剩半棵白菜，下层一直冷冻着些没吃完的鱼肉和虾肉。周末时间多，江淮洗了白菜，打算用白菜炖个虾。

白菜叶洗好了，江淮刚刚把白菜码在菜板上，手机响了。

视频通话邀请，来自江俪。

江淮算了算，江俪那边还没到早上六点。江俪基本每回给他打电话不是在美国的大清早，就是在美国的半夜三更。

江俪的眉心带着显而易见的疲惫："放学了？"

江淮把手机竖放到料理台上，转身抽纸擦了擦手上的水："嗯。"

江俪打量了一下江淮背后的地方，自从江淮带江星星搬了家，她还没回过国，但可以看出来这是在厨房，摄像头前面有一堆白菜叶。她问："自己在炒菜？"

江淮又只说："嗯。"

许多时候，江俪不主动给江淮打电话，就是因为她不太清楚要找儿子说什么。儿子已经长大了，不是小时候的那个小豆丁……也不依赖她了。

冷场了半分钟，江俪说了第三句话："考试考了吗？考得怎么样？"

江淮扭头："……"

天道好轮回，问人成绩者必被问之。

"我还没考。"江淮说，又稍一停，"江星星考完了。"

矛盾转移，效果立竿见影。江俪问："哦……那星星考得怎么样？"

江淮凭自己的揣测回答："不怎么样。"

其实，江淮不说，江俪也知道。江星星的学习成绩非常一般，江淮初中的时候成绩还可以，但之后一下子就跌了下来。

但江俪没有多问过。不是不关心，而是不敢问。

江淮初一的时候江俪就出国工作了，还留给江淮一个才三四岁大的小孩。

她不在江淮身边，江淮在这个年纪就是变得再叛逆，也都是她的责任，是她没有尽到母亲陪伴、教导的责任。

江俪想过,她如果知道自己在江淮初中的时候会被公司派到国外工作,可能在江淮小学的时候,她就不会选择去领养江星星了。

江星星是弃婴。

可能是因为她的腿脚先天残疾,也可能是生她的父母没有抚养这个孩子的能力,江星星生下来就被扔掉了,多亏被人发现,才留下了条小命,被送去了福利院。

江星星是冬天出生的,可能是那个冬天太冷了,在冰天雪地里待久了,所以到两岁多都没学会说话,幼儿智力检测的结果也显示江星星的智力低于正常幼儿的范畴。江星星又是个小瘸子,所以没有被领养出去。

江俪是个母亲,可怜这个残疾的小女孩。

但江俪没想到的是,她动了恻隐之心,到最后是儿子帮她承担抚养义务。

江俪笑了笑:"算了,没关系,星星才三年级……"

她知道儿子老是管星星叫阿财,她一直要求江淮不能这么叫妹妹——哪有小女孩的小名这么难听的!又不是小狗!

江淮拿刀剖了虾线。他不说话,江俪也不知道要说什么,就这么看着江淮做饭,也觉得安心。

江淮已经长得很高了,她记得是一米八一……要比她高一头了。

还在发育期的男孩子身形大多都偏清瘦,江淮弓着腰,像一把弯起的硬弓。

江俪把手机屏幕上的江淮仔仔细细地端详了一遍……

"江淮,你脖子上贴的是什么?"

刀差点落在江淮的手指头上。

"贴纸。"稍顿了顿,他又说,"同学逼我贴的。"

江俪的脸上多出笑来:"哦,那你同学叫什么名字?"

江淮蹙眉,他妈问这个干什么。

"薄渐。"他回答。

"薄渐。"江俪跟着念了遍这个名字,记在心里,隐隐觉得耳熟。不过,取这个名字的应该是个男孩子,江俪笑问,"你最好的朋友?"

江淮抬头,半晌,把剖好虾线的虾丢进了碗里,又低头:"没,普通朋友。"

江俪愣了一下。

江淮没说完，继续说："就那样。"

知子莫如母，尽管江俪已经很久没回国了，但江淮是什么性子，她不清楚吗？估计是江淮不好意思。

江淮在菜板上把白菜叶码好，切成白菜丝。

"你和这个同学玩得很好吗？"江俪问。

江淮用刀把白菜丝一铲往碗里放，头也没抬地回道："没，一般般，就是看着顺眼。"

江俪："……"

儿子这个语气，好像不是在描述好朋友，而是在描述对门家的宠物狗。

江俪表情复杂，半晌，叹气，也不知道该说什么好："那你就对人家好点。你俩要是同班同学，可以每天一起去吃饭，最近不是要考试了吗，你的学习要是比他好，就多给他讲讲题……"

江淮心想：他给薄渐讲题，怕是要把年级第一讲成倒数第一。

"你多花点心思，没事送人家点小礼物什么的，朋友是要好好相处的……"江俪说，"正好是周末，你可以把人约到家里来玩，对不对？"

江淮看着江俪："您这是在教我怎么交朋友？"

江俪："我不比你有经验吗？"

"得了吧——"江淮突然停了，"嗤"了声，"算了，不用你操心。"

江淮起锅，把油倒进去，炒葱姜蒜。他没再说话，江俪还想说点什么，最后也没再说，静静地隔着屏幕看男孩子一个人炒菜。

美国正要天明，国内已经天黑，隔了十三个时区，但都进入了深秋。

"等再过一段时候……我就先把工作放下，回国陪你一段时间。"江俪说。

江淮的动作顿了顿，没说什么。

江淮端菜上桌，敲了敲阿财的门。

阿财带面潜逃，江淮敲门当然不是来叫她吃饭的。

好半天，阿财晃晃悠悠地挪到门前，把卧室门开了半条缝，警惕地只露出一双眼打量江淮。

江淮把开着视频的手机从缝里扔了进去："你妈要跟你通视频。"

阿财一惊，连忙接住了手机。

其实，她有手机，江俪也经常给她打视频通话，但阿财不太乐意张嘴说话，所以二人打电话时，阿财都是沉默，听就完事了。光江俪找话说，很累。

最近，阿财从淘宝上下了个手写板的单，刚刚到货。

江俪看见阿财，脸上多了笑容："星星在家想妈妈了吗？"

阿财立刻在手写板上写了一个丑丑的大字："想。"

江俪又问："那和哥哥在家相处得怎么样？"

阿财已经是一名三年级的小学生了，表达能力日益增强。阿财写了四个大字："不怎么样。"

薄渐曲着手指，轻轻敲在手机上。

七点钟了。

他想给江淮打电话，督促江淮好好学习。

他支着头，大致翻了翻今天和江淮的聊天记录——就只有少得可怜的几行字。半晌，薄渐在顶上的"江淮淮"备注后面又加了一朵小白云。

薄渐起身，去了盥洗室，抚了抚已经十分平整的衣领，重新把扣好的袖口扣了一遍，拉直衣襟，简单整理了一下头发。

他回到卧室书桌，发起了视频通话。

阿财正在视频通话，忽然又进来一个视频通话。

她下意识地点了"接通"。

薄渐弯起嘴角，正要打招呼，摄像头黑了几秒，出现一个举着写着"大傻子"的手写板、圆圆脸的小西瓜头。

薄渐和阿财面面相觑。

薄渐挂断了通话。

放学回家，江淮没带书包，复习全靠 PDF 文件。

手机扔给了阿财，吃完饭收拾完碗筷，江淮回房间打开了电脑，登到校园网上逐一下载教科书资源和考卷文件。

尽管江淮本人并不想看见那些事，但登到校园网上，不可避免地扫到"从江淮的性格、行为，以及在暴日常生活中的扮演角色，具体分析江淮的破坏性"这个帖子。

这个帖子他暑假就见过了，不知道过了半学期，怎么又被顶上来了。

手机上常用的几个软件江淮也都在电脑上下载了，一开机账号自动登录，右上角冒出一条微信消息——

BJ："在吗？"

电脑上登录微信账号后，手机上的微信通知就关闭了。

当阿财正在用笔给江俪吹嘘"保健哥哥"是个又高、又帅、又白、又具有真魅力的大哥哥时，手机突然黑了。

"您的账号已在电脑登录。"

江淮皱了皱眉："在。"

有视频通话邀请打了过来。

江淮的手在鼠标上顿了半分钟，点击接通。

薄渐是个讲究人，都放学回家了，上上下下还都一丝不苟，连道凌乱的衣褶儿都找不出来，具有较强的自我管理意识。

灯光稍暗淡，偏冷色调，薄渐靠在椅背上，支着头，小半张脸沉在阴影里。他望了江淮半晌，往桌子上趴了趴，抬眼道："每次都是我来找你，你都不来找我。"

薄渐屈着手臂，手叠在一起，下颌磕在手背上，向江淮歪过头："什么时候你也能主动来找我啊？"

江淮头一次见薄渐趴在桌子上，不讲究好学生的良好坐姿。

江淮轻嗤一声："我找你干什么？"

薄渐偏了偏头，轻声说："找我交流同学感情。"

他又说："我十分欣赏江淮同学。"

薄渐微微侧着头，望着江淮轻笑道："所以我想和江淮同学一起学习、一起进步，发展同学友谊。"

江淮安静地站了半分钟，终于从牙关缝挤出一句话："那你可以往后坐坐吗？"

薄渐抬眼睑："为什么？"

"我们是在电脑上视频，"江淮没什么表情，"你坐这么近，脸太大了。"

薄渐："……"

"你可以缩放视频的页面，不用放全屏。"他说。

江淮："哦。"

哪怕江淮两分钟前还在贬斥薄渐脸大,薄渐依旧决定心无芥蒂地帮他复习。

薄渐抽出订起来的两次模拟考的卷子,说:"今天发的自测卷做完了吗?"

江淮向后靠了靠,脊背抵在椅背上。

他表情不多,侧身从地上捞起来刚刚掉到地上的书,稍一规整,又起身都放回书架上。

书架上还放着那本相册。薄渐在上面留了一张薄渐渐和江淮淮的小学涂鸦。江淮稍顿,手指碰了碰相册封皮。

"还没做。"江淮坐了回去,手里转着中性笔。

校园网上的自测卷文件刚刚下载好,江淮点开来,低着眼皮,没看缩放到电脑右上角的视频通话,也没再看电脑摄像头,说话带着不熟的冷气儿:"我先把卷子做完……视频挂了吧。"

薄渐:"别挂。"

江淮先挑了语文卷,依旧没抬头:"你不都做完了吗,开视频不嫌浪费时间?"

薄渐放下了手里装订起来的模拟卷。薄渐从来不在卷面上乱写乱画,但江淮现在要是在他边上,就能看见薄渐手里的卷子多了很多标记和注解,标的都是比较难的题和江淮错过的题。

"不。"薄渐拿过另一本练习卷,撕下一张,轻声说,"我做练习题,你写作业……我想和你一起学习。"

江淮蹙眉,抬头。

"你有不会的可以问我。"薄渐说,"你别挂视频。"

江淮盯着薄渐看了半天。薄渐抚平了练习卷中线的折痕,取出一支钢笔,吸墨水,又擦下净笔尖,抬眼:"好吗?"

夜里很静,远处闪烁的灯光透讨阳台的玻璃门映进室内,悄然无声。

江淮突然感觉像是在教室,只有他和薄渐两个人,上着只有他们两个人的自习课。

江淮起身去抽了几张空白的 A4 纸,回来坐下,低着眼皮道:"随便你。"

视频通话的窗口被缩放到了右上角,左边是江淮在校园网下载的第二次自测模拟考的文档。这个周末没有具体的作业,就是自由复习,再把周五发的自测卷做完。

江淮先从语文开始做,第一道题还是字音字形题。江淮的语文基础一般,上次模拟考语文考好了纯属运气好,薄渐督促他写的作业题和考试的好几道题重了。

第一道题,跻身的"跻",读音是 jǐ,还是 jī。

江淮没记住,起身要去拿词典。

"你别查词典,做个记号,等做完后,不会的题一起处理。"薄渐说。

江淮一愣,低头看电脑。半响,他"哦"了声,把词典放了回去。

他坐回去,室内又静寂下来。

江淮写语文卷子,薄渐做课外练习,一时间静得只有翻动卷页的声响。江淮甩了甩手里的中性笔,无意地瞥了眼电脑右上角。

薄渐低头做题,神色极认真。

尽管自己看这家伙在学校看课外书的时间比写作业的时间还多,但只要薄渐开始学习了,就会特别投入。

薄渐手微抬,把卷子翻过去一面,"哗啦"一声响。江淮连忙低下头,装在聚精会神地写卷子。

好半天,江淮才稍稍抬了抬眼皮,瞟了眼视频窗口里的薄渐。

江淮突然安心下来,也埋头做题去了。

平常做卷子,尤其是考试,就算是江淮这种年级倒数的学渣,都十分讨厌那种做题做得快的同学。自己第一面的题刚刚做了一半,那些人就翻到第二面了,整场考试,自己没认真做几分钟,净听那些人来回翻卷子,把卷子翻得震天响,生怕别人不知道他们做得快。

薄渐就属于这种同学。薄渐倒不会像那些没素质的,故意把卷子翻得响得不能再响,但江淮花一小时五十分钟做完了除语文作文以外的所有题的期间,听见了二十来遍翻卷子的声音。

一张差不多 8 开大的卷子他可以翻四次,二十来声,算上偶尔往前检查的次数,他差不多做了四五张卷子。

江淮盯着自己空白的作文题:"薄渐,你做的是哪科?"

薄渐抬眼:"物理和数学,怎么了?"

江淮:"那你一共做了几张卷子?"

薄渐稍稍把卷面归整了一下:"一套数学,两套物理……四张?"

江淮:"……"

对不起,打扰了。

薄渐其实还留了一道物理实验题没做,但他先把做完的练习卷放到了边上:"你写完语文了吗?"

江淮不大情愿地说了句"做完了"。

薄渐:"那你有自测卷的答案吗?"

江淮瞟了眼视频窗口:"还没在校园网上找到资源。"

薄渐笑了声:"那你把你写的答案拍下来,传给我,我帮你批吧。"

江淮沉默了一会儿,问:"你不嫌麻烦吗?"

"还好。"薄渐轻飘飘地道,"我挺喜欢帮别人批试卷的,尤其是你这种错得多的,有种查杀电脑木马病毒的成就感。"

江淮:"滚。"

江淮把纸铺平,打开台灯,调好角度,用平板电脑把刚刚写完的两张答案纸都力争清晰地拍了下来,传给了薄渐。

薄渐稍稍放大了这两张高清照片,做出评判:"你字好丑。"

江淮:"我知道……不用你说。"

薄渐:"你多练练,我先给你扣10分卷面分。"

江淮:"……"

原本,江淮还在想,让他批卷子会不会浪费薄渐这种年级第一、学校希望的优秀学生代表的珍贵时间,但五分钟后,薄渐就把线上批好的两张照片又给江淮发了回来——两张被画满了红叉叉、红圈圈和红问号的照片。

"十三道选择题错了七道,前桌,不太行啊。"薄渐说。

江淮:"……"

薄渐口头上做了个简单的计算:"没写作文,满分算90分,一道选择题3分,六道18分,剩下51分主观题一共算21分,合计39分,再扣10分卷面分……你一卷的总分29分。"

江淮:"闭嘴!"

薄渐毫无诚意地轻轻叹了口气:"我把我的卷子发给你,你对照着改吧。"

"你发!"江淮稍感屈辱。

薄渐很快传了一排照片过来，语文两张卷子，他拍了八张照片。

江淮没卷子，把答案都写在了白纸上，一团挤一团，让人给他批改委实是为难人。跟江淮破烂儿似的两张答案纸不一样，薄渐发的是他的卷子。

江淮放大了照片，愣了一下。

薄渐的卷子他不是没看过，老师发下来的时候是什么样，薄渐写完就是什么样，顶多多一条卷面中线上的褶子。

自测卷不会太难，至少对年级第一这种同学来说不可能算难，但江淮看见的这几张照片，薄渐在卷面上用红笔密密麻麻、整整齐齐地做了批注。

字音字形题上，他就标出哪个对哪个错，再整理补充其他的相似字词字音；阅读理解题上，他在原文上圈了转折词、标注了逻辑关系，每道题的判断依据，都在原文上带题号标得明明白白；古诗词鉴赏上，他用批注的方式解释了意象，引经据典地标注了来历，出题的主旨、情感都在答案里分析得明明白白；下面的课外文言文翻译几乎整片都红了，因为薄渐翻译了全文，重点字词另做标注。

江淮愣了半天，抬头，过了许久才开口问："你写这个写了多长时间？"

"没多长时间。"薄渐轻描淡写地道，"自测卷我比你们早一天发的。"

江淮喉咙发干："你……帮我写的？"

"没有。"薄渐笑了，"我自己的归总复习。"

他支着头道："好学生一般都对自己要求比较严苛。"

"是挺严苛。"江淮抬了抬眼皮，"阅读题一张卷子换一篇，原来好学生连这种题都要标出逻辑关系给自己看。"

"不是。"薄渐稍一顿，唇角微勾，"我原来以为这周周末你要到我家来找我的……跟你一起复习，万一你问东问西，我没准备，岂不是很没面子？"

许多习惯性的含枪带刺儿的嘲讽话在江淮喉咙眼卡了半天，最后，他只吐出一句："辛苦了。"

薄渐望着江淮："嗯，特别辛苦。"

他揉了揉手腕，叹气道："我手都写酸了。"

江淮稍感走向不对："……"

薄渐瞥了眼表，已经晚上九点多了。然后，他看回江淮："你有奖励吗？"

"没有。"江淮冷硬地道。

薄渐支着头，不紧不慢地说："就算是小学生，勤学习、勤劳动，老师都给发小红花。我为了和你一起复习这么努力，你真的没有奖励吗？"

江淮："那我也给你一朵小红花？"

薄渐："才不要小红花。"

江淮："……"

江淮把椅子往后拉，起身拿了瓶水喝："就你事多。"

"你太凶了，不能对我好点吗？"

江淮被水呛住了，想起江俪在大洋彼岸的战术指导"你多花点心思，对人家好点"，他扭头，呛得眼睛发红，狠狠地问："你闭嘴行不行！"

薄渐倒是慢条斯理地靠在椅背上："用得上我的时候我就是你的好朋友，用完了就让我闭嘴。"

江淮："你说的都是什么话？"

薄渐稍稍侧头，轻叹了口气："行吧，我努力用这个周末把你的语文水平提升到能鉴赏出我刚刚运用了夸张手法。"

江淮："……"

江淮想，现在他要是在薄渐家就好了。

这样，他就可以直接把薄渐的手打折了。

薄渐起身："你先纠错，这张卷子该标的地方我基本都标了……还有哪里不清楚，可以问我。"

他走远了些，江淮看不见他的脸，摄像头只到薄渐的肩膀。江淮看见薄渐的手指碰在衬衫领最顶上的那粒纽扣上。学校有两套衬衫校服，夏天是短袖，秋天是长袖。

衬衫洁白如新，薄渐从顶上往下解开几粒纽扣来。

江淮笔尖在纸上洇出一个黑点，他盯着视频窗口："你干什么呢？"

"哦，你还看得到我吗？"薄渐的声音有点远，"我去洗澡。"

薄渐脱了衬衫，整理好袖口领口，把衣襟都抻直，才挂到一边的立式衣架上。然后，随手从单人沙发上取了件外套裹上。

"你——"薄渐刚开了个头，又停下，默然半天，说，"你先把你今天晚上写的语文卷子的错题订正过来。"

"哦。"

"这个周末你最好先做个时间规划，比如今天和明天用来复习语文和英语，上午、中午和晚上的哪个时段复习语文、英语的哪一部分，集中处理问题。"薄渐的语气又慢了下来。

江淮："哦。"

薄渐："那我先去洗澡了，你好好复习。"

江淮又"哦"一声。

江淮侧坐在椅子上，手肘撑在膝盖上，弓腰支着头。

人已经走了。

江淮没骨头似的倚在了椅背上。他随手取了支红笔，夹在指间转了几圈，"啪嗒"掉在书桌上。

他又拿起笔，转了两圈，又"啪嗒"掉了下去。

江淮盯着语文卷子的第一道题发呆。

他拔了红笔笔帽，在答案纸上把做错的选择题胡乱打了几个叉，红笔没出水。江淮转身，抬手把红笔直接投进了垃圾桶。

他现在好像没办法专心学习。

他起身，"哐啷"一下踢开椅子，又"嘭"地关上卫生间的门。都快十一月底了，水龙头里的水冷得让人一个激灵。

江淮拧开水龙头，用冷水洗了把脸。

冷水珠从下颏往下淌，江淮的手臂上都起了一层细小的鸡皮疙瘩。

江淮站在镜子前，冷水把他鬓角的头发打湿了，头发湿漉漉地垂着，一缕一缕地黏在脸颊上。

他捋了发绳，打开了花洒。

冷水一下子让江淮清醒了，他打了个哆嗦，又把水调温了。

江淮洗头只用了十分钟，进卫生间的时候是九点四十，出来时九点五十。不出所料，薄渐并没有在十分钟内洗完澡。

江淮心不在焉地想：薄主席这种讲究人，洗个澡怕是要洗到天荒地老。

江淮用手指拢了拢吹到半干半湿的头发，又抽了张白纸出来。

薄渐说得没错，临时抱佛脚的话，确实是集中复习更有效果，至少不至于东一头西一头，浪费不必要的时间，最好做一个时间计划表。

下周四周五考试，时间计划表的时间安排从周六到下周周三就够了。

江淮把白纸铺平，草草地画了个歪歪斜斜的表格。

如果周五晚上和周六上午复习语文，周六下午和晚上复习英语，周日……一天就复习数学，周一周二周三分别着重复习理综的其中一门。

但这么均匀地复习，时间太赶了，到头来十有八九哪门都复习不好。

语文和英语临时抱佛脚的用处基本不大，顶多背背古诗词和单词、短语。数学基础不行，也不是一天两天能复习好的。

能立竿见影的只有化学、生物和物理。这次考试就考这半学期的学习内容，这三科大部分都是单元学习，比如物理，重力场没学好不耽误学电磁场。

这次考试目标是500分，想的就不是怎么全面发展、精益求精了，而是怎么得分快怎么来。

江淮转笔转了半天，拿笔把时间表上的英语和数学全画掉了。

语文有薄渐帮他，肯定有效果，但语文也不是三两天能复习好的，考试就听天由命吧。

最后，时间表上语文就剩"周五晚上"一个时间段，周六到周三，排的全是物理、化学和生物。

江淮是一个懂得取舍的人。

他翻到计划表背面，出了一道小学的数学题——假如小江期中考试要考到500分，一共有六门学科，其中三门的总分都是150，另外三门的总分都是100，小江每门需要考到多少分？

设该百分比是 x，150乘3乘 x，再加100乘3乘 x，等于500。

江淮算出 x 等于三分之二。

由此得出，语文、数学、英语每门平均要考到100.00分，物理、化学、生物每门平均要考到66.67分。

江淮保留了小数点后两位，觉得这不大行。

他考不到这个分。目前，小江还是及不了格的贫困户，这个分不但及格了，还在及格的路上走了很远。

小江做不到。

薄渐吹干头发，换上浴袍回来时，就看见江淮埋着头不知道在写写画画什么，眉头拧得死紧。他目光停驻在江淮拢在耳后的头发上："你也洗澡了？"

他第一次见江淮把头发散下来。江淮的头发不长，现在是半湿状态，乖乖巧巧地梳理顺了，发色很黑，衬得肤色发冷。

江淮头也没抬："没洗澡，洗头发了。"

薄渐不动声色地打量着把头发散下来的前桌，问："在整理错题吗？"

江淮终于抬头了，没什么表情："我考不到。"

薄渐："嗯？"

"我考不到 500 分。"江淮说。

小江考不到 500 分。

小江最多只能考到 450 分，迈过六科及格线的大门。

江淮面无表情地把小江的考试分数计算题翻过面，露出正面的计划表。

薄渐稍怔。考到 500 分是他先提的，但当时，包括现在……他都并没有想过江淮会把他说的话放在心上。

他说："你尽力就好。"

江淮转着笔，没有说话。

薄渐停顿了半晌，轻笑道："这次考不到没关系，下次再努力就好了，总有一天能考得到。"

江淮习惯性地要"哦"，但忽然反应过来："下次？"

薄渐唇角上弯："嗯。"

江淮："……"

去你的下次。

江淮看见薄渐这张脸就十分心烦意乱，起身，拧开水瓶喝了口水，没多少情绪："十点了，我要睡了，把视频挂了吧。"

薄渐望了江淮一会儿："哦……那再见。"

江淮没回应，俯身下来要点击挂断。

薄渐："等一下。"

江淮蹙眉："怎么了？"

"我也要睡觉。"薄渐起身说，"你等我躺到床上去。"

江淮："你事怎么这么多。"

半分钟后，江淮："躺好了？我挂了。"

薄渐："再等等。"

江淮："……"

江淮问："你又有什么事？"

薄渐小孩似的笑着说："你还没和我说再见。"

"再见没有，"江淮掀唇，"骂人的话管够。"

薄渐："……"

江淮冷酷地点击了挂断。

清早四点半，天还没亮，房间里黑黢黢的。

闹钟响了。

江淮没有赖床的毛病，抬手按住闹钟，掀开被子翻身下了床。他把闹钟丢回床上，趿拉着拖鞋去换衣服。

"啪嗒"，灯开了。

江淮随手把窗帘拉开了一半，夜很静，路灯也亮着。偶尔，风震得玻璃门窗微微响动。

江淮已经挺久没有这么规律地过一天了，早起早睡，中午困了就躺躺。

今天星期天，他比昨天早起了四个小时。

今早，江淮准备回他读小学时住的旧城区"锻炼身体"。江淮对那个破败且嘈杂的地方没有多少好感，所有有关旧城区的回忆，都掺杂着夜半时分陌生男人、醉酒男人的敲门声，门窗"咣咣"响，像随时要塌掉似的。

江俪那时候很害怕，江淮或许是因为年纪小，也可能是胆子大，并不害怕，他只觉得那些人很烦。

这些事开头是坏的，过程是坏的，到了结尾，也是坏的。但江淮许多年都在那里生活，在那里长大，习惯了。江淮平常玩跑酷的地方不多，除了一些公园，就是那所私立学校的旧校区和旧城区。

以前没搬家，住在私立学校附近的时候，江淮基本每周都会往旧城区跑。现在搬家了，住得远了，到昨天……江淮才发现，好像已经很久很久没回去过了。

但不是因为住得远了，而是因为薄渐。

直到昨天，江淮才突然发现，和薄渐相处之后，好像离过去的那个自己越来越远了，不用天天藏着秘密，也不用天天相当中二地想自己要怎么变强，才能当一个足够承担责任的人。

他和薄渐待在一块儿，只要好好学习就好了，别的都不用多想。

江淮趿拉着拖鞋去卫生间洗脸刷牙。出门时还没到五点，东边天际微微泛青。江淮一出楼门，一股将近初冬的冷风凶猛地灌进来。他戴上黑棒球帽，拢了拢衣领，"哐"的一声，滑板落在地上。

　　江淮滑了半路后搭了最早班的公交车，到旧城区的时候，刚好六点。

　　废旧楼里的夜猫子刚刚出来，玩跑酷的不多，一个地方基本都是固定的一帮人。这些身轻体健的青年，哪怕刚刚通宵，也浑身带着种和破烂楼房格格不入的活力。

　　几个青年远远朝江淮吹了声口哨，江淮抬了抬手。

　　江淮记不大清楚他是什么时候喜欢上了跑酷。一开始也不是跑酷，不过就是一个无处泄愤的小学生翻墙、爬墙、踢墙罢了。

　　他不是喜欢极限运动，只是喜欢跑酷。

　　他喜欢翻过障碍、穿越障碍和一往无前、无所阻拦的感觉而已。

　　他不喜欢绕来绕去，如果有障碍，就翻过去。

　　强者面对障碍，就应该翻过去。

　　七点半。虽然天很冷，但是江淮出了一身汗。江淮坐到楼顶的天台上，这是栋废楼，居民都乔迁了，天台上空空荡荡，积着厚灰，只有跑酷的人留下的一串串新的旧的杂乱的脚印。

　　江淮靠在天台栏杆沿喘气。

　　天已经大亮，这栋楼不高，但站在这儿，窥得见旧城区的一角，人交织着进入窄窄的巷路，青绿色桃红色的棉被、裤衩高高晾起，迎风乱晃，一根根从旧楼间杵出来的晾衣竿像断壁中的天索。

　　底下渐渐多了人的喧哗。

　　天台上风很冷，过了一会儿，江淮把手揣回兜里，下楼了。

　　江淮走的楼梯，从五楼到一楼，只用了三分钟。

　　到楼底，江淮重新戴上帽子，拢紧衣领，跳到了滑板上。

　　手机振动了一下，江淮从口袋里掏出来，是薄渐的消息："你起了？"

　　江淮回复："嗯。"

　　仓库门口堆着个红底黄字儿的旧牌子，印着"无名生煎"，天还早，仓库改的生煎铺子却早早开张了。孙叔擦了擦皲裂的手，抬眼瞥见江淮，露出笑来：

"哟，又来啦？离上回有一个多月了吧？"

江淮点了下头，找了把马扎坐下："一份鲜肉的和一份虾仁的生煎，加一杯豆浆，在这儿吃……再打包一份豆干生煎。"

孙叔："好嘞。"

薄渐又发了消息过来。

BJ："那今天忙吗？"

真正的强者："不忙。"

BJ："你准备待会儿学习？"

真正的强者："晚点，我现在在外面。"

孙叔先端了豆浆和一盘鲜肉生煎过来："虾仁的还要等会儿才熟。"

江淮回应："嗯，谢谢。"

快八点了，老城区的人都起得很早，所以孙叔现在已经不太忙了。他一面往锅底刷油，一面和江淮闲聊："都快入冬了，你们学校离放假也不远了吧？"

"没，"江淮有点心不在焉，"还远，刚到期中。"

BJ："你去晨练了？"

江淮摁了个"嗯"过去。

不多时，孙叔又把新出锅的虾仁生煎端了过来，还冒着白气儿。他招呼道："刚出锅……你赶紧趁热吃。"

江淮抬头，捏紧了盛豆浆的杯子："孙叔，东边那家给人照相、冲印照片的店还在开吗？"

孙叔没想到江淮会突然问这个，在围裙上擦了擦手，笑问："你们那边没有给人照相的店吗？还在开，怎么了？"

"哦。"江淮点了下头，"没怎么，就是问问。"

江淮付了钱，拎着阿财的豆干生煎往东边走了。他滑滑板，不太方便回消息，但兜里的手机一直"嗡嗡嗡"的，没完没了地震。

江淮被烦得不行，去照相馆的半道上停下来准备把薄渐从好友列表里删了，但刚刚拿出手机，一个语音通话打了过来。

他原地站了半晌，又从裤兜里掏了无线耳机出来，接通了语音通话。

"您一大早起来挺闲的啊？您又怎么了？"江淮夹棒带刺儿地问。

薄渐："江淮。"

江淮："嗯？"

薄渐手指动了动，轻声问："你有喜欢的人了吗？"

江淮一个趔趄，差点连人带滑板撞到马路上。

他没回答，从滑板上跳了下来："你问这个干吗？"

"我觉得……"薄渐的语气寡淡，"我觉得早恋不好，会影响考试。"

江淮："……"

江淮觉得一大早起床就给同学打电话说早恋影响考试这种事，一般人都干不出来。让薄渐当一名学生会主席真是委屈他了，他应该去街道办当妇女主任。

江淮抬头，"鸿印快照"四个字映入眼帘。

他拧开门，轻嗤道："您操心操得挺多。"

江淮扫了眼店内，可拍证件照、冲印照片。

"你发张你的照片给我。"江淮说。

薄渐问："要照片做什么？"

江淮心想：把你贴到相册上。但是，江淮从嗓子眼哼出一个笑音："给你上户口。"

薄渐："上户口？"

"嗯，发张你的照片给我。"江淮进门，和老板打了个招呼："洗照片。"

江淮笑了声："户主江淮……薄渐，户主之弟。"

薄渐："……"

江淮扫了眼价目表，一寸一板十块，两寸一板十五块，冲印照片，一张三块五。

江淮："别废话，发照片给我。"

薄渐问："你要什么样的照片？"

江淮："随便。"

薄渐："证件照可以吗？"

江淮："不要证件照，你现在随便拍张发过来，拍清楚点。"

薄渐："那我先挂了，等我拍好再给你打过来。"

江淮："好。"

江淮摘了耳机。老板是个四五十岁的秃顶男人，江淮走过去："冲两张照片。"

老板坐在电脑桌前，扭头过来："你扫码加我，把照片发过来。"

"哦。"江淮扫了码，先提交了好友申请，又靠到一边的白墙上，调出自拍摄像头，随手给自己拍了张照片传了过去，"这是第一张，第二张还没传过来。"

老板收到了一张极其随意，靠在自家照相馆墙边的自拍照。

典型的直男拍照。没找角度，没有光线，甚至脸都没正对着摄像头，稍稍斜着脸，乜着眼，还没有笑，大冬天的，整个人跟根冒冷气的冰棍儿似的。

幸亏这个男孩子原本就长得好，五官好，头肩比也好，才不至于太难看。

老板："我再给你拍一张吧……你这手机拍照不行。"

江淮随意瞥了眼照片："不是拍得挺清楚的吗，不用了。"

老板："……"

老板在冲照片，江淮靠在墙边等。

兜里的手机振了振。他拿出来，是薄渐的消息，划开，薄渐发了张照片。

这是在薄渐卧室的露台上拍的。今天是个好天，天蓝，日光强盛，碎发边缘细细地被镀上了一点泛金的日辉，浅色的虹膜愈发浅淡，像冬日凝了薄冰的湖面。

照片里的人注视着摄像头，就像注视着看照片的人。

薄渐本人和温柔基本不沾边，这张照片却让人有种这人很温柔的错觉。

江淮点出照片。

真正的强者："你修图了？"

半分钟，薄渐回复了。

BJ："才没有。"

真正的强者："哦，没修就好，做人还是真实点好。"

BJ："我不用修。"

真正的强者："……"

帅的人都不用修？江淮"嗤"了声，把薄渐的帅照给老板发了过去。

老板稍愣了一下："喔唷，这么帅啊！"

江淮："……"

老板顺口问："同学？"

"嗯。"江淮压了压棒球帽帽檐，别过视线，"朋友。"

"哦，朋友。"老板处理着照片，随口说，"你朋友这张照片拍得挺好啊，光线、角度、背景都找得不错，得费点心思。"

江淮："是吗？"

"嘿，可不是吗，拍照片的门道多了，拍好照片哪有不费心思的……像这张照片，我估计你朋友至少拍了十几张，才挑出一张最好看的。"

江淮："……"

老板扬了扬下巴："不信你去问你朋友？"

江淮："不用了……我信。"

等江淮搭公交车回到家，已经九点多了。

他停在玄关边，把滑板搁到边上，手里的生煎放在柜子上。

阿财早就起了，团在客厅地毯上抱着平板电脑看动画片，电视也开着，少儿频道也在播动画片。阿财看一会儿平板电脑，再看一会儿电视；看一会儿电视，再看一会儿平板电脑，吃着碗里的，看着锅里的。

小学生的惬意时光。

"早饭我给你带回来了，自己过来拿。"

江淮摘了帽子，拉下外套拉链，手揣回外套衣兜："我先回房间了，有事敲门。"

阿财悄悄地看了眼江淮，又埋头看动画片去了。

衣兜的布料冷冰冰的，还没被捂热，一个薄薄的小纸包却温热，带着点汗湿的软，被江淮攥了一路。

江淮关了门，衣兜里的手捏了捏小纸包。

他从书柜上取下相册，从后面翻，翻过一页一页的空白，直到翻到那张……简笔画合照。

一个圆圆脸、短头发的薄渐渐和一个圆圆脸、短头发的江淮淮。

江淮盯了半响，掏出小纸包，抖出了那两张照片。像上小学手工课似的，江淮又翻出了剪刀和胶棒，坐回椅子，抽出自己的照片，沿着大致的轮廓剪出自己的上半身，又摸到薄渐的照片，也把薄渐剪了出来。

他把"江淮"贴到江淮淮旁边，"薄渐"贴到薄渐渐旁边。

在江淮相册上的人很少，先前只有江俪、江星星、秦予鹤，还有卫和平。

现在加上一个薄渐。

他们是江淮的亲人和朋友。

江淮打扫了剪下来的碎纸片，拇指摸了摸薄渐渐，合上相册，把相册放回了书柜上。

江淮去了趟厕所，回来的时候手机亮着条未读消息。

BJ：“到家了吗？”

江淮随手回复：“到了。”

BJ：“照片冲印出来了？”

真正的强者：“嗯。”

BJ：“有什么用途吗？”

江淮的手顿了顿，把手机丢到床上，没再回复。

他拉开椅子坐下，翻出订好的打印出来的物理卷子和物理复习提纲，余光却往眼梢走，瞟了眼床上的手机。

BJ：“我被你贴到相册上了吗？”

江淮没回复，起身拿了瓶矿泉水拧开。

薄渐从沙发上起身，往楼梯口走过去。恰好薄贤迎面从楼上下来。

"爸。"薄渐打了个招呼。

薄贤整了整领带，瞥了眼薄渐，停住脚，又扭头看了眼走廊空无一人的二楼，露出笑来，小声问："怎么样了？"

薄渐稍怔："什么怎么样？"

薄贤："你和你同学……相处得怎么样？"

薄渐："挺好的。"

薄贤："嗯，那就行……我还有会，先走了。"

薄渐目送薄娃优秀企业家出了门，低头看了看手机，回了句——

"虽然你很冷漠，但我决定不计前嫌，向你伸出邀请你一起去学习的手。"

江淮："滚。"

BOHE

YINJI

第二章
故意

这几天，江淮的作息都很规律。

星期天十点钟睡，星期一早上六点半起。

快入冬了，街边树的叶子几乎都落了个精光，只有零星几片还挂在枝丫上。天气预报说今年的第一场雪可能会来得早一些。

江淮把冲锋衣拉到最顶上，踩着点进了校门，几个纪委等在校门边，时间一过就开始查迟到的人，保安室窗边挂着日历，显示十一月二十一号。

今天周一，早上有升旗仪式，江淮懒得再回学礼楼，脖子缩在冲锋衣衣领里，揣兜去了操场。

虽然校门口纪委都开始查迟到的人了，但是也就刚刚七点半，操场上根本还没几个人。不过，江淮还是径直去了升旗时二班待的老地方。

老林匆匆忙忙小跑过走廊，推门进了班里。

他从前往后一扫……全班人基本都来齐了，唯独靠门倒数第二排空着——他特地火急火燎地赶过来要找的那个同学没来。

老林当下心头就窜上一股火来，心中骂道：江淮可真是不到关键时候不掉链子，开学俩月，迟到两回，一次在开学头一天，一次在今天。时机精准，没大事绝对不迟到。

"江淮呢？"林飞明知江淮十有八九又迟到了，但还是逡视一圈，"谁看见江淮了吗？"

卫和平鹌鹑似的缩了缩脑袋，恨不得缩到桌子底下去。

林飞一眼定位到他："卫和平，你看见江淮了吗？"

卫和平一哆嗦："没……没看见。"

林飞脑门都要冒汗了……这事儿也是学校赶急，一头热敲下来的，他也是昨天刚刚得到准信儿。好事是好事，这种事倒也不是多大……但找不着江淮，耽误事，还丢人啊！

"你联系联系他,问他去哪儿了。"老林话没说完就抬脚往外走了,"我去给江淮打电话……一会儿许文杨带队下去参加升旗仪式。"

许文杨应道:"哦,好。"

薄渐抬眼,看着没人来过的前桌,轻轻"嗞"了口气。

他本来是想给江淮一个惊喜的,但今天早上要是江淮正好迟到的话……

江淮在操场上转了两圈,等得没意思,还冻得慌,教学楼已经渐渐有班级带队下来等着升旗仪式了。但江淮心想:多他一个不多,少他一个不少。就掉头往学校的便利店去了。

上学带手机,江淮来电调了静音,消息提示调了振动。

卫和平战术性地发了两条微信——

"淮哥你哪儿去了?"

"老林找你!"

但江淮一条都没回复。

林飞打了两个电话,一个也没打通,都无人接听。

便利店开着空调,江淮一进去,感觉冰火两重天。这个点没几个人来便利店,收银员懒懒地瞥了他一眼,江淮慢腾腾地去饮料柜拿了瓶矿泉水,又揣着这瓶矿泉水逛别的货架栏。

但逛了快十分钟,江淮还是就只拿了这瓶水。等暖和得差不多了,江淮拿着这瓶两块五的水去结了账。

老林打了一串电话,一个没通,气得只想把江淮揪出来抽一顿。

但现在除了给江淮打电话,他也没别的联系江淮的方式。

今天这个事儿也是通知晚了,宋俊欺辱同学已经是板上钉钉的事了,尽管里头还有些波折,但总的来说江淮的行为符合见义勇为的奖励条例。学校给的处理结果是撤销江淮的处分、通报全校,学生代表包括受害同学,都要求对江淮进行全校表彰。

全校表彰时江淮上台领个奖状,然后做个发言……学校连稿子都早给他准备好了,江淮照念就行。但江淮偏偏就今天没来。

林飞没找着人,把稿子给了许文杨,叮嘱他"江淮待会要上去领个奖状,他没来,你去帮他领了,把这张发言稿也念一念",就匆匆忙忙找主任去了。

江淮拎着矿泉水回到了操场。

等他回来,已经升完旗了,台上主持人在讲话,江淮一个字儿也没听进去。

江淮从操场后沿,摸着队伍尾巴往二班的位置去了。人挺多,但二班的位置不难找,赵天青杵在队伍最后头,跟个标杆似的。

江淮拎着水瓶过去了。

"……弘扬了人间正气,发扬了社会正义,为全校学生树立了一个具有当代青少年最佳精神风貌的典型榜样,值得我们认真学习,为建设正义人间添砖加瓦,撑起一片蓝色天空……"

升旗仪式上的演讲,慷慨激昂。

一般升旗仪式时班长都站在队头,今天不知道为什么,他站在队伍最后头,拿着张纸不知道在念什么。

江淮往队尾走。

许文杨正在熟悉老林给的稿子……江淮见义勇为,他上去演讲感想,这事想想他都尴尬得浑身起鸡皮疙瘩。

待会儿就要上了,许文杨草草把稿子折了折,揣回衣兜里,准备上台代领奖状、代发言……然后,他余光猛地瞥见一人。

刚刚好,台上的主持人声音响亮,念字清晰:"请二班的江淮同学,上台领取证书并和大家谈一谈他对见义勇为行为的感想。"

江淮脚步一顿:"嗯?"

薄渐在台下坐着,轻轻叹了口气。

许文杨惊了:"江淮?你来了?"

江淮:"什么?"

江淮没认真听,并不知道主持人刚刚都说了什么……就听了个让他上台领奖的话。

考完后的第一次升旗仪式上有优秀学生代表奖,这个奖一般都是被薄渐承包的,还有个人进步奖,怎么现在考前也有奖了吗?

考试加油奖?这个奖怎么选上他的?

江淮拎着矿泉水,戴着棒球帽,在队伍最后头站了两三秒。

许文杨没想到江淮在最后一秒还能回来,脑子也蒙了:"你回来了?那是你自己上还是我替你……要不你自己上吧，我不合适……"

两分钟过去了，没人上台。

话筒放大的声音传遍操场——

"请江淮同学上台领奖！"

许文杨被吓了一跳，屁股烧着了似的，把江淮往前推："你快上去领奖，来不及了，你快点！"

江淮被推出去："干什么？"

江淮站到领奖台上，底下一片黑压压的人头，半晌，象征性地把矿泉水瓶放到了台上，又重新戴了戴帽子，整理了一下仪容仪表。

许文杨匆匆忙忙地没交代两句话就把江淮推到了领奖台上……江淮一上去，许文杨才突然想起来见义勇为的发言稿还在他兜里。

他心里"咯噔"一下：完蛋。

主持人念稿："现在有请学生代表、学生会主席薄渐为江淮同学颁发表彰证书。"

江淮："嗯？"

他下意识地向台下看去，恰好看见立在台阶下面的薄渐。薄渐微微仰着脸，目不转睛，神态认真地望着他。

四目相对。

底下是四五千双眼睛，看着薄渐，看着他。

江淮很快收回了视线。

考试加油奖还是薄渐发啊，他想。

这玩意是怎么评上的？校园网投票？

薄渐叹出一口气，整了整袖口，不疾不徐地上了台。薄渐的衣着绝对是好学生衣着规范的典型标准，每时每刻都找不出一点儿杂乱的地方，熨帖齐整。哪怕是学校发的统一样式的校服，在薄渐身上都显得格外端庄。

薄渐停在江淮身前。

江淮抬了下眼皮。

薄渐低眼同他对视，伸手向江淮递过证书。

江淮别在背后的手，先伸出一只，又伸出一只，双手接了过来。

红印硬皮的证书底下，薄渐的食指微抬。

证书到了江淮手里,但薄渐没松手。

江淮动作不明显地拽了一下,薄渐一下子松开手,上身稍稍前倾,声音轻得不能再轻:"别紧张……你随便发表两句感想就好。"

薄渐轻声说:"今天就是特地表扬你的。"

薄渐向他微微一笑,神情如常,转身下了台。

主持人又走上台,向江淮递过话筒:"现在,有请江淮同学和大家一起分享一下对于中学生见义勇为行为的见解。"

江淮稍一愣,沉默了一会儿。他没接话筒,只翻开证书看了眼。

"……授予:江淮同学'见义勇为先进同学'的荣誉称号……"

这不是考试加油奖,而是见义勇为奖。

薄渐给自己颁的是见义勇为奖。

江淮接过话筒,好半响,他慢慢道:"不算见义勇为,我只是做了件我乐意做的事。"他看着台下,放慢了语速,"如果非要说见解……那就是遵从自己,做自己想做的事,就好了。"

江淮耳朵、鼻子、手指都被冻得发僵,僵直地捏着证书,眼皮却发热。

他的表情不多,稍点头:"谢谢。"接着,转身下了领奖台。

台下局部的同学躁动起来——

"哎,江淮刚刚说的是什么意思,他这是在……"

"能有什么意思啊?他说的就是个笼统的概念吧。"

"哎,就我一个人觉得江淮这两句话说得还蛮酷的吗?"

薄渐在台下站着。江淮没偏头没转头,低着眼皮,脊背绷紧,捏着证书下了领奖台。他就在薄渐边上稍稍停了停,没看薄渐,说:"谢了。"

说完,江淮又抬脚。

薄渐的睫毛轻颤,抓住了江淮。

台上主持人还在继续演讲,十几米外是一排列开的三个级部的班队队头,领奖台对面站着主任、老师、学生会的同学。

"冷吗?"薄渐轻声问。

江淮没有说话。

林飞找了江淮一早上没找着人,等到升旗仪式了,下楼到操场上来,正好看见江淮在台上,准备好的演讲稿没有念,即兴发挥,发挥得跟他那张写了三百多遍的"我错了"的检讨纸似的。老林一股火蹿上来，气势汹汹地去台下找江淮了。

江淮从眼角扫到了林飞，压了压帽檐，用眼梢短暂地扫过薄渐，用一种冷酷的姿态说："就一点点，还有事，走了。"

江淮转身走了。

半分钟后，他被老林拦截了。

林飞："你早上去哪儿了？给你发短信不回、打电话不接，你几点来的，刚刚干什么去了？你倒挺会挑时候，不到关键时候不掉链子？"

江淮："……"

升旗仪式还没完，江淮被老林呵斥了一顿后直接回了教室。

他推门进了教室，叉开腿坐到凳子上，靠着后桌桌沿，半晌，扭头瞥了眼后桌的桌子。

考试如期而至。

考试在周四周五，和模拟考的安排完全一致，周四上午考语文，下午考数学、物理，周五上午考化学、生物，下午最后一门考英语。

江淮依旧在四十号考场，依旧和赵天青是前后桌。

考前一个星期，江淮的时间基本全都用来复习物理、化学、生物了，尤其是化学和生物，物理综合题多，电磁场复习得还可以，重力场就一般了。

周四早上考第一门语文。七点四十五，江淮到东楼四十号考场。

赵天青百无聊赖地在座位上支着头掷骰子玩，上回的骰子还没还给江淮，瞧见江淮："哎……江哥，你来了？"

自从上回目睹了江淮之前对上那些小混混时的行为以后，赵天青对江淮的称号就变成了既以表尊敬，又十分浮夸的"江哥"。

江淮"嗯"了声。

赵天青欲言又止，自从学校通报撤销了江淮上学期的处分，又发了见义勇为奖，这两天校园网上大家都在沸沸扬扬地说上学期的那件事。

先前校园网上说"宋俊被抓"一事，说得再真也一样有人不信，可这回学校承认了，性质就不一样了。校园网上逮着江淮就不分青红皂白一顿喷的倒是没什么了，甚至还有人专门盖了个"喷过江淮的进来领号道歉"楼。但校园网上不光有同学，还有家长……比起看热闹的同学，学生家长更关心怎么防止类似事件的发生，还知道了这回幸亏是有一个叫江淮的男同学碰见帮了忙。

作为同桌，从江淮的表面上看，好像什么事都没发生过，赵天青都没听江淮再提过这件事……但赵天青他爸他妈都听说过江淮同学的"英功伟绩"。

江淮同学，新一代家长群中的英雄少年。

赵天青想采访一下这位英雄少年，又不敢开口，生怕万一问了不该问的，他这个细皮嫩肉的一米九的男同学被英雄少年单手扔出教室。

磨磨唧唧半天，赵天青心口不一地问："你复习得怎么样？"

"还行。"江淮回答。

在四十号考场的"还行"，就是约等于没复习的意思。赵天青笑道："嘿嘿，不知道下回考试，咱俩还能不能当前后桌。"

江淮："不能。"

赵天青："……"

无情。

每一场考试，对于赵天青来说，都是一场抓耳挠腮的等待。他还没江淮那么心大，记得江淮在这学期第一次考试时直接睡觉去了。他睡不着，心焦，但心焦时又做不出题，就考糊了。

赵天青神游天外地一面掷骰子，一面东瞟瞟、西瞅瞅。

从后面看——江淮居然没睡觉。

一整场语文考试，两个半小时，江淮都没睡觉。

江淮其他几场考试也没睡觉。

赵天青观察了这位英雄少年一天。

上午语文考试时，醒。

下午数学考试时，醒。

下午物理考试时，醒。

赵天青大吃一惊，阅玄幻爽文无数，心想：江哥莫不就是传说中，潜虎卧龙数十年，一朝状元天下知的伪装学渣？

考完周四最后一场物理考试，赵天青吞吞吐吐地问："江哥……你在之前的考试都在隐藏实力？"

江淮扭头："什么？"

赵天青描述："就是因为某种难言之隐，所以故意隐藏实力，装作只是四十号考场的菜鸡考生。然而，一旦认真，直冲一号考场，能拿年级第一的那种？"

江淮挎上书包："没，我是真菜。"

赵天青："……"

赵天青："我看你这次考试比之前认真好多。"

江淮脚一顿，没多少表情："朋友逼的。"然后出了考场。

翌日，星期五。

赵天青观察日记——

上午化学考试时，醒。

上午生物考试时，醒。

下午英语考试时，醒，不，最后小憩了二十分钟。

下午五点钟，收卷铃响了。

江淮深呼一口气，把答题卡交给了来收卡的监考老师。

总算考完了。

这次考试……考得不能说好，也不能说坏，反正这套题，他是尽力做了。化学和生物考得都还行，数学卷简单，物理考砸了。

收完答题卡还要收草稿纸，但考场已经窸窸窣窣起来。

今天刚好是星期五，考完直接是周末。

昨天班长带头，约了班里同学今天下午一块儿出来聚餐。

江淮先出了考场，在走廊墙边拎起书包。

卫和平正好给他发了几条微信。

扶我起来浪："今天下午聚餐，来吗？"

扶我起来浪："班长统计出来，咱班同学大部分人都来，老林也来！五点四十学校正门碰头。"

扶我起来浪："江淮，你也来吧，多和咱班同学熟一熟。"

江淮看了会儿，先没回复，给薄渐发消息："晚上班级聚餐，来吗？"

薄渐回复得挺快。

BJ：“你去吗？”

江淮皱了皱眉。

BJ：“你去我就去，你不去我也不去。”

卫和平和许文杨在同一层的考场，一块儿回了教室。

许文杨边走边说："除了班里五个家里住得远的，主席说看看忙不忙……其他同学基本都去，哦，江淮我还没来得及问，你去问问？"

"唉。"卫和平叹了口气，"我估计江淮够呛，他放学了要去接妹妹回家……"

一条消息发到卫和平手机上。

真正的强者："你把位置发给我，我先去接阿财放学，把她送回家再去找你们。"

班级聚餐是因为正好赶上周末，班长和学委考前临时向老林提的，老林答应了。

考完试，人都回教室回得差不多了，许文杨在讲台上张罗："今天下午班里有聚餐……来不来自愿，我先统计一下人数，不来的同学举一下手。"

老林背着手在前门边瞧着。

班里稀稀拉拉举起几只手，许文杨在讲台上记好人名："我点到名的放下手，刘畅……"

薄渐抬眼，前桌支着头转笔没举手。

薄渐勾了勾唇角，也没举手。

"聚餐的费用大家平摊，但具体吃什么还没定，我从班级群里统计出了几个呼声比较高的选择，大家再投一下票。"许文杨一面说，一面转身在黑板上写字，跟选班委投票似的，"目前有火锅、烤肉、自助餐、大排档……"

说是聚餐，但因为临时起意，人又多，三十多个同学，所以去吃什么局限也很大，要是去购物城吃估计还有一半人要在店外头排队。

江淮转着笔，突然一架小纸飞机从后面飞过来，精准降落在他的桌子上。

江淮："……"

江淮拆了小飞机，纸上写着一行硬笔书法似的字："想吃什么？"

江淮写了几个烂字："投出什么吃什么。"又把纸飞机揉成纸团扔回去。

两分钟后，又一架小飞机降落在江淮课桌上。

"如果让你自己选呢？"

"自助。"

小飞机又变成了小纸团。

江淮选自助是因为自助单人单份，不用吃别人的口水。

许文杨忽然看见薄渐稍稍举了举手。

"主……薄渐有事吗？"

同学们都扭头去看。薄渐在最后一排，没起身，微微一笑："没别的事……就是如果去吃自助的话，我请客。"

许文杨一愣。

底下马上有同学"哇——"起来，一片欢呼。

"主席请客？"

"哇，这么有钱吗？"

"主席大气！"

"选自助，选自助！"

江淮也愣了一下，扭头看了眼薄渐。

薄渐朝他轻轻挑了挑眉梢。

"安静……安静！都先别说了！"许文杨拍了拍讲台桌，冲最后一排问，"薄主席，你说真的？"

一排排脑袋扭着往最后一排看。

薄渐"嗯"了声。

许文杨没想到班级聚餐时还能碰见有钱人请客的情况……班里三四十个人，至少不得几千块钱。他又重新问了一遍："薄主席你确定，要是最后选了自助，你就请全班吃饭？"

薄渐轻轻笑了声，支着头，嗓音和缓："因为我想吃自助，所以如果选自助，我就请客。"

"哇——"

班里一下子闹腾开了。

许文杨觑了眼背着手站在前门口的老林，班里乱哄哄的，老林居然没生气，反而笑呵呵地不吭声。

许文杨的胆子一下子大了，扯着嗓门儿喊："都听见没！选自助的有土豪请客……不想吃自助的自觉站起来！"

半天，没人站起来。

倒有男生带头起哄："谢谢金主哥哥！"

"哈哈哈……"

正好也到了快放学的时候，众人嬉闹成一团。

讲台上，班长、副班长和学委几个在和"金主哥哥"讨论晚上去哪儿吃自助的事。薄渐微微低着头，他比一般同学都要高，站在讲台边，挂着惯有的微笑，显得温文尔雅。

江淮往后靠着椅背，转着笔，看着薄渐发呆。

"哗啦"，窗边的同学拉开窗帘，初冬的余晖洒进教室。

薄渐稍眯起眼，侧头向讲台下面看过去。

"啪嗒"一下，江淮的笔掉到了地上。

薄渐笑了下。江淮头也不往上抬了，连忙拾起笔，从桌肚拎出书包，匆匆忙忙地起身出了教室后门。他到后门外，稍停，给薄渐发了条微信："有事，待会儿去。"

许文杨看见薄渐在看手机："有人找你吗？"

"没。"薄渐漫不经心地道，"我请客那就我定地方吧。"

许文杨愣了一下，随即笑道："好啊，你请你定……你准备定哪儿？"

薄渐把手机放回衣兜，露出微笑："我把地址发到班级群里了……我还有事，先走了。"

"哦，好，那你先走——"许文杨还没怎么反应过来，薄渐就真已经先走了。他看着教室前门发愣，旁边副班长先上班级群看了眼最新消息，惊了："哇，主席是真有钱人啊！"

他一惊一乍的，许文杨又被吓一跳："什么意思？"

"万盛大楼→楼南区……"副班长把地址念了出来，顿了一下，"我暑假跟我爸我妈去过，分三档，最低一档的一个人也要四百五，海鲜自助，酒水还要另算钱。"

许文杨也惊了："这么贵吗？"

江淮滑滑板出了校门，裤兜的手机振了下。

他拿出来。

BJ："你到哪儿了？"

江淮看了两三秒，睁眼胡说。

真正的强者："到家了。"

BJ："这么快？"

薄渐看了眼表，从江淮出教室到现在不到十分钟。江淮十分钟能到家？他笑了下，猜江淮现在也就是刚刚出校门口。

BJ："你是要接星星回家，对吗？"

真正的强者："嗯。"

薄渐刚刚把"那我到你家楼下等你吧"打上去还没来得及发出去，江淮又发来一条消息。

真正的强者："别叫我妹妹星星。"

腻腻歪歪的，江淮就受不了这种 AA 式称呼，他妈妈这样叫星星他都浑身汗毛倒竖。

BJ："淮淮。"

真正的强者："你是不是有毛病？"

BJ："我到你家楼下等你，淮淮，待会儿见。"

有一瞬间，江淮觉得要是他对薄渐的宽容再少一点点，他的好友列表就要和 BJ 说再见了。

江淮去明诚小学把阿财接了出来，路上他瞥了眼班级群。

班级群在放学半个小时里就已经有九百九十九条以上的消息，江淮不太上班级群里看消息，也基本没在班级群里发过言。班级群里大家都自觉地把群昵称改成了自己的姓名。

江淮："去哪儿吃？"

江淮发的消息迅速就看不见了，但两三秒后——

赵天青："江哥出来了？"

卫和平："江淮，你还记得咱班有群啊……"

钱理："大佬出现，不敢大声说话。"

…………

消息一条接着一条，直到班长来话题才变了。

许文杨："万盛大楼一楼南区，海鲜自助，咱班同学到了先在外面等等，自助餐六点半开始。"

江淮低头，看着闷头走路的阿财，问："晚上去吃海鲜吗？"

阿财掰着手指头说："不吃……虾，不吃鱼，不吃蟹，不……不吃贝壳……都不吃。"

阿财不爱吃海鲜。

"我班里晚上有聚餐。"江淮皱了皱眉，"你不去，那你一个人在家吃什么？"

阿财："方便面。"

江淮："……"

他无情地扯了扯阿财的帽子，拎着人往前走。"晚上我给你炒个菜，要不就点外卖，以后不许再吃方便面和火腿肠。"说着，他按了按阿财的脑袋瓜，"吃一包方便面你会变矮五厘米。"

读小学三年级但还只有一年级小朋友高的阿财："……"

江淮把阿财送回了家，阿财在江淮的威吓和监视下，自己给自己点了一份儿童营养餐。

江淮下楼，刚到六点钟。天已经黑了，几盏路灯亮起来。

他没换校服，插兜推门出来，手机刚好一振。

BJ："我在楼下等你。"

江淮没去看，因为在他把手机掏出来前，就已经看见给他发消息的人了。

薄渐站在路灯下，被灯光斜拉出一条长长的、暗淡的影子，他也还穿着校服。江淮出门，他抬眼，弯出一个笑："你下来了。"

江淮低下头，踢开一粒石子："走吧。"他低着头轻嗤一声，接着又说，"你记性倒挺好。"

两个人安静地往前走。

半晌，江淮又踢开一粒石子："走过了，我打的车的定位是我家楼下。"

薄渐："……"

江淮冷酷地扭头回去："回去吧。"

薄渐："没事，我让司机在那边等着。"

江淮稍稍停了停脚："您想让全班同学都参观一下您家司机开的是劳斯莱斯吗？"

薄渐："……"

两分钟后，江淮和薄渐一起上了同一辆出租车。

江淮支着头看着窗外，天冷，水汽在车窗上形成一层雾。路灯闪烁，在玻璃窗上倒映出薄渐浅浅的影子。江淮看着影子发呆："自助餐厅的位置够吗？"

影子动了动，向江淮那边挪了挪，小声说："车窗有什么好看的？"

司机师傅在前面专心致志地开车，没回过头。

江淮坐着，半天没说话。

薄渐："呆呆。"

江淮："滚！"

自助餐六点半开始，但卫和平没到六点就跟一帮兄弟一块儿到了。

一般自助餐没到点，服务员都不让进，只让坐外面等。

卫和平就干脆没往里头走，跟几个同学坐外面，滔滔不绝："哎，这次考试题不难，要是薄主席还能考730多分，这次市统考市前三稳了……"

"开玩笑！"同学应和，"渐哥考个市前三还不是跟玩儿一样，上回期末考试他不是市第一吗？"

谁请客谁是哥，主席请客，就俨然成了二班的一哥。

"开玩笑！渐哥考个市第一还不是跟玩儿一样，这次没有省统考，不然我渐哥的省状元稳了！"

一男生听不下去了："你们是真的能拍马屁……消停消停，你渐哥还没来，拍马屁他也听不见，好吗？"

"唉，别再说考试了，败坏心情……你们猜猜主席请这顿饭要花多少钱？"

"你知道？"

"我知道还让你们猜个头啊。"

许文杨做了个加减乘除的计算："钱理不是说一个人四百五吗，咱们一共来了三十六个人……一万六千二？"

"我的天，主席是富二代？"

"大佬,真的大佬,有排面!"

班级聚餐,刷卡入场。

餐厅蛮有格调,色调冷感,天花板很高,垂着几何线条的灯饰,单从装潢上看就是非一般工薪家庭的消费场所。

但他们这些学生刷卡入场,让这里硬生生有了种学校餐厅的即视感。

服务生把校园卡递回给江淮,江淮"啧"了声,没扭头:"您挺讲究,破费了。"

薄渐:"没有。"

江淮眯了眯眼,瞥向薄渐:"一共多少钱?请客的钱我和你平摊。"

薄渐笑了:"不用。"

"和我平摊不用觉得不好意思。"江淮说,"算我和你一起请班里同学吃饭了。"

"不是不好意思。"薄渐放轻了声音,"我只是为了请你一个人吃饭……其他人你可以看作捎带的。"

江淮顿了顿,没忍住唇角上挑:"请一个人捎带三十五个人……我是出来诈骗的?"

"没,你请回来就好了。"薄渐唇角勾起,"我不带别人。"

江淮从胸腔里哼上一个笑音。他大致扫了眼餐厅:"今天没别的客人吗?"

薄渐:"没,包场了。"

江淮:"……"

餐厅里有一张张摆好餐巾和刀叉等用具的双人桌。薄渐停在落地窗前的一张双人桌前,轻笑道:"常识,讲究人一般都不缺钱。"

江淮:"……"

餐厅很大,一排厨师柜上摆着鲜鱼鲜贝,等着厨师现场切,生食区和熟食区泾渭分明。

偌大的一个餐厅就二班三十来个人来回走动。

班级群里的消息没到十分钟又超过了九百九十九条。

不少同学都特兴奋:"啊,还有大龙虾……这一顿要多少钱啊?"

"薄主席牛,从今天起,薄主席就是我亲哥!"

"滚吧,薄主席能要你这个弟弟吗?"

老林来得稍晚点,一进来,也惊了,向薄渐勾勾手:"薄渐,你过来一下。"

卫和平两只手端着四个盘,堆得老高,一脸兴奋地过来找江淮:"薄主席可以啊,太牛了!"

江淮接了杯白水,赵天青冷不丁地出现,江淮被他吓一跳。

赵天青跟几个男生勾肩搭背,许文杨也过来了,他跟王静一桌。副班长钱理起哄:"喔唷,班长怎么不陪——"

"你别说话!"许文杨瞪了副班长一眼。

薄渐有点头疼,第四次和老林说"没关系":"老师没关系,请大家吃饭——"话没说完,突然爆出一阵欢呼起哄声来。

他怔了下,扭头看过去。

江淮没什么表情,周围倒是压了一群男生,也没人想得起来这是位多不好招惹的主了,都围着他,赵天青从后面勾着江淮的脖子,整个压下去,仿佛泰山压顶。

"你……"江淮被他勒住,"你松手,你多重?"

薄渐蹙了蹙眉,回头向林飞笑了笑:"老师,我先去看看那边什么情况。"

江淮:"我腰要断了,赵天青你松手!"

"哦哦哦,我松手我松手。"赵天青松了手,脸上还笑嘻嘻的,手要往江淮身上放,"江哥,我给你揉揉?"

但他还没碰着江淮,江淮就被人拉走了。

江淮愣了一下。

老林还没弄明白第一波起哄声是怎么回事,正翘首以望,就突然又被第二波起哄声吓了一大跳。

唉,现在的孩子……老林想,怎么老是一惊一乍的。

林飞叹了口气,心想:反正薄渐要请客那就让他请客吧,这个学生家里条件也确实好……他就不操这个心了。

老林去端了个空盘,准备去盛点餐前小菜吃。

服务生上了些饮料。人都聚着嬉闹,闹哄哄的一片。

江淮靠在窗边,扔了瓶饮料给薄渐:"喝吗?"

薄渐接住。

"江淮。"卫和平吆喝着过来,招了招手,"来玩呀,就等你和薄主席了。"

江淮低头看着薄渐。

薄渐望着他的眼,喝了口饮料:"走吧。"

一顿饭吃到八点半。

老林还是要维持秩序:"时间差不多了,人家到点了,你们也都别玩得太晚……差不多就都回家吧,回家休息休息,下周回来发考试卷子。"

众人一片哀号:"啊,不说卷子我都忘了考试的事了!"

老林瞪一眼过去:"注意言行!"

江淮靠在桌前,扭头看了眼薄渐。

"走吗?"江淮问。

薄渐拍了拍江淮的肩膀,道:"送我回家。"

众人都聚在餐厅门口,江淮桌子离得远,卫和平都打上车了,准备去找江淮问问要不要一块儿顺趟回家,才看见江淮向他们这边走来。

但看见江淮,卫和平一愣。

江淮往众人这边走,薄渐低着头,看不清神情。

卫和平:"江淮,你俩这是要一起回去?"

江淮别过头,没什么表情:"薄渐有点不舒服,我送他回去。"

江淮拧了拧眉,始终别着头,没往薄渐那儿看一眼:"先走了。"

薄渐就始终低着头,别人说什么,都乖乖地不理会,也乖乖地不说话。江淮走一步他就走一步,江淮停下来他就停下来。

江淮走出几步,扭过头,说:"我去趟卫生间,你站好,等我一会儿回来找你。"

江淮刚一抬脚,薄渐就像一个小跟班似的,又向江淮跟过来。江淮猛地回头:"我让你动了吗?"

薄渐的脚停在半道,两三秒,悄悄地缩回去。

江淮板起脸:"站好,不许乱跑,我马上回来。"

薄渐被他领到了一个空无一人的走廊墙角,乖乖地低头站在墙角根,像是被大人罚站的小孩儿。

等江淮不自觉地急匆匆回到了走廊墙角的时候,远远瞥见薄渐还在墙角。

他稍松了口气。

薄渐比平常安静许多。在江淮眼里，还比平常顺眼不少。

江淮放慢步子，停在墙角："我打好车了。"

快九点，司机师傅接了个单子，客人在万盛大楼前街口。

他把车往路边一停，隔了车窗向外看。路灯不甚明亮，两个高高的男孩子向他的车这边走来。

车门打开了。

司机师傅一面问"手机尾号是8471吗"，一面随意从车内后视镜瞥了眼后面，不说话了。

江淮坐在左边，薄渐坐在右边。

江淮在左边车门框上支着头向薄渐看，薄渐还仪态良好地坐着，就是垂着头，半合着眼。江淮自己都没意识到自己的语气比平常耐心了不少："困了吗？"

"不困。"薄渐回答得十分小声。

江淮侧过身，想把车窗打开。

薄渐低头，轻声说："别乱动……不舒服。"

江淮皱眉："你想吐？"

薄渐："不是，有点难受。"

江淮不出声了，半晌，才问："那我带你去看医生？"

薄渐："不要。"

江淮："为什么不要？"

薄渐像说小秘密似的小声说："打针疼疼。"

江淮："……"

他冷冷地做出评价："事儿多。"他推开薄渐，薄渐却扭头，轻声问："江淮，难道你打针不疼吗？"

薄渐下一秒又道："打针疼疼，薄渐渐不打针，江淮淮也不打针。"

江淮："……"

江淮："您再用这种恶心的叠词，我就把您踹下车。"

薄渐："……"

江淮来了薄大少爷家几回，保安都对他的脸熟了。

到薄渐家院门口，江淮看手机，九点十二。他没开车门，懒懒地倚在车后座："你家到了，下车吧。"

薄渐侧头。

江淮挑了挑唇角，哂笑："怎么，你要是这几百米的路都不认识怎么走，那我送你？"

薄渐："好。"

江淮："……"

薄渐神情如常："走吧。"

江淮："我……"

薄渐稍稍蹙眉，还带着点那种让江淮看一眼就一点招都没有了的乖巧劲儿："你说话不算数吗？"

"我，"江淮的牙齿都咬紧了，"我算数。"

江淮一出车，一股冷风就涌进来。他先天体凉，又穿得少，冬天从来不穿秋裤，下车三秒就冻了个透。

江淮打了个哆嗦。

"走吧。"薄渐说。

江淮应了个鼻音，冷得呼吸都冒出一股白气儿。

江淮停在门口，抬眼道："到你家家门了，你别说让我再把你送到你房间门口的话。"

薄渐开了门，静了半晌，偏头问："你进去坐一会儿吧。"

江淮每回来薄渐家，薄渐爸妈都十有八九不在家。江淮鸠占鹊巢，坐在薄渐桌子前的椅子上，随手扒拉了下薄渐装订起来的试卷，心不在焉地想他俩可真是同病相怜。

薄渐下楼了，江淮一个人在楼上，拿出了手机。

班级群里的消息永远都是九百九十九条以上，校园网永远都让江淮没有登录的欲望。

没过多久，门开了。

江淮扭头往门口看。

薄渐转身轻轻关上了门。他没说话，只向江淮走过来。

江淮把手机放到边上，没抬头："你现在有什么特殊的感觉吗？"

薄渐："什么叫特殊的感觉？"

江淮："比如生病了所以情绪比较敏感，需要人照顾？"

薄渐笑了，江淮抬头。

灯光把江淮的面容映照得很清晰，他瞳仁的颜色很深，天生带着种冷感。

"生病了，"薄渐低着头，"唯一的特殊感觉是需要朋友的照顾。更何况我很久以前就想跟你做朋友了。"

江淮愣了一下："薄渐，你刚刚说什么？"

"我说，"薄渐说，"我很久以前就想跟你做朋友了。"

江淮静了："……"

过了好久，江淮出声问："所以你都是故意的？"

薄渐仿佛没听出来，轻轻挑眉："什么故意的？"

故意帮我这么多，故意接近我，又故意天天打着学习的名号……江淮乱七八糟地想出来很多事。

"江淮，"薄渐说，"我是想让你靠近我，和我做朋友。"

江淮低下头，说："嗯，我知道了。"

十一点了。

江淮靠在薄渐卧室外露台的栏杆边上吹风。

月明星稀，庭院里树影幢幢。快十二月份了，夜里温度已经很低了，江淮没穿秋裤，牙齿冻得抖了抖，硬撑着没事似的立在那儿。

门推开了，江淮没扭头。

肩膀沉了沉，有人递过来一件厚实的大衣。

薄渐的嗓音有点哑："这么喜欢吹风？"

江淮憋了半分钟，说："嗯。"

薄渐："你把衣服穿上，夜里冷。"

江淮手指头都是僵的，一振大衣，套了上来。薄渐的胳膊比他长，衣袖稍多出一截。

"我待会儿回去。"江淮说。

"好。"薄渐的视线停在江淮有些散乱的头发上，说，"把你的头发扎起来吧。"

江淮顿了下，没回头，也没说话。

江淮不回答，薄渐就又说："以后周末没事的话多来我家找我玩，和我一起写作业。"

江淮把手指蜷起来。半晌，他低声，自言自语似的："一年三百六十五天，我总不能每个星期都到你家来找你。"

薄渐从没听江淮提过他家的事。江淮没提过，他也没问过。

他猜江淮家只有江淮和江星星两个人了，江淮家门口只放着两双拖鞋，只有两个住人的房间。他去的那回，江淮家的冰箱除了堆了几层的饮料，只有少得可怜的两根香菜。

"为什么不行？"薄渐问。

他低头望着江淮："我是你最好的朋友。"

江淮静了，半晌，声音不大地说道："最好的朋友？"

薄渐："嗯。"

江淮从薄渐桌上抓了支笔握着，面无表情地说："但一年有五十二个星期。"

薄渐："嗯。"

"我要每个星期都来找你吗？"江淮问。

薄渐："不可以吗？"

一年三百六十五天，五十二个星期。

江淮算完数，觉得不行。

已经过了十二月份，白日的气温也跌了下来，呼一口气都看得见白气，学校供了暖，玻璃窗上雾蒙蒙的，有氤氲的水汽。

周三出考试成绩。

老林进教室时，班里就显得格外骚动。

这是开学的第一次市统考，不少同学如临大敌。老林一进门，大家心里都"咯噔"一声响。

从昨天起，就有消息灵通、常常往各科老师办公室跑的同学回来传了不知道真真假假的消息——这次考试物理难，听说级部就两个满分；这次考试，咱

051

们班上英语最高分是148……诸如此类，不胜枚举。

早自习快结束的时候，第一节课也不是数学课，但老林进来睃了一圈，没多说："这次考试成绩也都下来了。许文杨过来，待会把成绩单贴到教室前面的公告栏上。课间都自己看看成绩，咱们班具体考得怎么样等下午班会时再具体分析。"

老林脸色还可以。

底下同学想：估计是考得还可以。

许文杨应声起来，接了成绩单。他还没回座位，先觑了眼。他压低声音"嗨"了口气，往教室后排瞥了眼。

早自习下课铃一响，同学们一窝蜂地冲向前门边的公告栏。

江淮"啧"了声，靠在后桌桌边，单手拧开了矿泉水瓶，慢腾腾地喝了几口水……眼神却也黏在教室最前头的公告栏上。

他听见后面的人带着笑意地问："不去看看吗？"

江淮放下水瓶，没回头，也没什么表情："答案都发了，我考几分自己有数。"

"那你考了几分？"后桌又问。

"400多……"江淮稍停，"没到500。"

不用江淮本人"纡尊降贵"人挤人地去看，好兄弟就给江淮发过来了。

桌肚里的手机振了两下。

江淮掏出来，卫和平给他发了两条微信。

第一条：高清小图，拍的成绩单，从第一名到倒数第一名，清清楚楚，明明白白。

第二条：三个龇牙的傻笑。

周一周二先发了考试答案，江淮自己一道题一道题地对分，对出来的分数大致是在460到480之间……上下浮动的20分取决于批卷老师看不看好他作文的狂草字体。

结果大概是不看好。

江淮考了个区间内的最低分，460。

上次模拟考江淮是390多分，级部一千三百多名。

这次460，一千一百名。

这个级部名次倒和江淮预想的差不多……他要是没考到500，肯定就进不了级部前一千。

级部一共就一千五百多名学生，对于江淮这种分数低保困难户来说，进入前一千也是一大关。

江淮从成绩单最底下往上数……倒数第十二名。

这回没了江淮，赵天青同学垫底，总分176，数学才8分。

江淮往上翻。

翻到最顶上，江淮手指头顿了顿。

0001，薄渐，741，01，0001。

以上依次为学号、姓名、总分数、班级排名、年级排名。

在费好大劲才考到460分前，江淮同学从来没有觉得薄渐的这个分数这么震撼。

740多……这是市第一的分数吧。

六门共扣9分，平均一门扣1.5分。

而江淮六门扣了290分……单单作文卷面，就疑似扣了20分。

江淮的物理和化学两张卷子的分数加起来，还没有薄渐一张数学卷子的分高。江淮物理50分，化学80分，薄渐数学150分。

江淮面无表情地移除了卫和平的微信消息记录。

课间没过半，赵天青咋呼地冲过来了："哇，江哥，你这次400多分！"

他无限浮夸，无限大声："都快500了！"

班中同学纷纷侧目。

说400多的分高，这就是在扯淡，换个人来，这就是赤裸裸的嘲讽……然而，赵天青是发自一个年级倒数学渣的真情流露："你这次考得也太好了吧，年级一千一百多名！下次考试你真就不和我一个考场了！"

在认识江淮的前俩月，赵天青一到江淮跟前就"弱柳扶风"，说话都不敢大声喘气儿。

可现在，他吼得第二排的卫和平都押着脖子往后看热闹。

"……"

江淮静了会儿，说："你说话能小点声吗？"

赵天青："嗨，我这不是兴奋吗？"

江淮："你兴奋个头。"

"别别别，江哥，话不能这么说。"赵天青从江淮背后挤进座位来，一屁股坐下，哥俩好地搂住江淮肩膀，"有句话怎么说的来着？苟富贵，勿相忘……"

"铛"的一声响，什么东西掉在了地上。

江淮下意识低头看，一支钢笔。

"江淮，"薄渐嗓音轻和，"我的笔掉到地上了，可以帮我捡一下吗？"

江淮猛地扭头过去。

薄渐朝他弯弯唇角，眼神却凉飕飕的。

赵天青同学不愧体育生出身，脑子天真烂漫，身体反应极快，麻利地捡起笔，扔回薄渐桌子上："不用谢。"

薄渐："……"

江淮扭回头，低头咳了声。

薄主席平常对同学温和有礼貌，这事简直是全校共识，但赵天青等了小半分钟，没等到薄主席跟他说谢谢，还觉得薄主席脸色不太对劲。

"怎……怎么了？"

薄渐似笑非笑地问："赵天青，你今天体训吗？"

"不啊。"赵天青丈二和尚摸不着头脑，"今天讲卷子，停一天。"

"哦。"薄渐说，"可惜了。"

江淮独善其身，装作无事发生地一个人转笔。

许文杨刚好从前门进来，向后招了招手："江淮，老……林老师找你，让你去德育处一趟。"

江淮立马起身："好的，我马上去。"

老林不找江淮，江淮都快忘了他考试前还打了次架的事儿了。

一推德育处的门，江淮瞥见几个人——老林、刘畅、德育主任和俩不认识的老师，还有刘毓秀女士。

刘畅像被水淋了的鸡似的，耷拉着头，不知道是刚刚被谁给训了还是装鹌鹑。

刘毓秀女士在边上坐着，脸色十分不好。

江淮没抬头，也不偏不倚地朝林飞走过去："老师，你找我？"

老林叹了口气："今天找你们来，主要是为了处理考试前你俩打架的问题。"

刘毓秀冷笑："林老师，可别这么说，刘畅那不叫打架，亲眼看见的同学多了……刘畅就是被人打了一顿！"

德育主任压了压手，示意让自己说："刘老师，林老师，两位同学都有错，江淮不该动手，刘畅也不该主动惹事。这两天学校课程安排得都紧，不耽误大家时间，按校规下处分，江淮记过，刘畅回家反思。但校规也不是死的，如果两位同学都能认识到自己的错误，好好反思，保证绝对没有下次，下不下处分这件事我们也可以再探讨……"

江淮懒洋洋地插着兜，有一搭没一搭地听着。

有刘毓秀女士在，就没有刘畅说话的份了。

刘毓秀憋了好半天，起身，硬是放缓了语气："当然不能下处分，不下处分私下解决对谁都好。刘畅也不是不能道歉，但我就一个要求，让江淮先向刘畅道歉，并保证以后再也不动手，不然从重处分。"

江淮终于抬眼，动嘴："我不。"

刘毓秀猝不及防地一愣，拿手指指着江淮："你说什么，再说一遍！"

林飞眼皮一跳，去拉江淮："江淮！"

江淮"嗤"了声，看也懒得看刘毓秀："你儿子在厕所造我跟薄渐的谣……要不您考虑考虑让您儿子先给薄渐道个歉？"

他舔了舔嘴，露出恶劣的意味："等刘畅道明白了，你再和我提这件事。"

刘畅最不能提的就是造谣，所以刘毓秀都打马虎眼直接说"惹事"，但江淮把这事说出来，哪怕办公室的人早就知道，她也脸上挂不住了。

刘毓秀脸色变得十分难看："薄渐的事用得着你管？江淮，你管好……"

林飞也起身，脸色严肃下来："刘老师，话别说得太难听。"

刘毓秀两次被卡，她能指着江淮的鼻子骂，还能指着林飞的鼻子骂？刘毓秀的语气冷下来："江淮，你也注意言行，就是这么冲撞老师的吗？"

江淮稍挑了挑眉梢："您今儿不是作为学生家长来的吗，合着您还是个老师啊？"

言下之意，你配当老师吗？

当着几个德育处老师的面，刘毓秀几乎要被江淮气晕过去。江淮绝对是她二十多年教龄里最恶心、最讨厌的一个学生。

她硬撑着脸，转头看向德育主任："主任，你觉得江淮像真心悔改的样子吗？不给他下处分，他百分百还有下……"

"给我记过，刘畅滚回家待半个月，这事算完。"江淮动唇，"道歉，没门儿！"

刘毓秀："主任，你听听……"

林飞紧皱起眉来，太阳穴突突跳："江淮，别冲动……"

"没冲动。我说话负责。"江淮哂笑，"说话负不起责的就别来丢人现眼，还不如待在厕所里造谣。"

刘畅的拳头早攥紧了，就是他妈在，他不敢造次。刘毓秀不知道早叮嘱他多少遍装也要装得弱势。但刘畅终于忍不住了，吼道："江淮，你有本事再说一遍？"

江淮漫不经心地想：刘畅和刘毓秀可真是一个德性，听不见上医院，凭什么让他再说一遍？他问："我的本事就是给你再说一遍的？"

主任终于也站起来，指了指江淮，又指了指刘畅："江淮，刘畅，出去。哦，不用出去了，你们俩就在德育处这儿站着，看见那边的窗户了没？一个站左边，一个站右边，什么时候冷静好了、反思好了，愿意道歉了，你俩一起来找我，少一个都别来！"

薄渐支着头，前桌空荡荡的，江淮第一节课没回来。

江淮被叫去做什么了他猜得出来，但江淮去的时间比他预计的略久。

他确定考试前江淮打架的那件事学校不会给他记过，毕竟上周才刚刚给人颁了见义勇为奖。但不知道为什么，江淮去了这么久都没回来。

甚至到第三节课，江淮都没回来。

江淮的手机在桌肚振了振。他没把手机带去德育处。

手机收到几条微信消息。

秦总统："我提前放假啦！"

秦总统："我今天的飞机！"

秦总统："哥们儿，来接我吗？"

秦总统："……"

秦总统："算了，你今天上学，我自己去你们学校找你吧。"

BOHE

YINJI

第三章
发小

第三节课下课铃响了，物理老师稍微拖了两分钟堂。

物理老师前脚刚出教室，薄渐后脚起身，打算去德育处一趟。江淮到现在没回来，十有八九又在德育处搞出了什么事。

物理老师刚刚走，大多数同学还在整理错题，班里安安静静的。

前门被推开，有人敲了两下。

同学们纷纷抬头。

前门口站着个高挑的男生，肩宽背阔，眉眼很深，像压着锋利的气势。区别于青春期少年，他的嗓音低哑："同学，江淮在吗？"

卫和平刚好没下课就溜出去上厕所了，和老秦失之交臂。

前排同学一片寂静。

前门口的这位同学看着和他们年纪差不多大，却已经有了些成年男人的轮廓。深色大衣，高领毛衣，腿很长，军式短筒靴，没穿校服，长了张辨识度很高的脸，然而是个生面孔。

这人看着就很不好惹……怕又是来找江淮寻仇的。

没人吱声。

秦予鹤心情不大好。他从学校提前一个多星期请假回来的，赶国内连夜的飞机，从伦敦到B市，十多个小时……结果，下飞机给江淮发消息，一上午时间，江淮都没回他。

请假提前回国这事儿，他连他爸妈都没说，是第一个跟江淮说的，然而江淮搭理都没搭理他。

物是人非。

江淮变了。

江淮不在乎他了。

秦予鹤来江淮学校前，先去附近宾馆开了间房，把行李暂时放到了宾馆。

他爸妈还不知道他回国了,所以他得在宾馆住一段时间。

但是,秦予鹤想,要是江淮认错态度诚恳,且诚挚地邀请他去家里住,他也就勉为其难地答应江淮,先在江淮家住几天。

秦予鹤在二班教室扫了眼,没找着江淮,也没找着卫和平。

他低头,问靠前门第一排的同学:"同学,江淮是在这个班吗?"

"在……在。"

秦予鹤低着眼,高高地往下看,插兜问:"那他坐哪儿?"

同学吓得往后缩了缩脖子,生怕大佬发火,迁怒于他,往后一指:"后门那儿,倒数第二排那个座位。"

"哦,谢了。"秦予鹤进了二班教室。

江淮十二月的生日,前两年江淮过生日,秦予鹤都是从国外给他寄生日礼物,今年回来得早,就直接自己带回来了。

礼物放在宾馆,是秦予鹤提早半年预订的,联名限定款的滑板。

秦予鹤去了倒数第二排的座位。他翻了翻课桌上放着的折了好几折,红红黑黑一大片的卷子纸……确定这一手丑字儿就是他发小写的。

他随手抽了支江淮的笔,翻出一张草稿纸,给江淮手动留了言。

江淮能一天不回他微信,他不信江淮能一天不回教室。

秦予鹤把笔放回去,又稍稍替江淮整理了下他的桌面,拉了拉衣领,往后门走了。

刚刚拧开后门,秦予鹤眯了眯眼。

走廊上,那个他在校园网上看见过很多次的人站在窗边,侧着身,恰好和另一个男生说完话,偏头看过来。

那一眼,秦予鹤确定这人绝对心怀叵测。

陈逢泽走了,秦予鹤过来了。

"你就是薄渐?"秦予鹤稍稍仰起下颏。

薄渐轻笑:"江淮的小学同学?"

秦予鹤似笑非笑:"江淮的小学同学多了,发小就我一个。"

秦予鹤对薄渐的所有认知,大致来自江淮学校的校园网。在校园网上,有关薄渐的,除了各类表彰帖、宣传帖、公告帖、投票帖,就是江淮和薄渐的"交友趣事"了。

他发小能在校园网上被编得这么离谱……秦予鹤就觉得薄渐绝对是用心险恶。

"哦。"薄渐漫不经心地道,"江淮朋友也多了……可是最交心的朋友也就我一个。"

秦予鹤忽然静了。

半晌,他盯着薄渐:"你把你刚刚的话再重复一遍?"

薄渐露出一个礼貌至极的微笑:"哦,江淮忘了和朋友说了吗?"

他轻描淡写地回道:"我还以为你和江淮关系很好。"

秦予鹤又沉默了。

好半天,他冷冰冰地盯着薄渐,只问:"江淮现在在哪儿?"

"你是叫秦予鹤,对吗?"可薄渐没有回答,一副好学生姿态,假模假样地笑了下,"学校校规规定,外校学生不得入内。"

他稍顿,问:"需要我叫老师来送你走吗?"

秦予鹤眯起眼:"你想打架?"

薄渐微笑:"好啊。"

江淮在德育处待了三节半课。

一扇一米多宽的窗户,他在东边,刘畅在西边。他不知道刘畅看没看他,反正他是没看刘畅。

看见这人就烦。

道歉没门儿,要站就站。他不上课,要是德育主任不嫌他碍事碍眼,他可以在德育处被罚站一星期。

三节课,算上课间,三四个小时。

刘畅脚腕子都站酸了,脚底疼,小腿疼……头也疼。

他偷偷觑了东边的江淮一眼,江淮面墙站着,右手揣兜里,几个小时都没怎么动过,除了左手。江淮左手有一盆光长叶子的花儿,刘畅觑过去的时候,发现江淮居然在偷偷掐德育处的盆景叶子玩。

刘畅心想:不能这么下去了,再这么下去,德育处的盆景花就要被江淮给薅秃了。

刚好,德育处办公室老师都出去了。

刘畅悄悄往江淮那儿挪了几步，又挪了几步。

刘畅挪到江淮右手边。

江淮不是没感觉，心里嗤笑：这人估计是站不住了，放下脸面来求和了。

江淮没动，没说话，脸上也没表情。

刘畅咳了两声，清了清嗓子："你没事揪人家德育处老师养的花干什么？"

江淮头都没转："关你何事？"

"怎么不关我……不关我事？"刘畅说，"你把人家老师的花都给薅没了，到时候老师不得找我跟你两个人一起算账？"

江淮："一人做事一人担，我薅的花，自己负责。"

刘畅心里来气，心想：江淮这家伙怎么这么不上道，就不会给他个台阶吗？

他又想了想，故作正义地道："那不对，我不管你，那法律上不是有个……有个包庇罪吗？到时候你是主犯，我就是从犯。"

江淮："……"

两三秒，江淮终于没忍住，扭头过去："你是蠢吗？"

刘畅咋咋呼呼："你看，你还骂我。"

江淮掀唇："你再叨叨，我还打你。"

"不行。"刘畅说，"我不经打，你打我一回就够了。"

见江淮不搭理他，他一咬牙，又说："我也不是天天就存心想着说人坏话，说一回也就够了……以后不说了。"

江淮动了动眼皮。

其实，刘畅心知肚明，他早就烦江淮了，他妈在家没少对着他骂江淮，连带着他也烦这人，上课睡觉，不听管教，班主任让干什么就反着干什么。当然，他更厌恶江淮干的那件事。

可这件事翻篇了，不是江淮的错。

刘畅咬着牙，好一会儿，转过身来，向江淮鞠了一躬："江淮，对不起，我嘴贱，我认了。"

他声音小得不能再小："你要非得让我去找薄主席道歉……那我就去。"

接着，他又补了一句："但我觉得你打人也不对。"

江淮懒洋洋地扭头看着刘畅的后脑勺——刘畅还鞠着躬没起来。

江淮挑了挑唇角："想让我和你一起去找德育主任认错？"

"不是，不是。"刘畅连忙起来摆手，"我真认错……不是光为了跟你一块儿去找主任才道歉的。"

他往周围看了看："要不我给你写份认错书？"

江淮："认错书就不用了。"

德育处没人，江淮拉了主任的转椅出来。站三个多小时，不至于肩酸背痛，但他也挺累。他坐到大转椅上，朝刘畅转了个圈，背对刘畅："给我捏捏肩膀，说三百声我错了，我就原谅你。"

刘畅一愣："……"

老林今天十分头疼。

江淮和刘畅这俩学生在德育处，当着一群老师的面就差打起来了，还是其次，他刚出德育处，刘毓秀又来找他理论。

好歹是同事，刘毓秀对林飞倒不至于对江淮似的横鼻子竖眼，江淮见义勇为的事儿她也听说了，所以她就没拿江淮以前干的"好"事说事，单单和老林理论"江淮是不是应该尊重一下她这个当老师的"以及"江淮是不是应该示好低个头和刘畅一块儿赶紧从德育处出来"。

刘毓秀前脚走，许文杨后脚又来了。

许文杨脸色十分紧张："老师，薄渐和一个男同学打架了！"

老林："什么？"

说是打架，但薄渐动手十分克制。

秦予鹤也一样。

两个人的念头都大致相仿："看你不顺眼好久了。"

秦予鹤给了薄渐一拳，薄渐给了秦予鹤一脚。

打完，薄渐抽出纸巾擦了擦手，慢条斯理地折起来，扔进垃圾桶，秦予鹤抵在墙边冷着脸整理衣服。

然后，两个人一起被回教学楼上厕所的德育主任撞见了。

德育主任叫他们，秦予鹤听都懒得听，掉头就要走，薄渐侧头，碰了碰嘴角，笑着说："江淮在德育处，不去吗？"

秦予鹤脚步一顿，掉头回来了。

江淮在德育处让刘畅给他捏肩，慢腾腾地喝了口刘畅给倒的水："用力点，早上没吃饭吗？"

刘畅觉得耻辱："你……"

江淮："你什么？"

刘畅："你说得对……我用力点，我错了我错了我错了……"

江淮一时唏叹，想起他被老林勒令上台背诵检讨书上三百多句"我错了"的岁月。

德育主任也头大。薄渐，学校一顶一的好苗子，还是学生会主席，怎么做得出来在学校打架的这种事？

薄渐这个学生，他骂也骂不出口，只能边走边叹气："你啊你，让我说你什么好……后面那个同学是几班的，叫什么名？"

薄渐微地一笑："不知道，第一次见面。"

德育主任眉头紧皱，先拧开了办公室的门："什么叫第一次——"

一进门，德育主任抬头，看见江淮坐在他的转椅上，拿着个一次性纸杯，后面刘畅正给他捏肩膀。

他一下子怒从心起："江淮，起来！让你来德育处干什么来了？"

江淮呛住了。

薄渐怎么和秦予鹤一块儿进来了？

问：在什么情况下，风马牛不相及的两个人，譬如你的高中同学和你的小学同学，会疑似牵瓜带葛地同时出现在一个地方？

江淮觉得今天可能没睡醒，跟德育主任大眼瞪小眼。

德育主任看见江淮不但不起，还瞪着他看，险些背过气去："还不起来！你倒舒坦！"

刘畅吓得一个激灵，心想听江淮的话果然没好下场，连忙推了推江淮的肩膀，用气音说："你起来啊！"

江淮这才起来，刘畅赶紧屁颠屁颠地把主任的椅子推回原位，江淮一口喝完了纸杯里剩下的水，捏瘪，扔进垃圾桶。

俩人站直，一左一右。

主任身后，薄渐跟秦予鹤，一左一右。

江淮神情微妙，瞥了眼薄渐，又瞥了眼秦予鹤。这才几号，老秦之前不是说他十二月中旬的飞机吗？

就算是学校提早放假了，秦予鹤跑他们学校来干什么？

就算是跑到他们学校来了，秦予鹤是怎么进的德育处？

他多看了眼秦予鹤，结果发现秦予鹤一直在盯着他。秦予鹤动唇，看嘴型他叫了一声"江淮"。

江淮在看秦予鹤的时候，薄渐在看江淮。

江淮感觉到了。

不知道为什么，他头皮发麻，也看了眼薄渐。

薄渐向他弯了弯唇角，江淮这才看见薄渐的嘴角不知道怎么破了一点，只是不太显眼。

秦予鹤上回回国是暑假，江淮还想过挺多次等秦予鹤回国，找他去干什么，比如吃饭、锻炼身体……但绝没想过相见于德育处。

上两个打架的学生还没处理好，这又来两个，德育主任心烦得不行，冲江淮和刘畅扬了扬手："让你俩自己解决矛盾，你俩倒解决得挺彻底，肩膀都按上了……继续回去站着，等你们班主任过来把你们带走。"

他转头，看见薄渐，叹了口气，转而看向秦予鹤，不虞地皱眉："你叫什么名？哪个班的？"他如果见过这个同学，就肯定有印象，但他不记得级部有这么一人。

秦予鹤眼皮微抬，看着江淮，却对主任说："老师，我不是你们学校的。"

主任："啊？"

秦予鹤手搭在后颈上，指节"咔吧"响了两声，散漫地道："从校外进来的，听说你们学校有个傻瓜，过来找他打一架。"

秦予鹤口中的"傻瓜"显然指薄渐。

薄渐素养良好地不予评价。

秦予鹤没说他认识江淮，只稍一停，思索起薄渐在进门前的说法，认可道："我跟这傻瓜确实是第一次见面。"

主任快被气笑了："第一次见面就打架？还说不认识？"

这位同学不是把薄渐当傻瓜，是把他当傻瓜吧？

"不算打架。"秦予鹤舔了舔牙，又瞥了眼江淮，"认识，没见过，网友关系。"

主任："……"

主任的脸色只能用"濒临爆炸"来描述了。

薄渐这个学生说也说不得，骂也骂不得，他只能逮住那个能说能骂的发火。

刘畅往后缩了缩，缩到德育处墙角的盆景边上。

三个人的电影，他不该有姓名。

主任深吸一口气："我不管你们是怎么认识的，学校不是想进就能进的。你说你不是我们学校的同学，你先说你是怎么进来的？"

秦予鹤是翻后门西边的铁栅栏进来的，他来过江淮学校，记得先前这有一堵不高的旧墙，现在改铁栅栏了。但秦予鹤能跑能跳、身轻如燕，学校就是建个三米多的栅栏都不顶事。

除非学校再把栅栏改成高伏电网。

秦予鹤："我是——"

江淮忽然出声："我借他校园卡让他进来的，我跟他认识。"

主任一愣，没反应过来："怎么又跟你扯上关系了？"

"他是我朋友。"江淮说。

薄渐笑了，神情中带着难辨的晦暗："也是我的朋友。"

江淮出德育处的时候，第四节课还没下课。

刘畅比他溜得还早，一见自己已经从主要矛盾降级成次要矛盾，立马抓住机会，从德育处逃出来了。

这件事就很离谱。江淮打架，在德育处站了一上午，要不是刘畅熬不住了，还得继续站；薄渐打架，尽管照薄渐的说法，是"和朋友开个玩笑"，但还是没说两句话就被放了出来。

差别待遇。

合着学习成绩好还能成为特权阶级？

江淮推门出了德育处，还没下课，东楼静悄悄的，没声响。

走廊没有被供暖，一出门就灌进一股冷风。

他把冲锋衣拉链拉到了最顶上，往前走。薄渐在他右手边，秦予鹤在他左手边，江淮默默走了两步，迈大了步子，从俩人夹中间的位置里走出去。

可刚刚拉开一个身位，他右手被拉住了。

江淮猛地向右扭头,把手往回抽。

抽右手的空当,左边儿衣袖也被拉住了。

江淮又往左扭头。

秦予鹤直直地盯着他,扯着他的袖子。

半晌,江淮有点嘶哑地开口:"你们俩抓逃犯吗?放手。"

薄渐没放。秦予鹤扯着江淮的袖口,好半天,一下子松下手来,手揣回了衣兜。

"中午放学有时间吗?"秦予鹤没笑,低眼看着江淮,"不是说等我回来请我吃饭吗?"

江淮没动:"行,我还有十来分钟放学。"

他稍一停,又说:"你先走吧,我放学去校门口找你。"

秦予鹤看着江淮一时间没说话,拢了拢大衣,没什么表情:"好,我先走。"

秦予鹤下了楼,脚步声愈来愈远。

江淮瞥了眼薄渐:"您可以松开了吗?"

薄渐垂了垂睫毛:"不松。"

江淮:"……"

薄渐说:"中午我也要去和你们一起吃饭。"

江淮无情地拒绝:"不行。"

薄渐知道江淮不会答应,也没想过要逼江淮答应。他含着笑意问:"为什么不行啊?"

江淮"嗤"了声:"你事儿多,难伺候。"

薄渐:"……"

江淮懒洋洋地随口说了句:"秦予鹤比你好伺候多了。"他指的是吃饭方面。老秦特别好说话,自己就是带老秦去吃路边摊,老秦也没意见。不像薄主席,仙子下凡,露水不沾,这个不吃那个不吃,整个一事儿精。

江淮瞥见薄渐嘴角的伤口,生硬地转移了话题:"嘴还疼吗?"

薄渐:"疼。"

江淮:"……"

"那我跟你去趟医务室?"江淮问。

薄渐:"不去医务室,擦酒精疼。"

江淮:"……"

薄渐敛眸："你安慰一下我，就好了。"

"丁零丁零——"

放学铃刚好打了。

楼梯拐角空无一人。

江淮衣兜里的手指动了动，指肚沁出点汗。

他别过头，往楼下走了："幼稚。"

薄渐唇角弯起，跟了上去。

江淮闷头在前面走："你们两个打架了？"

薄渐："嗯。"

薄渐和秦予鹤能打起来，这种事比秦予鹤突然出现在他们学校，还被德育主任抓了更震撼。且不提薄渐曾放言"好学生从不打架"，薄渐和秦予鹤都没见过面，这两个人怎么能打起来？

江淮停脚，扭头："你俩怎么打起来的？"

薄渐轻描淡写地道："两看相厌。"

江淮："……"

秦予鹤一直不喜欢薄渐，这他是知道的。老秦曾多次以革命伙伴的身份警示过他，要离这个一看就不是什么好人的薄渐远一点。

江淮记得那时候和老秦说自己跟薄渐一点儿关系都没有……

江淮沉默了半晌，不太有信服力地说："打架不好，以后别打架了。"

薄渐瞥了他一眼。

江淮自己都觉得说这种话纯属搞笑，他才因为打架从德育处出来。他又沉默了一会儿，说："那我就先走了。"

薄渐没说话，江淮无情地道别："拜拜。"

秦予鹤在校后门等江淮。

正好放学点儿，校门口人来人往。十二月份了，树木萧瑟，天空是雾蒙蒙的冷白色。

秦予鹤也是那种站在哪儿都招人看的人，江淮插兜走过去："要叫卫和平一起来——"

话没说完，秦予鹤手臂忽然伸过来，勾住江淮的肩膀，狠狠压着他，半天才说出话，声音发狠："江淮，我下飞机第一个找你，发两条微信你一上午都没回？"

秦予鹤近一米九的男生，皮紧肉实，压在江淮肩膀上，差点没把他压跪下："你松开我。"

秦予鹤这次没松，压着江淮的肩膀问："发微信不回，打电话不接，江淮，你是不是不把我当朋友了？"

一回国，秦予鹤这是发什么神经呢。

江淮揉开他，拧着眉："你有病？"

秦予鹤看着他，鼻尖被冻得通红。江淮突然想起来他在校门口站得也挺久了，皱了皱眉："冷吗？中午去哪儿吃？我打辆车。"

秦予鹤碰了碰鼻子，眼睛被冷风吹得也有点红，说："随便吧，你定，我住的宾馆在你们学校附近。"

江淮抬头："你不回家住？"

秦予鹤："我请假回来的，没敢跟我爸妈说。"

江淮："……"

"牛！"他评价。

秦予鹤又跟江淮勾肩搭背，他勾着江淮的肩膀说："要不我住你家？没钱了，住不起宾馆。"

江淮瞥了眼他，又把他推开了："那我给你拿钱，不用还。"

秦予鹤："……"

秦予鹤把脸别开了。

秦予鹤喜欢吃辣，江淮定了家离学校几公里远的巴蜀火锅。

出租车来了，秦予鹤进了副驾驶，江淮进了后座。

秦予鹤低头看着鞋尖儿出神。

江淮话不多，秦予鹤不说话，江淮就不会说太多话。

"待会儿吃完，你和我回宾馆一趟。"秦予鹤扭头说，"你今年的生日礼物，我给你放在宾馆了。"

江淮在后面"哦"了一声。

车窗水汽蒙蒙，手指冷得发僵。

其实，秦予鹤不是想说这句话，在校门口想说的也不是为什么没回他消息。秦予鹤看着车窗发呆。

今年是他和江淮认识的第十一年。

秦予鹤上小学的头一天认识的江淮。

他爸妈从他上小学前就教导他要独立，当一个能够独当一面、有自立自强气概的人。但秦予鹤不想独立。

他就想赖在爸爸妈妈、赖在在乎他的人身边。

他爸没有把他送到朋友家小孩都去的私立小学上学，反而把他送到一年到头只要几十块书本费，小孩按片区划的公立小学去了。

这里一个班里有几十个小朋友，就一个老师。

秦予鹤还没进教室，就听见教室里的小朋友全在哇哇哇地哭，吓得秦予鹤一个屁股蹲儿摔在班门口，也开始哇哇地哭。

老师忙得屁股着火，秦予鹤哭了十多分钟都没人管。

秦予鹤越哭越气，挤不出眼泪，就倒在地上一边打滚一边吱哇乱叫。

直到他屁股被人踹了一脚。

秦予鹤捂着屁股，生气地看是谁不但没有安慰他，居然还踹他。

然后，秦予鹤就看见一个皮肤很白，眼睛很黑，表情冷冷的小朋友。

小朋友说："闭嘴，你很吵。"

然后，小朋友向他伸手："起来。"

秦予鹤抽抽噎噎地想，终于有人管他了。如果这个小朋友对他好，他就暂且不记踹他的仇。

秦予鹤的小手抓住了小朋友的小手。

那是第一年。

今年是第十一年。

江淮翻着手机，忽然听见前面秦予鹤问："江淮，还记得以前吗？"

他抬头："以前？"

秦予鹤："嗯。"

江淮："以前是什么时候？上个暑假？"

"当然不是。"秦予鹤有点生气地从副驾驶扭过头来,"我说小学。"

江淮:"小学?"

秦予鹤一眨不眨地看着江淮。

江淮挑了挑唇角:"当然记得啊,你小学的时候特傻……你还有印象?"

秦予鹤:"……"

秦予鹤扭回了头。

江淮在后面慢腾腾地说:"你小时候……挺烦人的。"

特别黏人,像块牛皮糖,天天跟个小尾巴似的吊在他后面。

秦予鹤:"……"

江淮:"那时候,我好几次想过把你打一顿,然后恐吓你离我——"

秦予鹤及时叫停:"江淮,别说了。"

江淮:"怎么?"

秦予鹤说:"麻烦给我的童年留一点虚假的美好记忆。"

江淮笑了,倒真没再往下说,点了点手机,问:"用不用我把卫和平叫来?"

"不用了。"秦予鹤低了低眼皮,后肩抵在座椅靠背上,"他又吃不了辣,让他来了,吃完他明早还得找咱俩哭。"

江淮不自觉抬头。秦予鹤说的是实话,卫和平吃不了辣,每回他俩来吃川蜀火锅,卫和平还是有邀必来,美其名曰不吃白不吃,吃完第二天就跪在厕所给他们发微信哭诉自己肠胃的遭遇。

然后,他下回还来。

两人下了车,最近降温,白日里的气温也不过十一二摄氏度。

江淮下车打了个哆嗦,秦予鹤瞥他:"你又没穿秋裤?"

江淮没吱声。

秦予鹤没说别的,只把羊毛围巾摘了下来,递过去:"你可以围腿上,我不嫌弃你。"

江淮:"……"

"滚吧,"他搡了秦予鹤一把,"进去就不冷了。"

江淮和秦予鹤两个人混了十多年,已经熟到出来吃饭,另一个人会点什么都门儿清。江淮裤兜的手机振了振,他把点餐板扔给秦予鹤:"弟弟点吧,想吃什么,哥哥都满足你。"

秦予鹤接过来，熟稔地道："弟弟真大方。"

江淮拿出手机："滚。"

手机上来一条微信消息。

BJ："在吃什么？"

真正的强者："火锅。"

BJ："我也想吃火锅。"

真正的强者："好，那你去吃吧。"

BJ："嗯？"

秦予鹤不动声色地瞥了眼和人发消息的江淮，说："小料自配，和我一起去调小料吧……你把手机收一收。"

江淮抬头："哦，好。"

他随手把手机扔到边上，跟秦予鹤一块儿调小料去了。

手机又亮了亮。

BJ："我才不想一个人去吃火锅。"

一分钟。

两分钟。

三分钟。

薄渐好多分钟都没有收到来自好友"江淮淮"的回复消息。

BJ："在吗？"

BJ："在就吱一声。"

江淮淮"杳无音信"，在人间失联五分钟。

等江淮调完小料回来，看见手机屏是亮的，"您有十八条未读消息"。

江淮愣了一下，放下小料碗，划开手机。

十八条未读消息没看见，江淮倒是看见了十几条灰色提示——消息已撤回。

真正的强者："……"

真正的强者："你刚刚发了什么？"

BJ："什么也没发，你不理我，我无聊。"

秦予鹤靠在椅背上，转笔似的转着筷子，稍带烦躁地"啧"了声，问："和薄渐发消息吗？"

说实话，江淮一直觉得和人出来吃饭还看手机这种事贼傻。

他有点头疼,给薄渐回了条"那你挺闲,好好学习"的消息,又把手机放一边了。

"嗯。"他回应。

看见江淮把手机放下了,秦予鹤的脸色才缓和一点,喝了口酸梅汁,说:"我不喜欢薄渐。"

"薄渐一看就不是个好人。"他又说。

江淮:"……"

半晌,江淮说:"其实,我也这么觉得。"

以为在江淮面前诋毁他朋友,江淮极有可能被蒙蔽了双眼,然后怒而和自己翻脸,然后失去十多年革命友谊而内心忐忑不安的秦予鹤:"啊?"

江淮稍眯起眼,盯着秦予鹤问:"薄渐今天是不是和你说什么了?"

秦予鹤今天不对劲,他看得出来,他和秦予鹤太熟了。

老秦小时候就像患有多动症,长大了就精力过剩。每回假期回国,他坐了十来个小时飞机,没倒时差,还比卫和平这个每日早睡早起、定时定点去跳广场舞锻炼身体的家伙精神,一路上能不停嘴地说话说两三个小时。

可今天,他突然哑巴了,就说了两句话,还心不在焉。

秦予鹤转了转手里的玻璃杯,眼皮微抬:"你跟薄渐是好朋友了吗?"

江淮不说话,过了一会儿,低头喝了口水:"对不起,哥哥没和你商量,又给你找了个哥哥。"

他稍一顿:"人家身娇体弱,学习好不经打,你别和他打架。"

秦予鹤立马反应过来,咬牙切齿地扑过来按江淮的脑袋:"你滚吧!"

江淮被他按着,脸快压到沙发皮上了,往上挣:"哎,你有话说话,能不能别动手动脚,你是狗吗?你松手。"

"叫哥,就松手。"

江淮不会跟秦予鹤真动手动脚,但不真动手动脚,秦予鹤学了好多年擒拿术,他就是推不开秦予鹤这人。

手机忽然响了。

江淮骂了声,气息不稳地把手机摸过来:"你滚开……有人打电话。"

"你快点,叫声哥,我马上起来。"

江淮脸被压着,只能看见沙发皮,看不见手机。他手指随意地往上划了下,电话接通，他挣也懒得挣了。秦予鹤按着他后脊，右手手腕被擒，他只能趴在沙发上："好好，哥，饶了我吧，我错了……我要打电话了。"

谁叫谁哥这件事，江淮和秦予鹤从小学一年级争到现在，以江淮获胜次数居多。

所以，一般秦予鹤好不容易捞着一次江淮叫他哥的时候，都会特无耻地说"再叫声听听"，但这次，秦予鹤像突然有了思想觉悟，猛地静了，松了手劲。

江淮抬了抬眼皮："哟。"

江淮也静了。

通话人：薄渐。

薄渐清清淡淡的嗓音响起："江淮，去吃火锅还要向哥哥求饶吗？"

薄渐没再说什么。

他挂了电话，支着头，心不在焉地翻了几页压在手肘底下的书。中午，他没回家。

吃完饭，江淮去了秦予鹤的宾馆。

秦予鹤东西不多，就一个三十寸的拉杆箱，柜子上放着两盒没开封的牛奶，露台门边竖着一个干干净净的长快递箱。秦予鹤把行李放下就去了江淮的学校。

江淮进门，秦予鹤在他后头关了门："你生日礼物在露台门那儿。"

"嗯。"江淮看这高度就差不多猜出来是什么东西，"滑板？"

秦予鹤摘了围巾，脱了大衣："我为你省吃俭用小半年才攒出来的。"

江淮扭头瞥了眼秦予鹤，秦予鹤压着眉弓，头稍低，从衣兜掏出颗糖扔了过去。江淮接住："谢了。"

秦予鹤摁了一下房间的换气按钮，江淮从露台出来。

秦予鹤走回来，到他旁边，微眯了眼说："我以前还想过，我跟你老了，都没有找到老伴儿的老年生活。"

江淮靠在门边，斜瞥了他一眼，没说话。

秦予鹤低头说："种种花，遛遛鸟，到了周末晚上去广场和老太太跳舞。"

江淮："……"

"你现在就可以去广场上找老太太跳舞。"他说，"让卫和平给你介绍，他熟。"

秦予鹤乐了，抬头："我不，我不抢兄弟的老太太。"

指肚还蹭着汗，他停顿了下："薄渐……"

江淮愣了一下，皱起眉来。他蹲下来，后背抵在门框上，懒洋洋地道："我对薄渐的第一印象比你对他的第一印象还差劲，不过后来接触多了……就觉得他这人还不错。"

秦予鹤："你在夸他吗？"

江淮："差不多。"

秦予鹤低头看着江淮，江淮提起薄渐的时候是不一样的，江淮不大爱笑，每每提起薄渐却都露出轻松的笑。

秦予鹤"啧"了声。

"江淮。"秦予鹤开口。

江淮还记着之前在火锅店，秦予鹤把他脑袋按在沙发上的仇，挑衅似的抬眼："叫你哥干吗？"

秦予鹤："滚回学校上课去，你迟到了。"

江淮："……"

江淮猛地起来，拿手机出来看了眼时间——一点五十四，差六分钟打上课铃。下午第一节课他记得好像是老林的数学课。

"哎，我真要迟到了，下午有我们班主任的课，"他匆匆起身，"那我就先走了……"

江淮一顿，扭头端详了半天据老秦说他省吃俭用小半年给自己攒钱买的滑板："滑板能用吗？我滑滑板比跑着快。"

秦予鹤拿手肘揉了他下："滚吧，我买来给你收藏用的，谁让你上路了？自己跑着去。"

"小气。"江淮撇嘴，"先走了，有事儿再联系。"

"谁小气了？"秦予鹤气哼哼的，"以后我再发微信消息你快点儿回，发条消息后一上午不搭理我，我怎么联系你？"

江淮瞥他："我说的是有事儿联系，你那点破事也算事？"

秦予鹤："……"

江淮没再搭理他，往门口走了，背对着秦予鹤抬了抬手："拜拜。"

"嘭"的一声门关了。

江淮走了。

秦予鹤像发呆似的靠在墙边站了半晌，慢慢顺墙根蹲了下去，叹出一口气。

江淮是百分百要迟到了。

宾馆离学校不远，江淮跑着去差不多十分钟，从学校后门西边的铁栅栏翻进来，再跑到学礼楼，又差不多十分钟。

所以等江淮到教室，老林第一节数学课已经上了一半。

江淮在二班外走廊前门到后门中间徘徊了几圈，最后摸到后门，没锁，悄悄拧开一道细缝，蹲在门框脚，一点点挪了进去。

坐倒数就有这个好处，虽然姿势不大体面，但是可以偷偷溜进来。

薄渐没有同桌，靠后门最后一排就薄渐一个人。

江淮挪进来，悄无声息地把门关上，蹲在薄渐凳子后面缓了缓。

老林在讲台上讲预习学案，江淮看不见人，只听得见老林的粉笔头磕在黑板上铿锵有力的声音。江淮稍抬了抬头，恰好和偏过头来望向江淮的薄渐四眼相对。

可能是教室的中央空调太热，也可能是到了无路可走的地步，江淮手心攥出了汗，在嘴边比了个"嘘"的手势。

薄渐点了下头。

江淮跟薄渐是前后桌，他俩座位都靠过道，赵天青这一列靠墙。

今天，赵天青没去体训，趴在课桌上睡得不知今夕何夕。

老林不写字了，转身过来讲题："我们首先把这条过a点的直线的倾斜角求出来……"

老师站在讲台上往下看，最后一排的同学开没开小差，都看得一清二楚。江淮心想：他现在要是从过道跪蹲过去，老林肯定会发现。

到时候又是一篇三千字检讨。

他开学到现在，写的检讨比写的语文作文还多。

江淮蹲在薄渐凳子后头，薄渐低头看他，江淮指了指薄渐桌肚底下，看口型江淮在说："我爬过去。"

薄渐怔了下，握笔的手收紧了。

江淮没说完，继续一边往后指，一边说："你往后退退。"

"由图可得，a点坐标（3，2），我们先算直线斜率，再求解离心率e……"

"嗡——"

凳腿摩擦在地板砖上,发出低微的声音,凳子往后拉了一点。

薄渐把桌肚底下的腿退了出来,别到一边。他腿长,不在桌肚底下舒开会觉得挤。膝盖抵得课桌微微晃了晃。

他垂眼,一动不动地看着江淮。

江淮尝试性地往里靠了靠,蹲着太高了,要进桌底,得跪到地上去,地上不大干净,这个姿势也不太好看。

江淮蹲着,和自己僵持了三两秒,最后硬着头皮,膝盖着地,向下伏了伏腰。

课桌底下有三条木头横杠,到时候他还得从横杠上钻过去。

空间狭窄。

校服布料摩擦,发出沙沙的声音。薄渐手里的笔捏得很紧,身体几乎一动没动。

"所以到这步,我们椭圆的标准方程就出来了……"

老林确实没发现,江淮从进门到钻进薄渐桌子底下,都正好被薄渐和薄渐的课桌给挡住了。他讲课投入,也没注意那么多。

他讲着讲着就走动起来:"然后,我们给椭圆做切线……"

江淮的脊梁骨都僵直了。

透过桌腿与桌杠形成的小方框,江淮勉强在过道尽头看见了一双中老年男性棉鞋,老林说话的声音也愈来愈近……

老林怎么还下讲台了?

老林这要是一直走到最后一排……还能看不见自己在薄渐桌子底下?

江淮觉得自己就是傻了。

迟到就迟到了,迟到就直接说呗,反正他迟到又不是一回两回了,非得往人桌子底下钻,自作聪明。

那双中老年棉鞋越走越近。

江淮在桌底下转过身,想趁林飞过来前赶紧钻出去。后门没关,他能出教室。

"哐啷。"

薄渐忽然拉了拉凳子。

江淮一时愣神。

薄渐把凳子向前拉回去,腿放回了桌肚底下,本来就拥挤不堪的地方,多了两条腿，就容不下江淮了。

课桌底忽然暗下来。

薄渐脱了校服外套，振了下，用几本书压在课桌前沿。

衣袖衣摆垂下来，掩住了课桌靠前的一侧。

林飞最后停在江淮前桌边上，瞥了眼江淮的空位，没说话，也没再往后走，撑着江淮前桌的课桌讲题。

薄渐握着笔，林飞离他很近，在讲题，但林飞说的话他一个字都没听进去。他低下眼皮，睫毛轻轻颤了颤。

薄渐的钢笔在纸面上洇了个不美观的黑点。

安静的教室后排，忽然发出一声细微的声响。

林飞疑惑地抬头。

薄渐握着钢笔，压着学案，神态如常，看不出猫腻。

林飞疑神疑鬼没多久，又转过身继续讲题。

薄渐身体往后靠，低眼看过去。

江淮屈着腿，单膝跪在地上，弓着腰。

薄渐低头看着江淮，撕了张纸。

一只修长干净的手从桌底边沿递过来，指间夹着张叠得整整齐齐，还别着一支笔的纸片。

江淮抬头，皱起眉，抽了过来。

他展开纸，上面写着一行隽秀的字："中午我生气了，你都没管我。"

江淮一愣，皱眉回复："那下次出去吃火锅，我带你一起去。"

小纸片又递回来："才不要吃火锅，你都没跟我说过求饶的话。"

江淮写了两个问号。

"你听课吧。"江淮回复。

江淮把小纸片扔回去，听见了很小声的拆小纸片的声音。

他扭回头，稍稍把薄渐的校服帘掀开一角。其实，老林早就回讲台了，粉笔头在黑板上横飞。

江淮现在是彻底没勇气从薄渐课桌前面的空当钻出去了，回头推了推薄渐的腿，手伸出来打手势："让让，我要出来。"

江淮最后打哪儿来的，回哪儿去了。

从走廊来的，回走廊去了。所幸，还差几分钟就下课了。

江淮靠在走廊窗边，翻了翻手机。

"秦总统"五分钟前发表了一条朋友圈。

配图夕阳江景一张，附字——爷的青春结束了。

卫和平三分钟前评论："考试全挂，一门没过？"

"秦总统"回复："一边凉快去，我成绩好得很。"

这俩人倒挺闲，江淮"啧"了声，十分敷衍地给出了安慰的评论："最美不过夕阳红。"

"丁零丁零——"

下课铃响了。

老林稍稍拖堂了几分钟，江淮杵在走廊上，听见林飞在班里说篮球赛的事儿。淘汰赛在考试前，剩下的比赛都在考试后。

其实，剩下的比赛也不多，淘汰赛相当于二十六晋四，每个级部就留了四个班，最后的比赛不过是十二强角逐冠亚军。

这个学期短，一月中旬就期末考试了，校篮球赛的时间安排也赶得紧，下周就每级部四晋二，二晋一，选出今年校篮球赛的冠军种子队来。

然后，下下周总决赛，也就是三个级部的冠军争夺赛。

老林把睡觉的赵天青拖起来，赶到讲台上让赵天青组织比赛，自己先下了课。

趁班里骚动，江淮开后门又溜了回去。

薄渐已经把校服外套穿回去了，领口整齐，袖口干净。

下节课上美术。

学校的美术课就是放艺术鉴赏系列的纪录片，音乐课就是放经典的音乐电影。老师偶尔照课本上一节正儿八经的艺术课，底下也没人听，都各做各的卷子。

美术老师调下放映屏，班里拉了窗帘，按灭灯管。教室暗了下来，嘈嘈切切。

下周校篮球赛，晋级班级的体育委员去体育组办公室开会，赵天青的座位空了下来。

江淮拿手机开了手电筒，很有古代凿壁偷光、勤奋学习的一代学儒风范，用光照着今天的卷子写作业。

他转着笔，但五分钟过去了，第一道选择题还没做出来。

右手边赵天青光秃秃的课桌上多出一本书，书封皮上放着一支钢笔。江淮扭头过去，薄渐刚刚好拉开赵天青的凳子坐下。

江淮唇角微挑："前排视野好？"

薄渐睁着眼说瞎话："前排光线好，我要看书。"

江淮把手机手电筒给关了："现在不好了。"

薄渐："……"

江淮没忍住笑了，瞟了眼薄渐的书——黑格尔，《精神现象学》。薄渐的书一般都特高深，当代优秀学生典范的人设每时每刻都屹立不倒。他挑眉问："这是什么书？"

薄渐偏头，向江淮那边倾了倾，小声说："就是找个借口来找你一起坐而已……不许揭穿我。"

江淮手里的笔"啪"地掉了，瞥了薄渐一眼。

校篮球赛的半决赛在这个星期。

半决赛也就是每级部四强赛，车轮积分赛制，四个班每个班都和其他三个班打满三场，胜积一分，负积零分，最后按积分高低排出级部的前四名。

下周总决赛，三个级部的第一名上场，决出最后的冠亚季军。

这周，四强四个班，每班打三场，一共打六场比赛。

本周数学作业，数学组老师都十分赶时事地拿校篮球赛出了好几道排列组合题。

二班的三场比赛，其中一场在周四，剩下两场在周五。

校园网上早热火朝天地开了一水儿的竞猜帖——

"今年校篮球赛你觉得哪个级部最有可能夺冠？"

"你们押这次半决赛哪个班赢？"

"理性竞猜，三个级部四强班级球员人员统计：二班体育生一名，九班体育生三名，十四班体育生两名，二十一班体育生一名……"

"我赌这次肯定九班拿冠军，我愿意赌上我所有的寒假作业！"

二班周四的第一场是和二十一班打。

虽然每个班都要和其他三个班打一场，但是二班第一场抽到二十一班，开局还算不错。简单的放前头，难的放后头。二十一班是除了二班以外的三个四强班里体育生最少的一个班，和二班一样就一个体育生。

这种大型"菜鸡互啄"大赛，一个普通同学约等于一名小兵，一个体育生约等于一名大将。

所以，到了周四，二班的篮球队成员整体心态都十分放松。

二十一班也一样放松。

在二班眼里，二十一班篮球队是一群只有一个体育生的"菜鸡"，在二十一班眼里，二班是一群不但只有一个体育生，还是抽签轮空进入级部四强的"超级菜鸡"。

淘汰赛的时候学校不准学生偷偷下来看比赛，到了半决赛就放松了要求。晋级的班级同学，可以在自己班级比赛的时候去篮球场给队员们呐喊助威。

等到总决赛，就是全校都放开了，顺带实时在校园网直播。

老林对这种学校活动一向宽容，到周四下午，班里要去打球了，也没拖同学们的堂，直接撒手放人了。

今儿是个好天，也是个冷天。

树叶早都掉了个干净，天色湛蓝，看不见云，教学楼墙边水管漏出的水在地面上凝了薄薄一层冰壳。没风，就是冷。

因为天儿冷，比赛的班级也少，半决赛没在室外篮球场比，都挪到室内的体育馆。

队员们都在体育馆更衣室换的球服。

跟今天比赛一点儿关系不沾，连替补都不是的卫和平不知道怎么混进来的，帮江淮拎着球服和矿泉水瓶，坐在角落椅子上点评："这个身材不行……那是二十一班的吧？看着挺壮，怎么一点儿肌肉都没有……嚯，赵天青牛啊，有胸肌啊？"

江淮不咸不淡地瞥了眼闲不住嘴的卫和平，拉下冲锋衣拉链："你少说两句，小心挨打。"

卫和平："不可能，我离他们这么远，他们肯定听不着……"

江淮懒得听卫和平说话，手指钩到毛衣下摆，准备兜头脱下来。

卫和平突然说："哎？薄主席来了？"

江淮下意识地往门口看过去，薄渐刚好进门。待在更衣室的同学不是在脱衣服，就是在穿衣服，衣装齐整的他就格外瞩目。

薄渐向内睐过两眼，就对上了在角落站着的江淮。他唇角稍弯，向江淮走了过来。

江淮没再继续脱，站在原地没动，直到薄渐走到他身边："有事？"

"嗯，有事。"薄渐回答。

"什么事？"

薄渐没回，只低眼看了看卫和平手中的球服和水瓶。他向卫和平礼貌地伸出手，轻声说："我帮他拿吧，找江淮说件事。"

卫和平眼观鼻鼻观心，十分有眼色，该撤就撤，江淮还没开口说"不用"，卫和平就立马把江淮的东西都上交薄渐，道："好的，那我先走了。"

江淮："……"

他目睹卫和平光速消失在更衣室。

等卫和平出去了，江淮扭头，似笑非笑地看着薄渐："您什么事？"

薄渐把江淮的矿泉水瓶放到一边，细致地叠好江淮的球衣，折在臂弯。他这才从另一边衣兜掏出两叠整整齐齐的黑色绒料："给你送护腕。"

江淮愣了一下，盯着护腕，两三秒，接过来，声音不大："谢了。"

"应该的。"

江淮先把护腕放到椅子上，好半天，又问："那你还有别的事吗？"他要换衣服了。

在更衣室换衣服，在别人面前换衣服，江淮都觉得不是件事……但离人这么近，江淮觉得不太自在。

"帮你挡着，"薄渐稍倾过一点，"让你换衣服算不算？"

更衣室到处都是人，就算江淮这儿是个角，别人也看得见，何况薄渐来找江淮，更衣室里不少人都竖着耳朵，偷偷觑墙角的两位大佬在干吗。

江淮："不用……你出去吧。"

薄渐："不要。"

江淮："……"

薄渐稍一忖度，善解人意地说："我可以背过身去。"

面对着还好，背对着就明显是给人挡着用的，江淮在更衣室换衣服，还找另一个人给他挡着……这事想想就很蠢。

江淮："滚。"

换个衣服都这么多事儿。

江淮想把薄渐撵出去，还想自个儿找个男厕换了算了。他低着头，半响，也没再说话，拉着毛衣下摆把毛衣整件脱了下来。

江淮稍抖了下毛衣，盯着别处，伸手："把球衣给我。"

更衣室永远混杂着汗味和空气清新剂的味道。

江淮只嗅到浅淡的薄荷的味道，冰冰凉凉，干干净净，像一泓雪化开的水。

他找了个别的话题："周六你有空吗？"

薄渐看上去心情愉悦，翘着唇角："有啊。"

江淮套上上身球服："有空就请你吃饭……想吃什么？"

薄渐："可以去你家吃吗？"

江淮表情一变："不可以。"

江淮又换了裤子。他腿型挺直，因为头身比例好，所以腿也长，手腕过裆。

薄渐问："为什么？"

江淮："还有别人，都去我家一起吃外卖？"

薄渐蹙起眉来，问："还有别人？"

江淮："嗯。"

薄渐："谁？"

江淮："老秦和卫和平。"

薄渐的眉蹙得更紧了些："一定要叫他们吗？"

江淮："差不多。"

薄渐不开心了，但薄渐鲜少用表情和言语来表达不开心的情绪，只轻飘飘地道："那你周六请他们吃饭，周天单独请我不就好了吗？"

江淮戴齐了护腕，抬头："我星期六过生日，星期天叫你干什么？"

薄渐怔了一下："你星期六过生日？"

江淮瞥他，没说话，算是默认。

薄渐低了低头："江淮，叫哥哥。"

江淮不动声色地退到墙边，后肩抵着墙皮，不太信地哂笑："你比我大？"

薄渐："比你大两个月。"

江淮："两个月也算大？"

薄渐："一天都算，一分钟也算。"

薄渐神情认真地盯着他看，江淮别过头，生硬地转移了话题："待会儿……"

恰好薄渐又问："为什么不早告诉我你过生日？"

江淮扯着手腕上的护腕玩儿，哂笑道："过生日就请朋友吃个饭，早说不早说有什么区别吗？"

"后天就星期六了，时间太赶，我怕来不及给你准备礼物。"薄渐说，"要不你直接向我要？"

江淮面无表情，唇线绷紧，根本没听进去："要什么？"

薄渐："礼物，你想要的生日礼物……我能给的都给。"

江淮说："不知道，随你。"

说完，江淮往外走："比赛开始了，我先走了。"

薄渐低下头，慢慢把江淮的衣服裤子叠好，放进储衣柜，弯腰捡起江淮的水，最后拿出手机，翻开日程记录，在十二月十二号上标了一个重重的红色标记。

体育馆有中央空调供暖，但场子大，门户大开，室内也就十来摄氏度。

一出更衣室，江淮就被激起一身鸡皮疙瘩。

体育馆的室内篮球场场子很大，观众席可以坐上千人。两个班的同学已经大致来全了，二班坐南区，二十一班坐北区，各自来聚在前几排叽叽喳喳。

卫和平跑过来，抱着个不知道从哪儿捡来的篮球，用肩膀撞了撞江淮的肩膀，他眼尖地发现了江淮多了对护腕："护腕，主席送的？"

"……"

还有二十分钟开场，两个班的篮球队队员基本来齐了。江淮过去的时候，许文杨已经在场中了，赵天青倒站在体育老师那边。

二班还是黑底白号码的球服，二十一班是红底球服，一片儿站着，红红火火，看着倒喜庆。

虽然二十一班也就一个体育生，但是二十一班篮球队整体身高比二班高，往球场一站，二十一班五个上场队员里得有四个在一米八五左右。

为首的倒是最矮的那个，江淮没多看，卫和平精心"打探敌情"后给他灌输了一耳朵的话："他们班队长，就是下巴上有颗痣的那个，是二十一班副班长，听说打球特别凶，老违规……"

比赛还没开始，许文杨和其他两队员在球场熟手。

钱理把球传给许文杨，许文杨站在三秒区，一个跳投……球没进。

篮球砸在篮板上，反弹回来，"嘭"地砸回地上，弹远了。

旁边班上的同学都看着呢，许文杨面露尴尬，准备跑过去把球捡回来。

球弹出几下，碰到一个身穿红球衣，球衣号十三，下巴上有颗痣的男生。男生踢了下球，玩足球似的把球踢弹到手里。

他手指转着球，进了二班赛前练习的半场。

许文杨以为他来送球的，伸手出来，露出友好的笑："同学，谢谢。"

男生却没把球还给许文杨，球在他手指尖转了两圈，掉到地上，踢远了，朝许文杨扬了扬下巴："你是二班班长？"

许文杨看着被踢远的球，沉默了。他看向男生："我是，你找我有事吗？"

"没什么事。"男生活动活动手腕，"咔吧"几声响，"就是想夸夸你们班运气挺好的，抽签都能进前四。不过，我很好奇，你觉得你们班运气还能好多久呢？"

许文杨皱了皱眉，没说话。

男生说："我觉得这场就没有了，毕竟运气不算真本事，你觉得呢？"

旁边的钱理对这种当着人面把脚踩脸上的挑衅行为看不过眼，脸色变了："关你——"许文杨拉住钱理，冷声道："友谊第一，比赛第二，没必要吵架。"

男生笑了："对，那我争取不让你们班输得太难看，毕竟友谊……"

"嘭"，篮球入筐。

篮球穿过球筐，猝不及防地砸在了二十一班副班长的脑袋上，又砸出"嘭"的一声。

男生话没说完，就被砸蒙了，差点咬到自己舌头。

他反应过来，一脸怒容，捂着后脑勺扭头过去看："谁啊？打球不长眼？"

三分线外，站着个黑底白号的十二号球员，手长脚长，扎着个单辫儿。他表情不多，冲男生抬了抬下巴，动唇道："往后站站，你碍事了。"

尽管没到总决赛，不参与半决赛的班级都不让出来看比赛，校园网上也不实况直播比赛，就比完置顶公布比赛结果，但不妨碍校园网上的个人直播。

实拍视频、添油加醋、夹带私货的文字描述，实时更新、直播各级部的四强班级的比赛战况。

正好考完考试也就半个月，离期末还有段距离，众人人心骚动。

今儿的新热帖："十二月十号，下午第一场，二班对二十一班，现场实况转播。"

首楼贴了张现场偷拍图，体育馆篮球场，二班的球队队员和二十一班的球队队员都入场了。

劫："来了，老弟。"

从此奋发学习："前排。"

不想学政治："居然有我们班的直播帖了？"

阿亮："前排押注，押二班赢的扣1，押二十一班赢的扣2。"

不想学政治："11111。"

你哥："2。"

最A的A："我江哥的比赛？那还用问？无脑扣1就完事了。"

柠檬水："哇，二班的比赛啊！楼主，请问主席去看比赛了吗？如果去了，可以拍几张主席的照片发上来吗？"

CaO："有一说一，比赛帖就别再刷主席了好吗？"

作业写不完："有一说一，虽然江淮牛，但是又不是比打架，二十一班整体条件明显比二班强，这波我觉得二十一班稳，2222。"

8班班主任："你们是不是都忘了二班还有一个一米九几的体育生？人家跟你闹着玩的？"

你哥："二班有，二十一班没有？"

仙女鸭："薄主席？比赛？我来啦。照片呢？"

发帖没过三分钟，楼主提前在帖内发起了"你觉得二班和二十一班哪个班会赢"的竞猜，附字："我先吃瓜去了，他们两个班搞事搞起来了。"

方海平认识江淮这张脸。

就算认不出来，级部里违反校规，把头发留长了的男生也就江淮一例。

方海平愣了一愣，碰了碰自己被砸得皮疼的后脑勺。他强压着火，冲江淮挤出个假笑："还挺碰巧，你投个球，球掉下来直接砸我脑袋上了，不小心的吗？"

方海平不想跟江淮起冲突。换句话说，哪怕江淮都已经被正名过了，整个学校的学生也没人想跟江淮起冲突。

江淮是没干过欺辱同学的腌臢事，可他是实打实的和人起过不少冲突的。

和江淮起冲突就得做好打架的准备。

方海平没想要打架，迫不得已只能先低头，给自己一个台阶下。

篮球碰到方海平脑袋上，斜弹出来，掉在地上，连弹带滚地碰到江淮小腿上。

江淮耷拉着眼皮，弯腰捡起球来，站得远，三分线上，方海平几乎就在球筐底下。他抬手，手腕一勾，篮球脱手，碰到篮筐，穿筐而下。方海平毫无防备，被吓一大跳，连忙跳到边上去了。

但躲避不及，球正砸在方海平鞋面上。他要不躲，还得砸脑袋上。

他惊怒地抬头："江淮，你这是什么意思？"

江淮扭头："让你滚的意思。"

方海平的脸色难看极了。

许文杨这回破天荒地没劝架，钱理"扑哧"笑出声，转头自觉地跑腿去给江淮捡了球，手一投："江哥接住！"江淮接住了，转到手指头上。他吹了声口哨，似笑非笑："劝你早走，站别人篮筐底下，挨砸活该，懂吗？"

旁边站着两个班的同学，方海平的脸色彻底变了。

二十一班的篮球队队员也过来了，一个个脸色都不好："你们干什么呢？欺负人？投球往人头上砸，有你们这么……"

方海平冷笑着拉住了旁边的队友："没必要，走吧。"

队友瞪大眼："班长，就这么算了？"

方海平把二班其他的队员挨个看了一遍，皮笑肉不笑地道："砸一下就砸一下吧，我无所谓。反正待会儿比赛，谁赢谁输，还是看本事。可不仅是往人头上砸球的本事，也不是嘴皮子上的本事。"

他最后短暂地扫过江淮："有人破罐子破摔，没必要陪人一起破罐子破摔。"

球骨碌碌又滚到江淮脚底。

江淮弯腰，用手指头勾起来。看江淮捡球，方海平条件反射地往球场外退了几步。

但江淮捡起球，远远投进了球场线外的装球筐。他抬眼："废话这么多，你到底滚不滚？"

校园网上的帖子还在实时讨论。
楼主留下一句"吃瓜去了"，十分钟没再回来，急得楼里抓耳挠腮、上蹿下跳。
大白熊："等我有钱了，我一定要雇一个能把话说完的楼主。"
陈情表："楼上加一。"
仙女鸭："探头探脑地寻找主席。"
你哥："这栋楼里就没有在现场的兄弟？"
国服望远烬："在现场，二十一班篮球队队长带球抓人，被江淮反杀。"
劫："什么玩意儿？"
lyxbiss："哈哈哈，要是二十一班真带人去抓江淮，这不是欠一顿毒打吗？那这比赛也都不用比了，江淮怕是要把这五个人直接干到团灭。"
最A的A："第一刀牛！"
物理不及格不改名："发出了想去现场观战的声音。"
不想学政治："已举报lyxbiss的ID。"
本人勿扰："别闹，我真在现场。没打起来，就是二十一班副班长主动去挑衅，看见江淮，被吓回去了。"
大白熊："啊？"
劫："人类迷惑行为？"
一夜暴富："@本人勿扰，能再具体点吗？"
柠檬水："比赛开始了开始了！"
本人勿扰："哦，还有竞猜，是吗？我押二班，二十一班是有个体育生，可又不是篮球体育生。而且，打篮球这种事，可不是光长得高就能打好的。"

篮球馆南区观众骤然爆发出一阵欢呼，"嘘——"口哨声刺耳。
开场第一分钟，计分器上二班比二十一班的分数，刷新成二比零。
江淮篮球脱手，转了转手腕，没什么表情。
开局顺风。
一时顺风一时爽，一直顺风一直爽。
打篮球打得好不好，和长得高不高，确乎没有必然关联。

赵天青能跟江淮混熟的原因，一是发现江淮这人没传闻中那么可怕，二是他喜欢身体素质好的。

他是体育生，也只想跟体力强、反应快，能跟他玩到一起的人来往。

江淮不是体育生，但在有些方面，普通项目的体育生还比不上他。

赵天青觉得江淮这种人，绝对就是理想中的强者。

第一节，江淮单得十四分。

不知谁率先扯起嗓子喊"江淮牛"，南区观众，一呼众应。几个女生说笑着，脸蛋红扑扑的，向下了场的江淮觑过去。

休息两分钟，卫和平拿着矿泉水冲过来："嚯，淮哥，牛啊你！一个人得十四分！"

江淮象征性地拿肩膀搡了搡他，接过水来："谢了。没，赵天青一直给我球，配合好而已。"

卫和平："哎，你太谦虚了。"

打比赛运动量很大，对江淮来说，一节比赛运动量还成，就额头出了点汗。他走到第一排座位，掀起球服下摆擦了擦脸。

江淮的目光从球服缝里漏出来，偷偷瞟了眼今天一直坐在第一排看比赛的薄渐。

薄渐偏过眼来。

江淮若无其事地转回视线，扯了扯球衣下摆，拎着矿泉水坐到和薄渐隔了一个空座位的位置上。

薄渐扭头："过来。"

江淮把手里的矿泉水瓶捏得"咯吱咯吱"响，表情冷酷："不了。"

于是，薄渐过去了，神情如常，换到了江淮的右手边坐。

江淮："……"

"比赛加油。"薄渐轻声说。

江淮敷衍地"嗯"了一声。

半晌，其实也没多久，休息就两分钟，薄渐抬手看了眼腕表，向江淮稍稍偏了偏，低声问："生日礼物确定了吗？"

江淮："……"

中场裁判吹哨了，篮球队队员准备上场。

队员都上场了,许文杨扭头看见江淮还站在观众席那里喝水,提醒道:"比赛前最好别喝太多水,特别是冷水,对身体不好。第二节要开始了,快过来吧。"

江淮拧好水瓶,放下,没什么表情:"等等,我去厕所洗把脸。"

许文杨:"啊?"

校园网上,为了方便大家了解比赛最新情况,一般都默认一场比赛一个帖子。

但周四下午,有一场比赛多开了一帖:"二班比二十一班这场是今年校篮球赛算上淘汰赛,比分差最大的一局吧?"

裁判吹哨。

第四节终止,比赛结束。

计分器显示比分六十三比三十一。

二十一班篮球队五个队友汗流浃背,一片死寂,只有运动鞋踩在地板上的声音。南区的观众席整个沸腾起来,北区同学却已经开始离席,几个女生拿着水过来,递给队员,安慰着说"没事""你们已经很厉害了"。

方海平没接水,盯着江淮看。

江淮的眼和他对上,然后擦肩而过,用只有他听得见的音量说:"菜啊。"

方海平猛地攥紧了拳头。

BOHE

YINJI

第四章
生日

四强积分赛，二班积一分。

二班周五还有两场比赛，上午和十四班打，下午和九班打。

十四班胜率不高不低，淘汰赛赢过也输过。前四名的这四个班级，就二班和九班的关注度最高。二班的关注度高纯粹是因为江淮，第一场比赛时就听说差点跟人打起来，在后面哪场真发生了肢体冲突也说不准。

至于九班的关注度高，是因为九班是今年校篮球赛夺冠最有希望的一个班——五个正式队员里有三个体育生，并且是校篮球队的篮球体育生。

周五比赛，二班下午和十四班比，毫无悬念地赢了，上午和九班比，毫无悬念地输了。

江淮和赵天青两个人，平常打打二十一班，二带三没问题，碰见九班这种校篮球队的配置就玩不通了。

那三个体育生当了一年多的队友，二班这种临时搭班的队友，配合上根本无法跟他们比。比分咬得很紧，五十九比六十一，但二班还是输了。

半决赛，二班一共积两分。

但这次半决赛爆冷门，跟太阳打西边起似的，不可思议的是，周五下午的比赛，九班输给了二十一班。

据九班给出的理由是三个体育生中午聚餐，都吃坏了肚子，换上亻替补……校园网上的一条评论十分精准地评价了这件事："你把人当傻子呢？"

但九班的确是输给了二十一班，两胜一负，也积两分。

积分赛，积分最高的班级晋级总决赛，所以下周还有一局加时赛。一局定输赢，赢的晋级总决赛。

周五临放学，老林乐呵呵地在班上开了班会。对老林来说，级部前二就已经十分优秀了。他先夸了一通篮球队的同学们，又许诺，如果班级在最后总决赛夺冠,给篮球队队员一人发一个小礼品,钱从班费扣,不够他再掏,再上台来都做一次演讲。

江淮在底下昏昏欲睡,有一搭没一搭地听着,赵天青在他旁边小声叨叨:"江哥,赢了要上台演讲心得,那咱要不直接投了?"

江淮十分敷衍:"投投投。"

"丁零丁零——"

放学铃响了。

老林准时放学,一分钟没拖。

赵天青火箭似的,拎起早三节课就收拾好的书包,噌地从后门窜了。

江淮打了个哈欠,随便往书包里塞了几本书。周末作业都装好了,课本带不带都行。他揉了揉眼睛,拎起书包,鞋尖把凳子往桌肚底下一踢,准备走人。

薄渐仰起脸:"你等等我,我东西还没收拾好。"

江淮低头:"干吗?"

薄渐弯起一个笑:"我和你一起回家。"

"……"江淮突然醒了,"回哪儿?"

薄渐:"回你家。"

江淮拎着书包,面无表情地低头看着薄渐说:"今天是星期五。"

薄渐把练习卷的页脚都对齐、对叠、收好。他不急不慢地抬眼:"过了零点就是星期六了。"

江淮:"……"

他盯着薄渐:"你还想在我家待到零点?"

"不可以吗?"薄渐反问。

薄渐已经收拾好了书包,躬身把凳子轻轻推回桌肚底下,起身,上臂碰过江淮肩膀:"我希望第一个给你送上生日祝福的人是我。"

薄渐:"走吧。"

学校后门,两个高个儿男生一前一后出了校门。

前面那个两只脚踩着滑板,冲锋衣拉链拉到最顶上,手插兜里,慢腾腾地闷头往前滑。

后面那个慢慢地跟在前面男生的身后,始终保持着不远不近的距离。

三年级二班，阿财跷着脚坐在小凳子上等江淮来接。

阿财记得江淮明天过生日，她提早半个月就从各类网购软件上精挑细选，斥十六块五毛的巨资，给江淮挑出了一根根她最中意的扎头绳。

阿财严肃地想：等回家就偷偷溜进江淮的房间，把江淮的生日礼物放到他的桌子上。

她的生日祝福都已经写好了。

教室门突然开了，阿财扭头过去。

江淮来了，身后还站着薄渐哥哥。

江淮进来，照常叫她："江星星，走了。"

阿财歪头，穿过江淮，觑了眼薄渐。

江淮面无表情地把阿财的脑袋掰正："今天晚上薄渐来家里吃饭，不用看了。"

薄渐向探头探脑的阿财微弯出一个友善的笑。

阿财表情严肃，正襟危坐，用手指头扒拉扒拉被江淮弄乱的头顶短发："好……好的。"

出明诚小学门口的时候，刚好六点钟。

天色早暗了下来，冬日昼短，黯淡的影子拉得愈来愈长。

江淮滑着滑板走在最前头，呼出一口白气，扭头过来："晚上吃什么？"

阿财和薄渐走在后头。

阿财低着头，晃晃悠悠，踢踢踏踏，专心致志地踢石头，对江淮的发问置若罔闻。

江淮补充："可以点外卖。"

"不想吃外卖，"薄渐垂眼，"你做饭，好不好？"

江淮静了两三秒。他踩停滑板，防止撞树，扭着头问："您不是不吃蒜、不吃葱、不吃姜、不吃辣椒、不吃香菜吗？我觉得我满足不了您的需求。"

他给薄渐做过一回饭，那一天，他发誓，绝对没有下回。

薄渐："你做饭的话，我可以适当放宽要求。"

江淮瞥过还在踢石头踢得两耳不闻石外事的阿财，语气硬下来："你闭嘴。"

薄渐恍若未闻："你是不是又没穿秋裤？"

江淮："……"

"你不也没穿。"他轻哂。

"仙子怎么可能穿秋裤，"薄渐轻飘飘地问，"你要和我比吗？"

江淮："……"

卫和平有两个微信号，三个 QQ 号，一共加了四百多个聊天群、聊天组、讨论组。

校篮球赛半决赛刚刚结束，二班和九班并列第一，下周还有一场加时赛，这几天二班班级群活跃得不行。

也不光是二班班级群，还有各种大群和年级群都挺活跃，区别是有的群活跃地讨论校篮球赛排名，有的群讨论校篮球赛的哪个学长、哪个学弟长得帅。

卫和平欣慰地发现，在这些群里，江淮终于有了正面形象。他颇有一种辛辛苦苦一把屎一把尿把叛逆的小老弟终于拉扯大的老大哥的成就感。

这两天甚至还有人来私聊他，向他要江淮的联系方式。当然，卫和平是个十分会看眼色的人，义正词严地替兄弟拒绝了其他人的示好。

除了这些大群，卫和平还有不少小群。

他不知道江淮跟老秦有没有二人小群，反正他跟老秦组了个二人小群，群名"江淮哥哥"。

刚到家，"江淮哥哥"跳出一条未读消息。

秦总统："明天江淮生日，想好怎么给江淮过了吗？"

扶我起来浪："阁下可有妙计？"

秦总统："我弟又大了一岁，不给他个惊喜？再说，就单去吃顿饭，还是江淮请客，太没意思了吧？"

扶我起来浪："我也觉得应该给江淮一个惊喜，你今年的生日礼物送了吗？"

秦总统："还没到江淮手里，在我宾馆，但给江淮看了，我给他买了块联名限量款滑板。"

扶我起来浪："哇，有钱人，我跟你就无法比了。"

秦总统："你送的是什么？"

扶我起来浪："江淮最近开始用功学习了，我去翻我爸的仓库箱底，给江淮翻出来了最近十二年各学科的全套练习题。"

秦总统："哈哈哈哈哈哈，兄弟牛。"

扶我起来浪："说正事，咱俩跟江淮太熟了，能有什么惊喜？"

秦予鹤那边好几分钟没回复。

终于——

秦总统："要不你带上你那练习题，我去订蛋糕，明早突击他家？"

扶我起来浪："行。"

晚上做饭，江淮要去小区附近的超市买菜。

但临出门前，薄渐执意要跟他一起，说他还从来没去过这种超市。江淮多次拒绝无果，顶着张冰块脸，带上了这个不识五谷杂粮的拖油瓶。

超市不远，只用走十分钟，但江淮不大来超市。他做饭次数不多，最多十天半个月来一次。他差不多相当于一个人住，所以每回也都一个人来。

他们进了超市，薄渐无师自通，十分积极地给江淮拖了一辆购物车来。

薄渐："帮你推。"

江淮："……"

江淮厨艺委实一般，稍微有点难度的菜都不会做。

他们路过生鲜区，薄渐十分自觉地停了小推车，指着活鱼："江淮，我想吃鱼。"

江淮瞥他："不会。"

薄渐走了两步，稍一迟疑，指着贝壳类海产品："花甲也可以。"

江淮："不会。"

薄渐站了一会儿，推着小推车来到蔬菜区："江淮，我还想吃蘑菇。"

薄渐精准地踩在了江淮的知识盲区。江淮面无表情地道："都不会做。"他拿了朵鲜香菇掂了掂，"买一朵给你拿回去玩？"

薄渐："……"

薄渐不吱声了，等到快付账的时候，默默地从旁边的货架抽出一本《家常菜大全》丢进了购物车。

晚饭是江淮做的，准确地说，薄渐洗，江淮切、炒。

晚饭三菜一汤，吃完是七点半。

阿财今晚不知道有什么事，吃完饭就从椅子上溜了，回了房间。

江淮一顿饭吃得心不在焉，吃完把碗筷都一股脑儿丢进了洗碗机。他没从厨房出来，只把门半掩了，打开通风扇。

江淮对着窗户，低头不知道在想什么。

家里供暖，江淮脱了外套，转身要挂到边上的挂钩上。

他转身，正好门推开，看见薄渐走进来。

厨房就角落亮着盏小灯，昏昏暗暗，薄渐个高，影子整个遮住了江淮。

"不去洗澡吗？"薄渐问。

江淮："这不才七点多吗？"

厨房灯太暗，他看不清薄渐的神情，只听见薄渐轻笑了声，薄渐向他走过来："你先洗个澡，把要做的事都做完，待会儿我辅导你写作业。"

薄渐打开水槽上的水龙头，放缓水流，洗了洗手："记得刷牙。"

江淮盯着他，等薄渐洗完手，擦净，才开口："那你今晚还回家吗？"

"你希望我回家吗？"薄渐侧头。

江淮："嗯。"

他说的是实话。这套房子就三个卧室，一个是阿财的，一个是江俪的，一个是他的。搬家到现在，江俪是还没回国住过，但床单被子都是江俪的，他总不能让男同学用他妈妈的东西。

那薄渐不走，不睡沙发，就只能睡他房间。

薄渐静了半晌，轻声说："可我一个人走夜路害怕。"

薄渐指指窗户："你看天都黑了。"

江淮："……"

半天，江淮问："你觉得我信吗？"

"你不信，"薄渐问，"所以你要赶我走吗？"

薄渐几句话，成功地让江淮有了种管他信不信，只要他把人赶走，他就是罔顾人情的畜生的错觉。万一薄渐出点什么事，他得负全责。

江淮憋了半分钟，最后挤出一句："我家没你睡的地方。"

薄渐："我可以委屈一下，去你卧室打地铺。"

江淮："……"

薄渐："去洗澡吧。"

细微的哗啦啦的水声透出来。

薄渐拉了窗帘。江淮在浴室。

薄渐拎了江淮的书包，江淮说做完的那两张作业卷子都夹在书里，答案还没发，先给江淮用铅笔批出来。

薄渐拉开江淮的椅子，坐下，却半响都没动。好久，他稍后仰，靠在椅背上，手伸到校服衣兜里，衣兜里放着个小盒子。

薄渐抽出支江淮的自动铅笔，大致扫过江淮做得跟废纸似的卷子。他看得不太专注，只凭印象给江淮圈了几道错题。

"咚咚咚——"门被敲响了。

自动铅笔掉在书桌上，薄渐稍愣，随即起身去开了门。

阿财在门口站着。

阿财十分讶异居然能在江淮屋里看见薄渐，她探头探脑："江淮呢？"

"江淮洗澡去了。"薄渐说。

阿财露出点失落，但还是从裤兜掏出一个粉色小袋子，袋子里装着小草莓、小苹果、小橙子等各种水果的扎头绳，袋子上贴着一张涂鸦画，上面丑丑的几个字：江淮生日快乐！

"江淮，"阿财言简意赅，"礼物。"

薄渐唇角稍弯："好，我帮你给江淮，好吗？"

阿财点点头，上交了扎头绳。

在她走前，她听见薄渐温和地说"今晚早睡，好好休息"和一道锁门声。

薄渐关上门，回到书桌前。

他看了一会儿这袋扎头绳，挑出了那根粉色小草莓的头绳。

说是头绳，不如说是发带，一条淡粉色的窄丝带似的发带，中间嵌着一枚小小的、还没有指甲盖大的红色小草莓。

"嘎吱"，浴室门开了。

江淮趿拉着拖鞋出来了，穿着短袖短裤："你去洗澡吗？卫生间有备用牙刷和浴巾。"

阿财的礼物已经物归原样了，像没有被拆开过。

薄渐起身："好啊。"

江淮一眼瞥见自己书桌上那个跟他本人喜好格格不入的粉红色小袋子，还贴着张纸。他走过来："这是什么东西？"

薄渐瞥他："江星星送你的礼物。"

江淮："哦。"

"卷子上的错题我帮你圈出来了，"薄渐摘了腕表，现在八点二十，"我去洗澡，你把错题改了。"

江淮："知道了。"

江淮觑了薄渐一眼。薄渐只拉下了校服外套拉链，低眼道："我睡得早，九点就要睡觉。"

江淮走远了："随便。"

他从衣柜取出一床被子，扔到床上："这是你的。我借你件衣服换？"

薄渐轻"嗯"了声："好。"

江淮去改错题了，今天不知怎么，正确率似乎略有上升，错题没那么多了。

但半个小时过去，江淮才纠正过来两道选择题，平均每隔半分钟看一次表。

薄渐从浴室出来的时候，江淮听见门响，扭头，薄渐穿着他的T恤和短裤，换下来的衣服叠在臂弯。薄渐走过来，把衣物挂到边上："几点了？"

江淮在家穿的这些T恤本来就大好几个码，所以薄渐穿了也不小。

江淮面无表情地喝了口冷水："八点五十。"

薄渐："哦，那睡吧。"

江淮盯着薄渐，薄渐神情如常，躺在已经铺好被子的地上，把枕头摆好，给自己盖好被子。

江淮一直站着不动，薄渐从被顶露出两只眼："你还不睡吗？"

江淮转身去关灯："哦。"

江淮眼前黑下来。

说是要睡觉，其实是盖着被子聊天。

还有三个小时到零点。

三个小时，足够容下两个和神秘莫测的成年人世界只差临门一脚的少年，谈论对未来的所有幻想和野望。

直到江淮生日前最后十秒，薄渐才将礼物递给他。薄渐轻声倒数——

"十、九、八、七……

"五、四、三……

"二、一。

"江淮,生日快乐!"

江淮一般起床都挺早。

但这个一般,建立在他前一天晚上没熬夜,或者前一天晚上失眠觉少的前提上。昨晚这两个前提条件都不满足。

昨晚,江淮大概到三点才睡着。

睡到一半,江淮模模糊糊地感觉薄渐起床了,翻了个身,问:"几点了?"

"七点。"薄渐说,"你继续睡吧。"

过了一会儿,薄渐又问:"早上想吃什么?"

"不吃,"江淮极度不耐烦地又翻身回去,"我要睡觉。"

卫和平和老秦约定星期六早上八点,二中校门口见面。他带着给江淮精心准备的练习题,老秦去拿订好的蛋糕、奶油礼炮和那些零七八碎的东西,一块儿去江淮家。

秦予鹤跟江淮"锻炼身体"了好几年,对江淮平日里周几几点起、几点出门、几点回来都门儿清。

江淮周末早上出去"锻炼身体",八点半前就能回来。

因为这份十二年的练习题有一百四十多本,能摞好几人高,将近二百斤,卫和平又从他家书店叫了个叔叔开小货车帮他一起搬到江淮家去。

秦予鹤和卫和平坐货车去的江淮家。

他俩在后座。卫和平充满憧憬,问秦予鹤:"老秦,你说江淮会不会吓一跳?"

秦予鹤瞥他:"有可能。"

特别是卫和平送的这一百多本练习题,秦予鹤保守估计,江淮能做到大学毕业。

卫和平嘿嘿笑了两声,又问:"对了,你这回准备在国内待到几号?"

"等元旦过去吧。"一说这事,秦予鹤就蹙起眉来,"啧"了声,"我爸妈现在还不知道我回来了,我还得瞒他们一个星期。"

卫和平愣了一下："那你为什么非得请假早回来？"

秦予鹤沉默了。好半响，他没回答，换了话题，懒懒地问："哎，你们学校最近有什么活动没？我也去看看，天天待在宾馆，都要发霉了。"

他们仨都是朋友，江淮不偏心，但关系真铁的还是秦予鹤和江淮。

卫和平笑了笑，就没再问。他瞟了眼秦予鹤："有啊，我们学校最近体育节，有校篮球赛……要不你来我们学校看江淮打篮球？"

秦予鹤稍怔："篮球赛？"

卫和平点头。

秦予鹤："江淮参加了？"

卫和平："都进半决赛了！"

秦予鹤又沉默了会儿，神情莫辨："江淮以前不是不参加集体活动吗？"

卫和平立马就知道了秦予鹤的意思，笑了，说："老秦，江淮跟以前不一样了。"

江淮人没变，但卫和平一直觉得，江淮应该多几个朋友、多几个熟悉的人，而不是格格不入，让别人误会他，让别人害怕他。

江淮明明没那么难搞。

江淮也不应该这么多年来，就自己和秦予鹤两个熟悉的朋友。

"江淮跟班里同学关系都还不错。"卫和平笑道，"老秦，这是好事。"

秦予鹤攥起手。"是好事。"他偏头看向车窗外，"那我下周去你们学校看篮球赛。江淮打得怎么样？"

"特别强。"卫和平压低声音，"这两天好几个人来找我打听江淮的联系方式。"

秦予鹤笑了，没说话。

"但我肯定是不能给的。"卫和平义正词严地道。

薄渐走出江淮房间的时候，正撞见阿财抱着一盒杯面，偷偷摸摸地向自己卧室走去。

阿财听见有人出来，吓得一激灵，觑过去后发现是薄渐，阿财折回厨房，大摇大摆地多拿了一盒杯面。

薄渐低头看着阿财。

阿财从他身边路过，迅速回了房间。

江淮没起床，今天早上吃什么是个问题。

薄渐打开冰箱，端详了昨天从超市买回来的可食用用品小十分钟后，从柜台上抽出了昨天他买的《家常菜大全》，决定给江淮做一顿早饭。

薄渐并没有做过饭。

给江淮洗菜，是薄渐长这么大，在厨房干过最重的家务活。

薄渐又细细钻研了这本《家常菜大全》，最后选了一道家里材料齐全、步骤又少、配色又好看的菜——海鲜煮乌冬面，再煮两个温泉蛋。

薄渐强迫症似的，把一条鱿鱼、两个鸡蛋、三只青虾、四块干贝，从左到右排好。

薄渐还没想好把一包面条排在哪里，门铃就响了。

卫和平把手从门铃上放下来，半分钟没人开。他有种不祥的预感，扭头看秦予鹤："老秦，江淮不会今天早上碰巧不在家吧？"

秦予鹤稍蹙眉："星期六一大早，江淮不在家能去哪儿？"

一个中年人推着一个装家电似的大纸箱，呼哧呼哧从电梯里出来，推到江淮家门口。他喘着粗气问："和平，那你同学的书我就帮你抬到这儿了？"

卫和平手里拎着等江淮开门就往他身上喷的奶油礼炮："行，就放这儿吧，谢谢。"

门开了。

卫和平下意识地扭头，把手里的奶油炮按了出去。

于是，薄渐一开门，就被喷了一身的白色奶油。

薄渐静了。

秦予鹤倏地抬眼，紧盯着开门的薄渐："薄渐？"

卫和平愣了几秒钟，干巴巴地开口："主席？"

薄渐摸了把溅到下巴上的奶油，眉梢轻轻挑了下："来给江淮过生日的？"

秦予鹤微眯起眼，没说话。

星期六大清早，薄渐就在江淮家。

秦予鹤烦躁地拿舌尖顶过上颚，动唇问："你怎么在江淮家？"

卫和平不敢说话。一大早，在江淮家看见薄渐这事太震撼了。

薄渐侧身，从玄关柜子抽了几张纸巾，细致地擦拭过手指、胸襟。他轻笑道："我暂时在江淮家借住。江淮还没起，你们先进来？"

卫和平满脑子都是薄渐刚刚那句"我暂时在江淮家借住"……

秦予鹤没什么表情，肩膀撞了下卫和平，别开眼去："走吧。"

卫和平一愣："什么？"

"有人陪江淮了，我们就走吧。"秦予鹤已经转头走了，随手把礼物放到了装模拟题的纸箱旁边，"让他好好陪江淮过生日。"

秦予鹤按了向下的电梯。

薄渐神情疏懒，慢慢地擦着身上的奶油，什么都没说。

卫和平愣住了，扭头："老秦？别走啊，来都来了……不是，你生气了？"

秦予鹤："没有。"

卫和平："没生气，那你走什么？"

秦予鹤静了两秒："我想走就走。"

卫和平："那你好歹见江淮最后一面再走啊。"

江淮刚好洗漱完，换好衣服，从卧室出来。

见他最后一面？谁说话这么难听？

他趿拉着拖鞋来到玄关，沉默半晌，问："你们在干什么？"

接着，他问："为什么都站在门口不进来？"

电梯刚好到了十二楼，秦予鹤面梯而站。

江淮："您几个快点，行吗？"

秦予鹤掉头回来了。他面无表情，弯腰从地上拾了个奶油礼炮，冲着江淮，狠狠地一按到底："小子，生日快乐！"

江淮猝不及防，只来得及抬了抬手，被呲了一脸奶油。

卫和平早就鬼鬼祟祟地摸到江淮边上，换了支粉红色的奶油炮，对准江淮："淮哥，生日快乐！"

江淮被喷得睁不开眼，薄渐站在他身后，声音轻得不能再轻："江淮，生日快乐。"

半决赛的加时赛在周三上午。

周三下午就是校篮球赛的总决赛。

学校体育节，校篮球赛占大头。周三这天，从上午到下午，全校不上课，自由观看学校体育活动。

为了支持班级的篮球事业，老林周一周二两天，特地倒出一节班会课和一节自习课，批准班里篮球队的同学去练篮球。

老林虽然支持，但是也看得很开："比赛嘛，重在参与，赢不了也没关系，当然能赢肯定是最好！"

上周的半决赛，只有一个级部要进行加时赛。

加时赛一般五分钟，若得分有差别就能判输赢，若得分持平，则继续加时。

这两天，几个人都去户外篮球场练习，天儿冷，但用不到半节课，也都跑出一身汗来。赵天青把球投进装球筐，拿校服袖子擦了擦脑门上的汗。

许文杨喘出口气："休息两分钟，再继续练。"

江淮还行，体力比这几个人都好，也出了汗，但不太累。他懒洋洋地去旁边长椅上坐下，拧开瓶子喝了口水。

练是练了，但说实话，明天赢九班的概率非常小。

上周跟九班比了一场，比分差不多持平，按分数来说，是惜败，但他跟赵天青心里都有数，九班根本就没认真打。

他是主要得分手，只要九班那仨体育生定好战略，把他防死了，他们班就白瞎了。

没人明白，九班到底是怎么输给二十一班的。但江淮那天跟九班打，有种九班在探底的感觉，就好像已经准备好了要打一场加时赛一样。

校篮球赛就剩下两场比赛，一场加时赛，一场全校总决赛。

明天上午除了这场加时赛，学校体育节还有些其他活动，但江淮估计来看加时赛的人会挺多。

赵天青也拎了瓶水，一屁股坐到江淮边上："明天难打。"

江淮瞥他："是挺难。"

"算了，尽人事，听天命吧。"赵天青叹出一口气，小声叨叨，"咱班那仨人太菜了，带不动。"

江淮表情不多，点了下头。

赵天青灌进半瓶水。忽然，他想起什么似的，突然坐起来："江哥，你认识张凌吗？"

江淮皱眉："没听说过。"

"张凌是我们篮球校队的，二队队长，"赵天青说，"跟方海平，就二十一班副班长，他俩关系特好，方海平上场违规这毛病我估计就是跟张凌学的。张凌太凶了，以前比赛时都下过黑手，直接违规五次下场……"他咂摸了下，又说，"我觉得九班输给二十一班那场，估计就是方海平跟张凌要的友谊分。"

赵天青人长一米九几，一熟起来，废话就跟卫和平一样多。江淮心不在焉地捏着塑料水瓶，左耳朵进，右耳朵出。

赵天青还在叨叨："这种行为太可耻了！要我选，直接三胜零负晋级不好吗？羞辱谁呢，要不就直接赢咱们班一把，送咱们班三比零晋级，现在又搞出个加时赛。众目睽睽，我估计好多人来看，看咱们班是怎么输给他们班的，丢不丢人……"

江淮一边表面听，一边扯了扯裤子。

在薄渐的威逼之下，他不得不把秋裤穿上了，很不舒服，勒得慌。

明天就脱了，穿什么秋裤。

周三这天清早，江淮刚到学校，秦予鹤就给他发来两条消息。

秦总统："今天我去你们学校转转。"

秦总统："听说你还有比赛，顺便看看你比赛。"

江淮一眼扫过，回了个"哦"字。

周三全校无课，一大早，班长就拉着班里的篮球队，还有两个从来没上场过的替补同学，去篮球场练球了。

加时赛在十点。

江淮提早换好球服从更衣室出来，进篮球馆的时候，被吓了一跳。

人确实挺多。

虽然体育馆不光有加时赛，还有别的活动，但数篮球馆的人最多，江淮一眼扫过去，比赛还没开始，已经大概两三百人了。

观众不是以班级为单位，老师组织的，所以比赛场内除了有体育老师圈线不准进的地方之外，到处都嘈嘈杂杂，人来人往。

薄渐在校体育节时事务繁忙，江淮估计今天见不着薄渐。

正好，他也不想让薄渐过来看他输，太没面子了。

篮球是团体协作，他们班真打不过九班。

江淮扯了扯衣领，戴好护腕，进了球场。

球场线外的第一排席位上，坐着穿着统一短袖短裙的女孩子们。江淮见过她们排练，这是今年篮球赛的啦啦队，跳舞都跳得挺好看。

卫和平也在前排，但他不是啦啦队。

"接住。"卫和平朝江淮扔了瓶水。

"江淮，加油！"

啦啦队几个女孩子一边喊，一边笑成一团。

"江淮最帅啦！"

江淮没接住，水"啪"地砸在他脚上。他面无表情地拾起水，佯装不闻地往座位席走，然后忽然抬头。

观众席靠后的，还没有人进来坐的空荡荡的一排，薄渐站在那里，神情认真地低眼望着他。

江淮愣了一下。

薄渐来了。

江淮裤兜的手机振了下，他低头掏出来。

BJ："人太多了，来晚了，前排座位没有了。"

江淮仰起头。

薄渐微地弯起唇角，向他一笑。

九班球员都入场了。江淮先前就和九班打过一场，懒洋洋地坐在场下。九班是白底黑号的球服，跟二班正好相反。

张凌一米九，肤色偏黑，体格很壮。他进场，扫了眼场下那个跟他比起来消瘦不少，头发有点儿长的男生。

江淮名声很不好，怕江淮的人不少。

但张凌就属于，和江淮从来没有过交集，也从来没怕过江淮的人。

"嗯——"

裁判吹哨。

加时赛的第一分钟，场内忽地一片哗然。

张凌带球撞人，连外行都能看得出来的恶意违规。

他撞倒了江淮。

张凌违规，裁判吹哨。

赵天青一惊："江哥！"

许文杨朝江淮小跑过去。

江淮被撞倒，屈腿坐到地上。他抬了抬手，手肘磕破了，手掌磨出血来。

"江淮！"许文杨跑过来，想扶江淮，"你没事吧？"

江淮把手掌的血在球裤上蹭了蹭，没什么表情："脚崴了。"

九班那个人高马大的体育生，带球撞到他身上的时候，江淮感觉就好像被一辆车给撞了一下。他倒在地上，手肘滑出一米才刹住。

张凌是故意的，大家都能看出来。

江淮玩跑酷，平常磕磕摔摔多了，有经验，手先着的地，做了个缓冲。

不然，他就不单单是轻微崴脚的问题了。

二班队员都围了过来。

九班几个体育生交换了眼色，张凌冲他们耸了耸肩。

许文杨看见了江淮的蹭伤，关键的还是崴脚。这次加时赛，班里球队也没想过要赢，但也绝对没料到会有这种事。

"那……那怎么办？"许文杨问。

裁判吹哨，进场判定九号球员违规。

裁判拨开围起来的二班队员，看了眼江淮："扭伤脚了？"

许文杨"嗯"了一声。

赵天青脸色不大好，盯着校篮球队同队的张凌看，张凌慢悠悠地走过来，瞥了眼江淮："对不起，我不是故意的。我违规了，认罚。"

篮球比赛五罚下场，何况加时赛，一次违规根本无关痛痒，江淮却要下场。

钱理一下子攥起拳头："欺人太甚，你是不是——"

裁判吹了声哨以示警告："不要发生冲突。"

二班几个人脸色都不好看。

九班那几个却像看戏似的，不痛不痒。

裁判皱了皱眉，张凌故意违规，他也看得出来，但恶意犯规，只是罚球而已。他蹲在江淮边上："还能继续上场吗？"

江淮单腿用力，撑着站了起来。他受伤次数多了，所以伤到什么情况，大致有数。他稍把力道撑到崴伤的左脚上，密密麻麻的针扎似的疼。

可能是肌肉扭伤。

一场加时赛就五分钟，江淮恢复不过来。

他抬眼："暂时上不了了。"

裁判叹气，起身："你们班罚球，替换球员，换十二号下场。"

几个人面面相觑。

班里除了五个正式球员，就两个替补。这两个替补同学还从来没有上过场，平常训练都不太找他们一起来练。

原来输是一定输的，但换下江淮，不单会输，还会输得很难看，到时候就是完全被吊打。

赵天青叉腰，低头沉默了一会儿，忽然开口："班长，江淮要下，那我也下吧，换两个替补上。反正都是输，他们来这么恶心的一套，那咱随便打打就行了，别影响心情。"

比赛暂停。

"不行，你开什么玩笑？"许文杨头疼，"你也退了，那咱们班还怎么打？"他往观众席扫了眼。今天就两场比赛，这场加时赛是下午总决赛前的最后一场，看的人格外多，他稍微有点猜到了那个体育生的心思，就是想让他们班在众目睽睽下丢脸。

"你好歹还能撑撑场子，换上两个替补，咱们班还怎么打？"许文杨叹了口气，"不说为班级争光，至少输也要输得有脸面。"

不然，他们三个普通同学，加两个更差的替补，对上约等于校队阵容的对手，真就完全被吊打，里子面子都掉了个干净。

赵天青忍不住发火："他们赢都赢得不要脸面，合着咱输还要想着怎么输得有脸面？许文杨，你想什么呢？"

许文杨哑口无言。

"我替江淮吧。"

一个男生手一撑，翻出了观众席的前排栏杆。他脱了厚重的外套，随手丢到江淮旁边的座位上，沉沉地道："我在我们学校也是校队的。"

江淮在喝水，差点呛住。

他扭头，惊愕地道："你什么时候来的？"

秦予鹤似笑非笑道："我不是给你发消息了吗？你还回我了个'哦'，人摔傻了？"

"滚。"江淮又喝了口水，"我是没看见你。"

秦予鹤拍了下江淮的后脑勺："比赛我替你，让薄渐带你去医务室看看。"

江淮面无表情地单脚起身，把喝空的塑料瓶咯吱咯吱捏扁，扔进场线内的垃圾桶。

秦予鹤碰了碰鼻子："那个……我替你，你信我，我也挺厉害的。"

"一个替补赢不了。"

薄渐走过来，轻声说："加我一个？"

江淮猛地抬头："薄渐？"

几个人都一愣："薄主席？"

薄渐停在江淮边上，微笑道："我替补江淮，如果这位同学自认打得好，保证能赢，就再替补一个同学。"

"这位同学"特指秦予鹤。

许文杨愣了愣："薄主席，你认真的？"

基本稍稍熟悉薄渐的人都知道，薄渐除了学生会事务，班级选举也好，学校活动也好，一概不参加。

薄渐抬眼："当然不是开玩笑。"

"但……"许文杨有些犹疑，"那个同学，不是我们学校的吧？校篮球赛让请外援吗？"

薄渐神情温和："不让，那就违规。"

许文杨怔住了。主动违规，这是薄渐能说得出话？

薄渐下巴微抬，它向九班休息场，轻笑道："违规不重要，赢就够了。九班不就是这么想的吗？"

秦予鹤稍眯起眼，咧开一个冷冰冰的笑："你说得对。"

最后，秦予鹤原本要替换球队里江淮最不熟悉的一个男生，但许文杨主动提议让秦予鹤替换自己，他扶江淮去医务室。

所以，江淮现在和班长在医务室大眼瞪小眼。

江淮弯腰，卷起裤腿，把医务室老师给的冰袋敷在脚踝上。

许文杨默默地看江淮敷冰袋。医务室老师说不太严重，好好休息，少运动，一两周就可以完全恢复了。

许文杨叹了口气："没想到还会有这种人。"

"挺正常的。"江淮倒没动容，放好冰袋，往椅背靠了靠，动唇道，"这种家伙年年有。"

许文杨忍不住笑了，然后又叹气："那你脚还疼吗？"

"疼是疼，但也没大事。"江淮看了看脚踝，"我冰敷完就能走了，你先回去吧。"

江淮也稍微有点遗憾。薄渐的身体素质还可以，他是知道的，但他还从来没见过薄渐参加这种有组织的体育活动。薄渐跟他差不多一个德性，都不参加集体活动。

薄渐说要替自己，江淮原本还想待在球场，看看薄渐是怎么打球的，但江淮估计薄渐可能也是怕被自己看见他因为太差而输掉比赛，硬是先把自己撵到医务室来。

江淮一面支着头，一面想：就算薄主席打球不行，自己也不会笑话他的。

大概不会。

他是一个有自制力的男人。

"我等你一起吧。"许文杨挠挠头，"加时赛就五分钟，我回去也没事干。"

江淮懒洋洋地靠到椅背软垫上："都行，你不嫌无聊就行。"

许文杨笑了笑。他带着手机，习惯性地拿出手机看了眼班级群消息。

正好刷出一条消息："赢了！"

许文杨惊道："咱们班赢了！"

校园网爆出一个新帖，半小时楼盖了近千层。

标题：二班比九班的加时赛！

今天周三，全校无课，这场就只有几分钟的加时赛，被学校无人机社团的同学用无人机高清拍摄了全程。

黑底白号是二班球员，白底黑号是九班球员。

这几天校园网上的校篮球赛冠军竞猜帖的热度一直居高不下，到四强赛以后，学生会体育部的官方投票帖里，九班占票百分之三十一点八，高居第一。

而二班只占票百分之九点一，排名第四。

视频开场，篮球馆的计时器已经显示计时三十二秒。

这是从比赛的第三十二秒开始录的，剩下赛时四分二十八秒。

关于剩下的这四分二十八秒赛时，楼下有一个高赞回复——

"这是我看比赛看过的最漫长的四分二十八秒。"

在这四分二十八秒中，黑球服一方，十二号球员和十五号球员，共违规六次。

校篮球赛定下单场比赛球员五犯下场的规则，指的是正常篮球赛，四节，四十分钟，一共的犯规次数是五次，而如今学校为了时间安排合理，单独摘出的一场加时赛才五分钟，规则却还是个人五犯下场。

个人五犯下场，于是十二号球员犯规四次，十五号球员犯规两次。

九班罚球六次。

每一次黑球服的犯规，都是恶意带球撞人，防守恶意阻拦。

每一次他们撞的都是同一名九号球员。

最后一次违规，二班十二号球员蓄意带球撞人。

张凌磕到地上，膝盖蹭出一大片血迹。穿着黑底白号码球服的十二号球员随手把篮球扔给了队友，微微低头，颇愉悦地一笑："第四次违规，不好意思。"

张凌跟薄渐根本不熟。他对薄渐的所有印象，全部来自学校的表彰栏。

他死死地盯着薄渐。

听说二班新换上薄渐当替补的时候，张凌还和队友们哂笑：就一个会考试的也被撑上来了，二班这是真找不着人了。

他以前从来没想过薄渐会打篮球。

二班换上一个薄渐，还有一个眼生的同学。

这两个人，张凌敢百分百保证，都打了十年以上的篮球了。

现在，裁判近乎气急败坏地吹哨赶来。

在尖锐的哨声中，南北区近千名观众眼底下，薄渐高高地站着，微垂下眼，蹭到了张凌的手。他鞋尖一碾："还要第五次吗？"

裁判赶来调和后，九班九号球员主动提出下场。

秦予鹤和薄渐擦肩而过，没转头："你可以。"

薄渐漫不经心地道："应该的，替江淮谢谢你。"

秦予鹤："我不用你帮他谢我。"

薄渐稍偏头，露出假惺惺的笑意："以后就用了。"

在这四分二十八秒中，二班共犯规六次。

最不可思议的是，二班赢了。

二十比十三。

完全胜利。

许文杨猛地从椅子上站起来，瞪大眼："江淮，咱们班加时赛赢了！"

江淮抬头："啊？"

"咱们班赢了！"许文杨深呼吸，"主席他们打赢九班了！"他刷了几下手机，接着说，"你去看班级群，还有校园网，他们说校园网上有咱们班加时赛的视频！"

薄渐……赢了？薄渐还会打篮球？

江淮稍蹙起眉，从校服衣兜里掏出了手机。

他已经很久没有登录过校园网了。

学校无人机社团录的那段加时赛视频，几分钟就在校园网上被顶成了热帖。

四分半的比赛，六次违规。

这种程度的违规，每一次都是蓄意为之。

劫："这？"

你哥："这真的是二班对九班的加时赛视频？"

橘子树："我的天，才四分半，六次违规，全撞的九班九号球员，什么情况？"

sibix："什么情况？这是篮球比赛还是群架现场？就这，裁判员还让继续打，不让违规球员下场？"

急停跳投："楼上懂什么，个人五犯下场，没给九班罚球？"

诸葛村夫："哦，那楼上的意思是，二班球员恶意犯规都没关系了，符合比赛规定是吧？恶意撞人、恶意犯规、针对对手，都没关系，是吧？"

仙女鸭："看不懂比赛，但觉得好可怕啊……"

物理不及格不改名："有一说一，过了，是没到个人五犯下场的地步，校篮球赛也跟FIBA无法比，但基本的体育道德规范还是要讲的吧？这么撞人，得亏是九班那个球员身体素质好，换个体弱的，受伤都有可能。"

8班班主任："九班九号，我有印象，不是校篮球队二队队长张凌吗？"

肯尼亚酋长："嘻，张凌？我以为谁呢，张凌也不是什么好人，比赛打不过就手黑得要死。"

物理58："张凌比赛手黑，就活该被撞？他这场违规了？"

白熊："就我一个人注意到了视频加时赛被剪了三十二秒吗？前面的三十二秒呢？"

CaO："呵呵，我就想知道那两个加起来六次违规的二班球员是谁，张凌好歹还校队的呢，下手这么黑？"

诸葛村夫："盲猜一个江淮。"

柠檬水："等一等，你们把视频截图放大，无人机社团给的是高清视频，撞人四次的十二号球员是薄渐！"

仙女鸭："嗯？"

白熊："啊？"

最A的A："我的天，真的是薄渐！亏我放大找半天没找着江淮，江淮怎么没在里面？"

糖糖："偷偷说一句，薄主席拍得好帅啊，还有二班那个十五号球员也有点帅。"

CaO："呃，不发言了，等后面还有没有别的说法。"

你哥："来了来了，双标来了，骂了一两百楼，一发现是薄渐，立马就有人来'洗地'了，您是校教导处代表吗？这么喜欢薄渐？"

本人勿扰："哎？薄渐居然参加集体活动了？"

白熊："就算是薄主席，这显然也是恶意犯规了吧？还有那个十五号球员一起恶意犯规？"

陈情表："真的过了，为了赢不择手段，我觉得学校不能容忍这种行为。@管理员，建议取消二班的参赛资格。"

奶盖："我在篮球馆，觉得还好啊，看着还蛮爽的，因为九班也违规了，而且还是九班先违规的。"

你爷："哦，你有证据？"

帖子发上来，三四分钟就顶了二三百楼。

直到楼主又发了一个帖子：

无人机社团社长专用号："呃，你们回得倒挺快，我第一段视频还没来得及弄好传上来，你们就把帖子顶得这么高了。"

"无人机社团社长专用号"又发了一段视频。

这段视频，把第一段视频加时赛缺失的前三十二秒补上了。

由前至后。

张凌恶意带球撞人，江淮脚伤下场。

二班更换替补。

十五号、十二号重新上场。

十五号是一个陌生男生，十二号是薄渐。

十五号犯规两次，十二号犯规四次，次次蓄意撞人。

直到张凌受伤下场。

整个视频，由前至后，用一句"以其人之道还治其人之身"就能概括。

这就不是一场比赛。

这是一场整治活动。

你爷："对不起，我看完视频了。@BJ，我薄哥。"

劫："哈哈哈，兄弟大可不必，薄主席不想要你这个弟弟。"

肯尼亚酋长："我爽了，完事。我就知道张凌这家伙绝对不是什么好人，去年校篮球赛他们班总决赛的时候，就给其他队搞过这么一出。"

仙女鸭："啊啊啊！我薄主席怎么这么帅！"

柠檬树和柠檬果："对不起，插个楼，请问二班那个头发很短、长得很帅的十五号球员叫什么名字？"

糖糖："对对！我也早注意到了！江淮下场，替换了两个球员，都打得超厉害！"

最 A 的 A．"呃，不会又是我江哥的哪个好兄弟吧？"

8 班班主任："好有道理，这个人要是跟江淮没点关系，能冲出来和薄主席一起违规？"

薄渐后援会副会长："嗅到了狗血文的气息。"

不想学政治："你们能不能别天天在校园网上瞎给江淮造谣？我就二班的，这男的不是我们班的，江淮临时找过来的外校生。"

你爷:"校篮球赛违规请外援,取消参赛资格。兄弟,你们班没了。@管理员。"

江淮刚刚退出给他视觉暴击的校园网,许文杨表情复杂地抬头:"江淮,虽然咱们班赢了加时赛,但是下午的总决赛……咱们班参加不了了。"

江淮扭头,没反应过来:"什么?"

许文杨:"你那个朋友是外校生,校园网上有加时赛视频,所以咱们班被人举报了。"

江淮:"……"

人生的大起大落。

许文杨倒看得挺明白:"不过,咱们班要是没让你朋友上场,也赢不了加时赛。现在至少赢了,说不准还能捞个校园赛季军。"

江淮:"……"

江淮静了半天,只能说:"你说得对。"

说完,他手机振了振。

BJ:"还在医务室吗?我去找你。"

冰敷大致敷完了,也快中午了,体育馆和学校食堂离得近。

真正的强者:"不用了,你在篮球馆等我,顺路去食堂吃饭。"

BJ:"你脚没事了?"

真正的强者:"没事了。"

江淮摘了冰袋,起身道:"走吧,我回体育馆。"

江淮回到篮球馆的时候,人基本都走空了。

薄渐坐在球场线外的席位上。他已经换回了校服,衣着又熨熨帖帖,<u>丝毫看不出来视频里带球蓄意违规的凶劲儿</u>。

江淮从地上捡了瓶球队队员免费专供的矿泉水,过去:"赢了?"

薄渐微微仰脸:"赢了。"

"牛啊!"江淮随便坐到他边上,扭头,"你还会打篮球?"

薄渐没回答,却忽然弯腰下去,手指往江淮裤腿那儿去。

江淮往旁边退开:"你干什么?"

薄渐抬眼："把裤腿卷上去，我看看。"

"你别动，"江淮推开他，自己弯腰下去，"我自己卷。"

"好。"

两个人都坐着弯腰，这是一种奇怪的姿势，像是两个刚刚学会穿鞋的呆瓜小朋友，在一起讨论怎么系鞋带。

"脚踝还疼吗？"薄渐弯着腰问。

"不疼了，"江淮弯着腰说，"没肿，没什么好看的，我把裤腿放下去了。"

接着，他随手把矿泉水扔到一边，站了起来："我先去吃饭了。"

薄渐："江淮。"

江淮喉结动了动，语气冷硬："闭嘴。"

薄渐唇角微勾，起身跟了上去。

江淮没回头："你中午不回家吗？"

薄渐："我都可以。"

江淮："我中午去食堂。"

"好。"薄渐回应。

江淮低头，翻了翻手机。他来篮球馆没看见秦予鹤，秦予鹤居然没给他发微信，不知道跑到哪儿去了。江淮瞟了薄渐一眼。

别是这位公事公办的学生会主席，把秦予鹤这个学校外来人员给撵走了。

薄渐侧头："怎么了？"

"没事。"江淮心口不一，随口问，"你还会打篮球？"

"会啊，我打了好多年了，"薄渐神情松懈下来，"从小学前就开始了吧。"

江淮一愣："是吗？"

薄渐的身体素质挺好。身体素质好，不光是有体质优势就够用的，后天也得常锻炼。疏于锻炼，就算是体质再好，也该松弛松弛，该发福发福。

所以，最开始跟薄渐玩跑酷的那几次，江淮还挺好奇薄渐是怎么锻炼体格的。

他原来猜的是可能薄渐这种事事求精的讲究人都具有十分高的自我管理意识，在繁重的学习任务之外，还定时定点去健身房跑步举铁，做这种讲究人才会做的事，所以江淮没想到薄渐居然还打过篮球。

薄渐笑了下，漫不经心地道："我都是偷偷出来打的，小时候家里管得严，老让我看书学习，不准我出来玩。"

江淮静了会儿，评价："那你挺惨。"

他小时候没人管，过得挺自在。

一方面是因为江俪那几年工作忙，还不赚钱，另一方面江俪一直觉得儿童就该有一个无忧无虑的童年，所以江淮打小满街乱跑。

"还好。"薄渐轻飘飘地道，"所以，我早就提前把课程学完了。"

江淮："滚。"

下午的校篮球赛的总决赛，二班被取消了参赛资格。

但出人意料的是，取消参赛资格不是取消领奖资格。二班依旧是级部第一名，但无权参与总决赛，直接被判定为今年体育节校篮球赛的全校第三名。

原本江淮以为，他们班被取消参赛资格，应该是直接把九班拔上去，但没想到，学校给出一个"经投票决定，二班和九班均存在恶意违规现象，故均被取消总决赛参赛资格"的最后判定。

因为加时赛二班赢了，所以二班直接记为今年比赛的季军。

今年总决赛只有两个班级角逐冠亚军，所以总决赛比赛时长格外短，等到下午三点，冠亚季军三个班级，就派代表去体育馆上台领奖。

没几分钟的工夫，江淮莫名其妙地在班级群里被投成了下午季军领奖的班级代表。

下午的唯一一场总决赛比赛，到冠亚季军领奖，都在校园网直播。

赵天青："江哥去！我双手赞成！"

钱理："我也觉得江淮去好，江淮长得帅，校园网有直播，他去了咱们班有排面。"

刘畅："江淮加一。"

卫和平："班长不去吗？"

许文杨："哈哈哈，江淮比我帅，球也比我打得好，让他去吧。"

…………

匿名小号："暗搓搓投薄主席一票。"

林老师："江淮呼声蛮高啊，哈哈哈，都随你们，那就让江淮去吧。"

"匿名小号"撤回一条消息。

另外两个级部的比赛进行到了第四节，临时领奖台已经在篮球馆搭好了，待会儿啦啦队和学校舞蹈社谢场，就准备上台领奖。

江淮站在观众南区最高一排后面，插兜，远远往下看。他从胸腔哼出个笑音："没想到居然还能拿第三。"

校园网的视频还没看，但薄渐加时赛多次犯规的事他听说了。

他偏头瞧薄渐："你可以啊！"

"正常。"薄渐神情散漫，"校篮球赛是学生会办的，让体育部把九班投下去，不是难事。"

江淮："嗯？"

自己和薄渐说的是一件事？

江淮扭过头，半晌，猛地反应过来："你……取消九班参赛资格，暗箱操作？"

"不是暗箱操作，"薄渐稍歪头，微微一笑，"规则上的适当调整而已。"

江淮："……"

"别难过。"薄渐轻飘飘地道，"你还是有拿季军的实力的，不要妄自菲薄，自轻自贱。"

"滚，你能不能说两句人话？"江淮稍一顿，"你还挺记仇。"

江淮的视线掠过南区整片观众。他们两个在观众席最后一排后的走廊角落，灯光暗淡。场下极亮，吵闹，无人机飞来飞去。

江淮低着眼皮："我去领奖了。"

薄渐看着江淮的背影，轻笑了声。

比赛临近尾声，球场线外校啦啦队的女生和舞蹈社的同学等着，场内喧闹，广播实时解说。

薄渐远远地看见江淮走到观众席第一排，卫和平朝他扔了瓶饮料，几个男生勾肩搭背，嬉皮笑脸地向江淮坐过来。江淮靠在椅背上，听他们叽叽喳喳地说话。

薄渐知道旁边走过来一个人，但他没有理会。

直到这个人停下，懒散地靠在墙边，侧头："你跟江淮什么时候认识的？"

薄渐没有回头:"这个学期。"

不过,他听说"江淮"这个名字要更早一些,但没有什么特殊意义,仅仅是因为"江淮"这个名字在自己认识他之前就全校闻名了而已。

"哦。"秦予鹤说,"我和江淮认识十一年了。"

薄渐的语气听上去有些漫不经心:"所以呢?"

"我跟他认识十一年,从他六岁到现在,小学是我和他一起上的,初中也是我和他一起上的。他去玩跑酷会第一个来拉我,受伤不想让他妈知道也会第一个来找我,"秦予鹤低着头说。

薄渐没什么表情。

秦予鹤问:"江淮和你提过他家里的事吗?"

薄渐没有回答。

秦予鹤笑了,自言自语似的,说:"算了,就江淮对你的态度,你要是问过,他肯定说了。"

"你去他家,应该知道江淮家就江淮和他妹妹两个人。"秦予鹤始终低着头,"江星星是领养的,他妈在他初一那年出国工作了。"

薄渐终于偏头,眼神很冷:"所以?"

薄渐手指稍紧,"咔吧"一声。

秦予鹤说:"我小学认识的他,他小学那几年家里条件不好,住的地方治安挺差……我记得小学四五年级吧,江淮有段时间没来上课,我联系江淮,江淮也没说……后来我才知道,江淮是为了保护他妈妈,之前有个男的喝多了去他家骚扰他妈妈。"

"后来江淮他妈工作好了,就带江淮搬走了。"秦予鹤说,"再后来,他妈就出国工作了,留了一个领养的残疾妹妹给江淮照顾。"

"江淮算是他们家的顶梁柱。"秦予鹤靠着墙,慢慢蹲下,"他要保护他妈,保护江星星。他也做到了。"

薄渐没有说话。

秦予鹤兀自说:"说实话吧,我和卫和平一直都觉得江淮每天这样过很累。我和江淮认识了十一年,我一直以为我能让他过得稍微轻松点,别每天都这么绷着,好像随时要准备去拯救世界似的。"

"可我没做到。"他抬头,盯着薄渐,"你是我见过的,唯一一个能让江淮放松下来的人。"

他声音放轻了:"江淮跟你待在一块儿,就特别放松。"

薄渐反问他"所以",其实没什么所以不所以。

他和薄渐没有可比性。

他中午替江淮打完加时赛就自己先去逛学校了,让江淮多放松放松吧。

"我和你说这些,不是在给你炫耀我多了解江淮,就是觉得江淮以前的事儿,你也应该多了解了解。"他走近薄渐,擦肩过去,"别哪天因为你自己的自以为是,逼江淮干一些让他难受的事儿。"

薄渐低眼:"我尊重他。"

秦予鹤说话说得隐晦,但薄渐一听就听得出来他的意思。

秦予鹤侧眼,笑了一声,抬脚走了。

江淮上了领奖台。

他不知道为什么莫名其妙就成了他来领季军奖。

是老林直接通知他的,他没有抉择的心路历程。

校篮球赛的奖品是一张红皮硬面的鎏金证书,一个玻璃质奖杯,附带副校长题字、免费供应贴在教室后黑板顶墙上的大字金红奖状一张。

江淮上台领了证书、奖杯、奖状,下来,底下还有学生会宣传部等着采访。

不光冠军、亚军、季军都有份。

今年校篮球赛没爆冷门,冠军是校园网冠军投票率仅次于九班的低年级的学弟们。

宣传部联合校摄影社,给领奖人拍照兼采访,采访也实时在校园网直播。

对冠军的采访——

"这次校园篮球赛,获得冠军的好成绩,你有什么想说的吗?"

冠军班代表学弟:"首先,这是我们班全体同学的奖,能拿到冠军的成绩,离不开球队队员们辛苦卓绝的训练和班主任老师的全力支持……"

对亚军的采访——

"这次校园网篮球赛,学长们通过自己的努力,拿到亚军,有获奖感言吗?"

亚军班代表学长:"哈哈,这次拿到亚军,我们也是蛮意外惊喜的,这个成绩我们已经很满意了。当然,也多亏我们班同学们付出的努力和老师尽力给我们在繁忙的学习中找时间练习……"

到了最后的季军采访，宣传部部长钟康把话筒递过去："在本年度校篮球赛中，作为季军，你有什么想对同学们和老师们说的话吗？"

季军班代表，江淮。

老林在篮球场场线外背着手看着，江淮瞟过去，老林给了江淮一个慈爱鼓励的眼神。

江淮接过话筒，稍一停顿："本次'躺赢'，十分荣幸。"

老林："……"

下午五点，学校秋冬体育节正式落幕。

二班同学回到教室，还有个总结性小班会。

老林赛前承诺球员同学，如果荣获冠军，每人上台演讲一次，且每人奖励冠军奖品一份。

但今天比赛，班里是季军，演讲就免了，老林还是把承诺的"冠军奖品"给发了下来。

球队队员，每人最近十年精藏版《模拟金考卷（数学）》一份。

老林在上面发奖，赵天青凑过来头，小声叨叨："还好咱们班没拿冠军，不然回来还要上去演讲。"

江淮生无可恋地摸着课桌上板砖厚的《模拟金考卷（数学）》封皮儿，日常敷衍发言："是是是，还好没赢。"

这什么奖品？他缺这一份题吗？

薄渐在后支着头，百无聊赖地把校园网上最近关于江淮的帖子都看了一遍。

薄渐看完了江淮最近的球赛集锦，不可避免地发现了几个标题诡异、内容离奇的帖子。

江淮裤兜的手机突然振了下。

他皱眉，拿出来。

消息人显示"BJ"。

BJ："如果我是你失散多年的兄弟，你会叫我一声亲哥吗？"

江淮缓缓打出了一个问号。

BOHE

YINJI

第五章
兔兔

临近十二月底，天气一日愈比一日冷。

天气预报说今年阳历年关底，也就是元旦前后有雪。B市已经挺多年没有好好下过一场像样的雪了。

今天是星期天，江淮起得早，来了趟那所私立学校的旧校区。秦予鹤和他一起来的。

到前天，老秦回国一个多星期了，才敢拎着行李从宾馆搬回家。回家怎么样，老秦打死不说，但据卫和平说，老秦被他爸他妈联合骂了一晚上。

天气冷了，关节冷僵，热身运动不做充分就容易抽筋出事，所以最近江淮也没跑到私立学校或者旧城区这些地方正儿八经地玩一场跑酷了。

今天是自秦予鹤回国，江淮第一次来旧校区。

江淮攀着救生梯，手一撑，翻到了天台上。

这是旧校区的一栋废弃教学楼，不算高也不算矮，望得见远处废旧的人工草坪足球场。入冬了，没人打扫，愈来愈破旧，蒙了层灰似的。

秦予鹤跟在他身后，江淮随手拉了一把，秦予鹤搭着他的手也翻了上来。

江淮走到栏杆边，秦予鹤在后头，扑了扑身上的灰。

天台风大，秦予鹤说话也模模糊糊的："旧校区快拆了，准备改建学区房。"

江淮扭头："是吗？"

"都快要准备竞标了。"秦予鹤说。

江淮转回身，手肘撑在栏杆往外看："是该拆了，好多年了。"

秦予鹤始终站在他身后，含糊不清地说："你家以前住的那片旧城区也快拆了，拆迁文件最近刚批下来，估计用不了多久。"

江淮没说话。

秦予鹤问："你以后还准备继续玩跑酷吗？"

"应该吧。"江淮回答。

"那去哪儿？"秦予鹤又问。

江淮微眯着眼，今天是个好天，天很蓝。他说："不知道。"

江淮第一次尝试类似于跑酷这类的运动，基本出于一个小学生对武侠电影中能以一敌百、飞檐走壁的侠客的向往。

小学一年级时，他希望能变得像那群电影侠客一样厉害。

后来慢慢长大，比起那些不切实际的幻想，江淮还是更喜欢翻上去、跳下来的掌控感和失控感。

"如果你前面有障碍，那就翻过去"，这是对他来说最有吸引力的命题。

"薄渐陪你？"秦予鹤又问。

"他跟得上，"江淮说，"但看他的意愿。"

秦予鹤长呼出一口白气："知道了。"

他走过来，靠在栏杆边："等过了圣诞节，我就先回去了。"

江淮扭头过来："为什么？"

他记得秦予鹤的圣诞假期一直放到元旦以后。

"我请假早一个多星期回来的，"秦予鹤微微仰脸，故意露出一丝笑来，"当然要提早回去补课了。"

撒谎。学校没开学，回去也是一个人住，能补什么课。

但江淮没听出来，瞧了秦予鹤半晌，也笑了："你长大了，知道好好学习了。我很欣慰。"

"滚。"秦予鹤没给江淮眼神，"我学习一直很努力。"

两个人靠在栏杆边聊天。

快九点了，回去就要九点半了。这周比完篮球赛，之后除了元旦，就没有什么大活动了。今年放假早，学期短， 月中旬就期末考试，现在离考试还有不到一个月。

所以，薄渐体贴地为江淮制订了周末学习计划。

六门学科的周末作业，外加六套课外练习卷。

周五放学前，薄渐翻了翻江淮自发下来就没动过、名也没写的"季军奖品"——《模拟金考卷（数学）》，发言道："发都发了，不做完不合适。"

江淮也只说了一个"滚"字。

江淮看了眼手机时间，无情地道：“你快点，我回去还要写作业。”

"哟呵？"秦予鹤看外星人似的看了眼江淮，"这是能从江淮嘴里说出来的话？"

江淮："你闭嘴。"

秦予鹤瞥过他："想好上哪个学校了？"

江淮："还没。"

秦予鹤："那是看好专业了？"

江淮："也没。"

秦予鹤："……"

他真诚地发问："您的青春就没有一点理想吗？"

江淮表情不多："在学习上没有。"

秦予鹤："……"

不。其实，大概是有一点的。

期末考试，江淮想考到500分。这是他的初步理想。

但说出口就太丢人了，毕竟这又不是多高的分。秦予鹤学习也还成，尽管学的不是国内的课程，但每学期成绩下来，门门都考A。

秦予鹤和江淮差不多，都是天赋型选手，但不大用功。

只是，后来秦予鹤继续考A，江淮天天睡觉，跌到了CDEF。

秦予鹤用鞋尖碾了碾地面："你就没想过和薄渐考同一所学校？"

江淮："没有。"

秦予鹤："想也没想过？"

江淮："没想过。"

又考不上，江淮想。自己和薄主席四舍五入差300分，非人力所能及。

江淮皱眉："这种事随缘吧。不是还有一年多吗，想那么远干什么？"

秦予鹤："……"

最后，江淮被老秦撵回家写作业了。

其实，这周的周末作业江淮已经写完了，昨天薄渐定时定点用微信监督了他一天，硬生生让江淮从早上七点，写作业写到了晚上十一点。

到晚上十一点，他写完最后一张预习学案。

昨晚睡觉，江淮做梦都梦见双曲线缠在他身上，缠着缠着又看见薄渐，薄渐在梦里逼他写作业。

他发誓,如果这是现实里发生的事,薄渐会失去他这个朋友。

江淮九点半到的家,手里拎着一份给阿财捎的早点。

他开锁进门,低头在玄关看见了双陌生的鞋,还有他的拖鞋不见了。

江淮有种隐隐约约的预感,换了备用拖鞋,去了客厅。

客厅,阿财趴在地毯上,薄渐坐在沙发上。

电视正在播放少儿频道的动画片。

薄渐侧头:"你回来了?"

江淮:"……"

薄渐穿着他的拖鞋走过来,自然得不能再自然地接过江淮手里的早点放到一边。

江淮:"……"

他问:"你什么时候来我家的?"

薄渐:"半小时前。"

江淮瞥了眼给薄渐开门的唯一嫌疑人,该嫌疑人置若罔闻,专心致志地趴在地上看动画片。

他低了声音:"你来,有事?"

"监督你学习。"薄渐偏头。

江淮别过头:"去我房间。"

江淮大致嘱咐了阿财以后不要再瞎给人开门后,再让她去把早饭吃了,拎着脱下来的外套推门回了房间。

江淮:"今天来怎么不和我说?"

"我说了,你就不让我来了。"薄渐说,"我不主动来找你,你都不会主动来找我。有空和别人出去玩,没空搭理我。"

江淮:"我没有。"

薄渐就是事儿精中的杰出楷模。

十点多,将近十一点。

薄渐坐在江淮的书桌前,翻阅他写过的周末作业。薄渐把书包也带来了。

125

正午，天光明亮，从阳台玻璃门折进来，少年显得沉静而疏离。

薄渐把江淮的卷子放到一边："你物理还是不行，上周五物理考试才60分。"

江淮："……"

"不用您提醒，我不瞎。"他说。

薄渐稍侧头："期末考试有目标吗？"

江淮静了。好半天，他蹙起眉，声音不大："500。"

这是一个可实现的目标。

在"小江参加考试"这道加减乘除的算术题中，从上次考试到现在，一个月的时间，小江的平均正确率已经从百分之六十，稳步提升到了百分之六十五到百分之七十。

上周物理考60分纯属意外，小江的正常水平明明有65。

"好。"薄渐垂下眼，轻声问，"那要是期末考试，你考到500分，我可以向你要一个奖励吗？"

江淮："什么？"

江淮以为自己听错了："我进步，奖励你？"

"嗯。"薄渐说，"鼓励我继续辅导你学习。"

江淮："……"

"江淮，你变了。"薄渐眼皮微抬，叹起气来，"你现在连你朋友的这点小要求都不愿意答应了，你是不是……"

江淮面无表情："我答应，你闭嘴。"

老秦订的十二月二十六号的飞机票，刚好在圣诞节第二天，星期六。

因为是星期六，所以江淮没有理由拒绝去送机了。用"我作业还没写完"这种理由，来推辞送"小弟"最后一程这种事，江淮目前还做不出来。

卫和平也一起，他俩把老秦送到了机场。

机场内也没什么像样的酒店，江淮就请秦予鹤和卫和平在机场里找了家面馆吃了今年的最后一顿聚餐。

面条端上来，江淮在喝水，秦予鹤不说话，卫和平看这两个人不说话，也不说话。

三个人一片死寂。

秦予鹤低头，心不在焉地用筷子搅着面条。

江淮喝完水，捏着塑料瓶，稍稍停顿，问：“老秦……要不你在国内过完元旦再回去？”

秦予鹤陡然抬眼。

江淮慢腾腾地说：“都十二月月底了，不差这几天，就你那成绩，多补两天课，少补两天课，区别也不大……你春节又不回来，元旦就在国内过吧，你觉得呢？”

“我觉得你说得对。”老秦说。

"我就说说"的江淮："……"

于是，星期六送机，以秦予鹤将机票改订到元旦后，江淮白请这两人在机场吃了顿面条收尾。

打车回家的时候，江淮仔细想了想，怀疑秦予鹤这家伙就是找他来骗吃骗喝的。

这种事，秦予鹤没少做。

今年北方寒潮来得早，天气预报难得的准，到十二月底，星期三这天纷纷扬扬地下了一天的雪。从上午早自习就开始飘雪花了，愈下愈大。老林都进门了，班里还骚动不安，纷纷围到窗边，张大嘴巴："哇，下雪了！"

老林把前门关好，到讲台上拍了拍桌子："都几点了！还不开始上早自习？都多大的孩子了，又不是上小学一二年级的小孩，下个雪有什么稀奇的！"

班里慢慢安静下来，凑在窗边的也都不情不愿地回了座位。

老林撑在讲台上，清了清嗓子："都安静下来，咱开个小班会。首先是今年元旦假期的时间安排，大家应该都知道了，从一号到三号，星期五到星期天，一共三天假期。其次，按照学校惯例，明天是今年的最后一天嘛，有个元旦晚会。"

他递给许文杨一沓元旦假期注意书，示意发下去："元旦晚会是以班级为单位的，咱自己规划自己办。大家看看节目、玩玩游戏，从明天下午两点开始，到明天下午放学。许文杨，你们几个班委把这些事落实好，缺什么设施，该借借，缺什么装饰，该买买，费用从班费出……"

报名元旦节目这事，上周老林就说了，自由报名，所以江淮没报。他自认身无长处，不会唱不会跳，无艺术特长。

江淮支着头，昏昏欲睡地听老林讲话，与世无争。

许文杨过去接了注意书，稍犹疑了下："老师……明天的元旦会，采购、借设施这些事都安排好了，就是……"

林飞："怎么了？"

"就是节目可能不大够。"许文杨说，"我从上周就开始统计了，但到现在，班里就报上来四个节目。"

林飞："才四个？"

许文杨："嗯。"

林飞皱起眉来，看台下："元旦晚会节目现在不够，还有同学主动报名吗？"

众人寂静，连挪动桌椅板凳的声响都没了，数学课的纪律都没有现在好。

老林沉默。他等了两分钟，没有人主动站起来，又问："没有人吗？没人主动报名？"

没人。

"好。"老林点头，"咱们班一共是四十三个人，十一个小组，不管之前你报没报，明天下午元旦晚会，至少十个节目，一个不许少，小组间也可以合作，但每个小组都必须有人参加节目。班委督促落实，今天上午第一节课前就把节目单都统计好给我。"

江淮半梦半醒间："嗯？"

早自习打下课铃前，许文杨就拎着张纸，从第一个小组挨个儿统计到了最后一个小组。最后一个小组的成员：薄渐，江淮，赵天青。

许文杨停到江淮桌边："你们小组的赵天青呢？"

江淮："体训去了。"

许文杨："那薄主席呢？"

江淮："开会去了。"

许文杨："……"

第十一小组，就剩江淮一根独苗。

许文杨表情复杂："那你们组准备报什么节目？"

江淮心情复杂："能等他们回来再说吗？"

许文杨:"老林让我第一节课前就把节目单交上去。"

江淮静了，半晌，问:"那就我一个人，能报什么？单口相声？"

"你会？"许文杨问。

江淮:"不会。"

许文杨:"……"

他把统计好的名单放到江淮桌子上数了数，迟疑了下:"其实，前十个小组都报好节目了，已经够十个了。但老林要求每个小组都要参加，要不你先报名，我给你记一个服从其他小组调剂？"

江淮警惕心极高，往节目单上瞟:"别的小组有什么节目？"

"乐器独奏这种节目肯定不会调剂你，"许文杨挠挠头，"我估计到时候会是什么场景演绎类小品吧。"

从江淮的角度看，字是倒的，江淮没看清。但只要不是什么硬核技术类节目，其他的江淮都无所谓。

他皱了皱眉，向后桌沿靠过去:"行，那随便吧，你们调剂好了通知我。"

在队友靠不住的关键时刻站出来，牺牲自己，成就大我……这大抵是每一个强者最后的宿命。

强者口头承诺"服从调剂"后沉沉睡去。

第一节课上数学，赵天青没回来，薄渐到第一节课上了一半才回来。

江淮斜瞥他一眼，往后面扔一个小纸团。

"元旦晚会缺节目，我们组被强制报名，你有特长没，把我顶下去。"

没几秒，轻微的撕纸声响起，钢笔尖蹭在纸面上。

江淮后肩被碰了下。他把手递到下面，一只手把一张叠得整整齐齐的纸片送过来。

他展开，纸上简洁有力的俩字:"没有。"

江淮:"……"

"丁零丁零——"

下课了。

江淮扭头过去，似笑非笑地乜着薄渐:"您从小到大，没学过什么艺术特长？"

薄渐细长的手指轻扣在江淮丢回来的小纸团上："学过钢琴，搬不过来。"

他假惺惺地笑起来："还学过围棋、画画、国际象棋……你想我表演哪个？"

江淮："……"

薄渐看上去心情颇佳："你报了什么节目？"

"我能报什么。"江淮动唇，"服从调剂，到时候随便参加一个别的小组的节目。"

"哦。"薄渐若有所思起来。

恰好，许文杨又拎着纸过来了，脸色不大自在，叫了声"江淮"。

江淮转头，随口问："安排好了？"

"嗯，安排好了，就是，"许文杨吞吞吐吐，"就是来问问你的意见。"

江淮忽然有种不大好的预感，微眯起眼："你把我安排到哪儿去了？"

"跳……跳舞，跳舞你可以接受吗？"

江淮："什么？！"

不是说好了参加场景演绎类小品？

"跳什么舞？"他问。

"群舞。"许文杨说。

江淮："……"

都说到这儿了，许文杨索性破罐子破摔，一股脑儿说了："小品人满了，你们小组要是没有独立节目，就只能往这个跳舞节目里排。除了你，还有三个女生一起。"

"她们三个女生是一个小组的，明天准备换装，会穿裙子……"

许文杨看着江淮濒临爆炸的神色，连忙加快了语速："但应该不会强求你穿裙子，你不用担心。你参加了，和她们一起跳就好了。"

江淮死一样寂静了几秒，问："我能选择不参加吗？"

许文杨面露难色："刚刚下课，节目单被老林要走了。"

江淮："……"

"你要退出的话，得单独去找老林，"许文杨觑了眼后面的薄渐，"而且你还得和薄主席商量一下，另出一个节目。"

江淮："……"

他和薄渐这家伙，表演下围棋？

薄渐一个人岁月静好。他翻过几张书页，稍抬头，微笑道："班长，可以把江淮要跳的舞蹈原视频给我发一份吗？我也想提前看看。"

江淮扭头："我什么时候说要跳了？"

薄渐微垂眼，声音很轻："江淮，我想看你跳。"

江淮没有表情："但我不想。"

薄渐："跳一下看看，好吗？"

江淮："我觉得不好。"

中午，级部几个哥们儿有聚餐，不光是二班的，卫和平人脉广泛，几个兄弟让他把江淮也一块儿叫上，卫和平欣然应允。

扶我起来浪："淮哥，中午几个哥们儿请客，来吗？"

真正的强者："不去。"

扶我起来浪："为什么？你和别人约了？"

卫和平心想：要是江淮另有约，那就算了。

过了好几分钟，江淮终于惜字如金地回了几个字。

"练舞，没空。"

卫和平："啊？"

江淮刚刚放学，就被那几个女生拖走了。薄渐还留在教室。

他起身，坐到江淮的位置上，翻了翻江淮课桌上的试卷和练习册。江淮字写得丑，他一写，卷面都是乱七八糟的。

半晌，薄渐拿出手机。

BJ："在练舞吗？"

没人回复。

薄渐慢慢趴到江淮课桌桌面上，教室走空了，就剩他一个人。他还想等江淮回来。

一分钟，五分钟，十分钟……手机微振。

真正的强者："薄渐，我去你的！"

这是江淮在东楼保健室，看完第一遍舞蹈原视频后的唯一想法。

薄渐弯起唇角，从课桌撑起头来，发消息："你现在在哪儿？"

真正的强者:"东楼保健室。"

没几秒,"真正的强者"撤回了一条消息。

真正的强者:"不想打架就别来找我。"

薄渐轻轻挑了挑眉梢,收了手机,起身出了教室后门。

东楼有四间保健室。

薄渐从一楼不急不慢地上到四楼的时候,瞥见保健室的门虚掩着。中午放学,原本就人少的东楼更少了。

窗外还在簌簌飘雪,走廊静寂。

薄渐走过去,轻轻推开门。

他和猛然抬眼的江淮恰好四目相对。

保健室中没有其他女生,只有一个江淮。

冲锋衣外套随意地搭在讲台上,窗帘紧拉,江淮坐在讲台上,衬衫解开了两三粒扣子,脖颈上系着一根黑色的铃铛项圈,发带暂时被捋了下来。

他抬着手,死拧着眉,正要往头上戴一个白绒绒的兔耳朵发箍。

几秒钟,两相沉默。

江淮的兔耳朵发箍掉下来,他喉咙发涩:"薄渐,你出去。"

跳舞的有四个人,除了江淮,还有三个女生。

小铃铛项圈是那几个女生给的,兔耳朵发箍也是那几个女生给的……当然在女生嘴里,项圈不叫项圈,叫choker。

要戴这种东西跳舞,江淮觉得可以退出这个节目了。

其他几个女生都在三楼。江淮随便找了个"自己看视频试试"的烂借口,溜到了四楼。

江淮喉结微滚,重复:"你出去。"

"咔哒"。

薄渐反手把门轻轻合上。

江淮看着他朝自己走过来,先从讲台上跳下来。他把兔耳朵发箍扔到一边,扯了扯脖子上的项圈,因为觉得丢面子,所以神情不大自在:"你过来找我有事?"

这根项圈戴上就花了江淮好大工夫,现在想再拆下来也不大容易。

他手摸到后面,扯那块儿小金属锁,但看不见脖子后头,摸不准地方,项圈没拆下来，反而铃铛"叮当"地响。

他烦躁地按住铃铛，狠狠地撕了撕项圈丝带。

"别这么用劲。"薄渐伸手过去，"一会儿我给你解。"

江淮："哦，谢了。"

在别人面前，哪怕是好朋友，戴这种东西，江淮也委实没面子。

江淮转过身，主动低下头，把头发拢起来："那你帮我解开吧。"

薄渐低笑道："再等等。"

江淮没等到薄渐帮他把项圈解开，反而等到了薄渐在他头发上插了个发箍。

江淮："你干吗？"

他松开头发，要去把发箍扯下来："我去，你是不是……"

薄渐却好像有先见之明，从后面阻止住了江淮："小兔子乖乖。"

江淮猛地收声，瞪了他一眼："你恶不恶心？"

薄渐："不恶心。"

江淮："……"

江淮静了。半响，他猛地用力，摘了兔耳朵，扔回讲台："滚。"

薄渐侧头看过来，手指轻勾，从讲台拾回兔耳朵，重新把兔耳朵戴回江淮头上，故意轻笑道："兔兔这么可爱，怎么可以没有耳朵？"

江淮："……"

他想把"兔兔"扣在薄渐脸上。

他吼道："滚！"

薄渐笑道："那你练舞吧。"

江淮皱起眉，拽了拽还没解开的项圈。想起之前看的那段舞蹈视频，他心情就不是太好。舞蹈不长，就一分半钟。

看视频的这一分半钟，前半分钟，江淮在想这跳舞的女的是哪部动画片里的；后一分钟，他在想他是从哪儿来的蠢家伙，居然连节目单都没看就答应"服从调剂"。

牺牲自我是强者的最后宿命。

即使牺牲，强者也要必须牺牲得有尊严，绝对不可以戴着兔耳朵牺牲。

江淮把衬衫扣子扣了回去，随手从讲台抽了刚刚脱下的校服外套："不跳了，跳不了，下午我去找王静她们说一声。"

他一振外套，穿了回去，把冲锋衣拉链拉到了最顶上，遮住了喉结前一动就叮当响的小铃铛。

薄渐睫毛轻颤："你就现在跳一下，好不好？"

江淮手背都绷紧："不会跳。"

薄渐："可以学。"

江淮语气冷硬："学不了。"

薄渐："你又不是肢体不协调。"

"我就算肢体协调，"江淮嗤出声，把已经拉到顶的拉链又拉了拉，"为什么要跳这种东西？不是学不了，是不想学，觉得傻。我说清楚了吗？"

他瞥过薄渐，表情不多："你一直让我搞这些奇奇怪怪的东西干什么？"

薄渐低着眼，轻声说："不傻。"

江淮一怔，眉心慢慢蹙起一道深褶儿。

"没跳过，可能跳得很差劲……你最好还是别想不切实际的事。"他一直按着铃铛，后知后觉地仰头，"这里有摄像头吗？"

薄渐："没有。"

江淮扭头："你确定？"

"和你来过一次了。"薄渐轻飘飘地道，"四楼保健室的摄像头一直是坏的。"

江淮："……"

保健室多媒体音响声音太大，薄渐只开了手机，音量很低，坐在离江淮最近的椅子上，指节屈起，轻轻扣着拍子。

窗帘半拉，教室昏暗，只开了最前面的一根灯管。朦胧的玻璃雾气中，隐隐约约透出雪景来。

他把江淮的外套叠了，暂放在腿上。

其实没有多难。江淮长年累月玩跑酷，肢体协调到柔韧性、记忆力、反应度都很好。

江淮面无表情地想：反正也不是没在薄渐面前丢过人，多一回少一回，没区别了。他扶了扶头顶的兔耳朵发箍，顶着张冰块脸，对着拍子抬抬胳膊、踢踢腿。

这种舞，让阿财跳，阿财都嫌弃。

小铃铛"叮当"地响。

保健室没开中央空调,江淮暂时关了手机,又扔了兔耳朵,往薄渐那儿走:"把衣服给我,冷。"

十二月最后一天,从上午上课,班里就人心躁动了。

昨天的雪下了一天,一直到今早凌晨。雪松松软软地铺满了校园径道,满目皆白。

许文杨几个班委筹备着中午出校买元旦节的装饰和零食。今天上午还有课,但从早自习开始,众人就松弛了下来。

江淮的头枕在手臂上,另一只手松松散散地搭在后颈。

今天下午的节目他不用上了。他不跳舞,造福全班。

他去找许文杨,说"跳舞没法跳,跳不了,换别人吧"的时候,明显感觉许文杨也松了口气。许文杨居然也没有继续追问那他们小组谁上来表演,好完成老林的指标。

江淮估计是班里不差他们这个寒寒酸酸的三人小组的破节目了。

他们组没得表演,总不能逼赵天青上来打篮球。

第一节课上课铃响了,大概是学校元旦又有安排,早自习江淮没看见薄渐回来。

第一节是地理课,上课铃响了,老师没准时来,班里也散散漫漫、吵吵闹闹。

江淮勉强坐正,从桌肚掏出了地理书。

后门没关。

他手插在兜里,向后靠了靠,随意瞥了眼后门外。

恰好,透过凝了一层雪霜的走廊玻璃窗,一个模模糊糊的人影从窗外经过。

那个人影梢停。

江淮看着他。

他伸手,在玻璃窗上用手指画了个小小的兔子。

江淮中午一向没地方去,不住校,偶尔回家,大多数时候找地方吃完午饭,就回学校待着。

中午学生会开会,薄渐今天很忙。除了学生会的事,他还有别的事。

等薄渐回教室，已经放学有一段时间了。

陈逢泽靠在二班后门门框边，觑了眼薄渐的课桌。每到过年过节，甚至不是过年过节，薄渐都能收一堆认识的、不认识的人的礼物。

不过，就算人家花了再多心思，也没有用。

陈逢泽一直觉得薄渐这人"无情"，除了因为薄渐天天打着好好学习的幌子却并不刻苦，成绩出来还是0001外，还因为别人送薄渐的礼物，无论用没用心思，用了什么心思，都一律进了学校垃圾桶。

薄渐挑，从来不用别人送的东西。

陈逢泽刚认识薄渐时，天真烂漫地送给新同学的礼物，也一样进了学校垃圾桶。

从此以后，陈逢泽就再没送过薄渐任何东西。

陈逢泽一打眼，就从薄渐课桌上看见至少四个礼品盒，还有零七碎八的别的手工物件，夹杂着贺卡、信封……这还都是一个中午，偷偷送过来的。

"啧啧。"陈逢泽由衷感慨，"您老人家真是学校的常青树。"

薄渐稍稍蹙了蹙眉，他不大喜欢别人把他的桌面堆得乱七八糟的。

陈逢泽问："您又准备扔？"

"不扔送你？"薄渐反问。

"别，要不起。"陈逢泽说。

江淮进教室后门的时候，瞥见薄渐中午也没走。

薄渐跟往常一样，压着本书，手指挑着书页。但今天这本书没有放在书桌上，放在薄渐腿上，因为薄渐的书桌堆满了各种礼品盒。

江淮第一回看见薄渐的桌子这么乱，颇稀奇地多看了一眼，回座位坐着。

薄渐等了五分钟。

"江淮？"他叫。

"有事？"江淮扭头。

薄渐静了几秒，不动声色地把几个礼品盒推了推，推到课桌最前沿。

江淮终于正视它们了："别人送给你的礼物？"

薄渐点点头。

江淮稍稍蹙眉："所以，你在向我要元旦礼物吗？"

薄渐："……"

下午，天色阴下来，停了半日的雪又纷纷下下来。

班委中午出校去买了彩花、彩带和气球，忙忙碌碌地布置教室，画黑板报。下午的元旦晚会先有一场校直播，多媒体放映屏播放校长、教师代表和学生代表各致新年贺词。

许文杨几个班干部，"吱啦吱啦"地拖着桌椅板凳，把教室的课桌在教室四周排成一个圈，空出中间的地方来。

江淮在最后头，座位没怎么变。

他把桌子拖到了临靠后墙的位置，和薄渐成了同桌。

薄渐课桌上还堆着大大小小，仔细地系着彩绶带的小盒子，还有别着漂亮贺卡的赠书。江淮想起来，刚刚分班的时候，就有人偷偷在薄渐桌子上放过一个叠了千纸鹤的漂流瓶。但那个漂流瓶统共在薄渐桌子上也就出现了几个小时，后来江淮再没见过。

江淮忽然想起来，对薄渐的第一印象，是学习挺好、人挺礼貌、极其受欢迎的……帅哥。

薄渐把礼品盒和赠书都整齐地码到一起，轻轻嘟囔了句什么。

江淮还支着头盯着薄渐课桌上的礼物看。

"别看了，"薄渐微起身，"我要去扔掉了。"

江淮抬眼："为什么要扔？"

薄渐敛着眼，神情倦懒："不喜欢用别人送的东西。"

江淮："……"

"你不都没拆吗？"江淮问。

薄渐瞥过来："拆了就不是别人送的东西了？"

江淮："……"

对这位"仙子"下凡，吃烧烤都只喝矿泉水的好学生，江淮居然一时不知道该说什么。这的确是薄渐这事儿精能干得出来的事。

他盯着那几本书，半晌，问："书你也要扔？"

薄渐没回应，指尖扣到书的缝隙，撕开了装新书的塑料软皮。他翻过一页："蒙肯纸，新出版社，没听说过的编译作者，双色简装……"他把书扔回礼物盒顶上，"我都不喜欢。这本书我早有了。"

江淮慢慢蹙起眉："那你别要就是了。要了，又扔，这不浪费吗？"

薄渐看过来，胸腔逸出笑声："江淮，你不懂。"

江淮眉心蹙紧了："懂什么？"

"这种事，"薄渐轻笑道，"让别人以为你要了就够了，必要的人际相处而已。"

江淮只蹙着眉，没有说话。

这种事，无非就是让别人以为你好相处。薄渐一直在做让别人以为他好相处的事，而江淮一直在做让别人以为他不好相处的事。

薄渐起身，说："我不会去做没有用的事。"

江淮皱着眉，盯着薄渐，放低了声音："那你和我交朋友，对你有用处吗？"

班委就在教室前排，江淮声音低得几乎不能再低。

薄渐没想到江淮会问到这个，怔忪了下。

有用啊。这是他的第一反应。

他不做没有用的事。他提前把课程学完了，是因为做这些事有用；他上了初中以后，家人管不住他了，他反而很少再像小时候一样，偷偷溜出去打篮球，是因为打篮球没有用；他从初中开始，一直竞选学生会主席，是因为这个职务对优秀学生的评定有用；他不参加班级活动、校集体活动，是因为这些活动除了所谓"集体荣誉感"，什么用都起不了。

他不做没有用的事。

但江淮一直在做没有用的事，从跑酷到帮不熟、交往不多、萍水相逢的人，再到和他交朋友。

有用啊。和江淮做朋友，当然是有用的一件事。

但薄渐说不出来。他仅知道，对江淮，无关这些，他确实是故意让江淮先向他靠近过来的，像动物发自天性的趋光性。

"江淮淮对我当然有用。"薄渐坐回来，悄悄说，"其实，你的元旦礼物，我也想要。"

江淮："……"

他似笑非笑地挑起眼梢："您缺我这一份礼物一起进垃圾桶？"

薄渐承诺："你的不扔。"

"可你不是说不用别人给的东西吗？"江淮瞥他，"您这样不食人间烟火的仙子，买书都挑出版社，这个不行，那个不行……我可能满足不了您的送礼要求。"

"我不要别的，"他觑了江淮一眼，"你随便给我一个礼物就好了，比如一根你的发带也可以。"

江淮："你要这个做什么？"

薄渐向江淮伸出手。

"你需要发带？"江淮神情微妙地扫过薄渐大概勉勉强强能用十几根发绳全扎成小啾啾的头发长度，"我就一根。你要发带自己去学校便利店买。"

薄渐不说话，把手又往前递了递。

江淮拧眉："我就一根，给你了，我用什么？"

薄渐看了他半晌，收回手，在衣兜里捣鼓了一会儿。

等他再伸出来，手掌心多出一根水粉色的丝质小草莓发带，眼熟得很。

江淮："……"

"我不小心带走了。"薄渐面不改色道。

薄渐微微低眼，向江淮伸出手腕："那要不把它绑到我手腕上，我就不要你头上的了。"

江淮把丝带攥成一团："你非要我的发带干什么？"

"别人都有，"薄渐小声说，"手腕上绑一根。"

江淮一下子收声。半晌，他咬着牙问："薄主席，往手上绑这个的都是女的吧？"

薄渐觑过江淮："我乐意。"

一点半，卫和半从校外蹭饭鬼混回来，进教室前门，一眼瞥见江淮桌子搬到了教室最后头。江淮似乎在午寐，枕着一边手臂，另一只手搭在脑后，他的头发没用发带扎起来，只用手指拢着。

户外还在纷纷扬扬下着雪，外窗台都积厚厚软软的一层了，天色昏黄下来。

还没到两点。两点元旦晚会准时开，第一个小时是学校致辞直播。

班里早开了音乐，哄哄闹闹。

赵天青背着满满一书包零食回了教室，座位重排了，他好不容易才找着自己的。他睨过附近，发现同桌已经离他颇远。

教室后墙，靠后门的角落，就放得下两张课桌。

赵天青随手在江淮课桌上放了瓶饮料，江淮稍抬眼。

"哎，你没睡啊？"赵天青也发现了问题，"江哥，你发带呢？"

江淮拢紧刘海，面无表情地坐直："断了。"

没到两点，老林到了。

副班长在讲台上调放映设施，"咔嗒"几声，靠墙的同学把教室灯都关了。窗帘拉紧，原本就昏暗的教室变得黑黢黢。

放映屏上显示出学校礼堂的全景。

先是校长讲话。教室暗淡得几乎都看不清同桌的脸，班里同学们既新奇，又兴奋地交谈着。

江淮松下头发来。他的手机振了几下。

秦总统："元旦快乐！"

秦总统："记得请我吃饭。"

江淮笑了声，却懒得回消息。

底下还有一条消息。

要好好努力鸭："元旦快乐！今天我给我们班和你们班全体都定了奶茶，三点送到，你可以帮我和你们班班长提前说一声吗？到时候会有人来送。"

是倪黎。

他已经挺久没有和倪黎联系过了。

有时候他们会在学校碰到，倪黎会悄悄看江淮一两眼。

但那件事过去了，他们也就不会再有交集了。

江淮捏着手机，顿了半晌，回："好。"

教室忽然骚动，老林就在讲台上，但大家还是小声起哄了起来。

江淮听见声响，随意往放映屏上瞥了眼。

薄渐刚好上台。他是今年新年致辞中唯一的学生代表。

他立在礼堂台上的那一方簇着假花枝的演讲台前，低敛着眉眼，高清摄像头把什么都拍得清清晰晰。薄渐稍稍调试过话筒的高度。

薄渐抬手时，一根细细的黑色发带，从薄渐衣袖袖口的手腕处滚落向里。

后门被推开一道缝。

没人注意，除了后门边的江淮。他扭头，看见薄渐进来了。

薄渐侧身，没声响地合上门。

放映屏上的薄渐还在演讲，薄渐本人已经回了教室。

江淮看了看放映屏，又看了看薄渐本人："你不是在演讲吗？"

薄渐拉开凳子，坐到江淮身边。他身上尚带着户外雪地的冷气。今天中午，被要走发带后，江淮就没再看见过他。

"演讲是刚刚录好的。"薄渐轻笑道，"学校说实时直播，你不会就信了吧？"

江淮："……"

放映屏上的光并不明亮，教室都看得到放映屏上的演讲，但放映屏的光线并不能照亮整间教室。

薄渐的嗓音经过转录，低沉了些，却惯常的文雅和缓。

江淮装没听见，转回头看屏幕了。

薄渐轻声说："我在这儿呢。"

"……"江淮手蜷起来了，没出声。

"教室好暗啊。"薄渐说。

江淮还是没出声。

"你不理我，我不高兴了。"薄渐侧头，"我还为你准备了个节目。"

江淮没听懂，蹙起眉："什么节目？"

薄渐："顶替你跟女孩子一起跳舞的节目。"

江淮沉默了。怪不得他退出，许文杨没多问。

半晌，他问："你准备当众解数学题？"

薄渐也蹙起眉来："你觉得我就会做数学题吗？"

江淮："还有物理题。"

薄渐："……"

他偏头扫过来："一会儿弹古琴给你听。"

江淮愣了一下："你还会弹琴？"

薄渐："不会。"

江淮："嗯？"

141

但薄渐还没说完，慢条斯理道："琴是昨天刚买的，弹琴是昨天刚学的。"

江淮："……"

他忽然想起来薄渐手指上摩痕似的发红的印子，到嘴边的"你一天能学会什么"硬生生被咽了回去："你一天……就能学会？"

薄渐低头，掰着手指头数："勤奋刻苦，有乐理基础，最主要是十分聪明……"他眼皮微抬，接着又说，"江淮，你不要以己度人。"

江淮："……"

秦予鹤是星期六走的。

但他和江淮说，是星期天的飞机。星期天一早，江淮给秦予鹤打电话，没打通。

秦予鹤手机常年不关机，就连睡觉给他打，也接，除非没信号。

江淮去找了卫和平。果然，卫和平吞吞吐吐地说，昨天秦予鹤就走了，还在他那儿给江淮留了份祝福礼物。

卫和平亲自给江淮送了过来——一个沉甸甸的礼盒。

等卫和平走了，江淮一个人拆了礼盒。

语文、数学、英语、物理、化学、生物六门的《天利三十八套》。

今年过年早，期末考试在一月中旬。

元旦以后，学校就彻彻底底一点儿活动都没有了，除了复习还是复习。

临放寒假的最后两个星期，工具人音乐老师和工具人美术老师，已经可以早早地休年假了。一天从早到晚，黑板课表排的全是六门主课。平均每天每门课发一张新卷子，一天就是六张卷子。

在江淮印象里，他本人已经挺久没有这么忙过了。课表排满，卷子又多，他还菜，好多题都不会做，只能慢慢磨。基本连着一个星期，他除了上课，从早自习到课间再到放学回家，直到十一二点，都在写作业，或者补前一天没写完的作业。

别说跑酷，他连早上出去滑滑板的时间都没有了。

作为一名负担着时代使命的强者，江淮忽然理解了为什么天天写作业的学生身体素质都这么差了。

上课不听，全拿来写作业，卷子半小时写完一张，等放学回家无所事事，天天发起"指导吊车尾前桌进步"视频邀请的"家伙"，不在江淮的考虑之列。

薄渐也的确帮了他很大忙。

他以前基础不行，公式不会用，不知道答题模板和思路，要自己去翻出来，自己盯错题，事倍功半。现在，薄渐直接给他讲，确实省了不少事。

薄渐大概相当于一名精通所有课程的优秀的免费家教。

有时候两个人也就只是开着视频，不做别的。江淮低头写卷子，笔尖摩过纸面，发出很轻的沙沙的声音；薄渐在那边看书，纸页响动。两边安静。

如果这次期末统考不难，江淮就能考到 500 分。

"我期末应该能过 500。"江淮没抬头。

薄渐稍抬眼，把书暂放膝盖上："奖励？"

江淮愣了几秒："我作业还没写完，你别打扰我写作业，先挂了。"他立刻无情地切断了视频。

今年的期末考试刚好在星期四、星期五。

考完回家过周末，周一返校出成绩、讲卷子、期末奖状评优、布置寒假作业，等到下午放学，正式放寒假。

星期三出了考场安排。

江淮从全级部倒数第一的四十号考场，晋升到了三十二号考场。这次考场安排，是按照上次考试的年级排名来安排的。

当然，薄渐依旧在一号考场，上次考试班里考得不错，班里前八都在一号考场。

下午按老林的要求，大家倒空了桌肚，把教室课桌都排成了考场模式。

江淮把课桌往门外拉，薄渐合上书，起身："考试好好考，争取明年开学考试，我能在一号考场看见你。"

江淮："你认真的？"

薄渐："不难，进年级前一百就够了。"

江淮"哐啷"一声把凳子踢到桌肚底下，冷飕飕地抬眼："薄主席，少说话，保平安，懂吗？"

从四十号考场到三十号考场,从四楼保健室,到了一楼保健室。

只有前三十号考场,才是普通上课教室。

"丁零丁零——"

第一门语文,打铃开考。

江淮摩挲着纸质厚实的答题卡页脚,忽然有种久违的感觉,觉得心安,像脱离轨道的生活,过了很久,又回到正轨,又像独来独往、格格不入的一段日子结束了。

他还从来没在学习上这么用功过。就算是初中,他也最多考前努努力、临时抱抱佛脚,考出几分,全凭缘分。他对学习没太大耐性。

但现在,因为薄渐帮他,所以写作业、整理错题这种事,都好像变得可以接受。

周四上午九点,语文开考。

周五下午五点,英语收卷。

监考老师挨个收答题卡。江淮合上笔帽,丢下笔,靠在考场后墙上,他坐在考场最后一排。考试的时间是过得最快的。

一个监考老师收好答题卡,在讲台上笑嘻嘻地道:"行了,考完最后一门了,就等着放寒假吧,这学期就算结束了。"

不知怎么,江淮有些出神。

还有一年半,就要毕业。

他忽然想起老秦问他的那个问题:你就没想过和薄渐考同一所学校?

没想过,真没想过。

趁收完答题卡,监考老师在上面点卡数的时候,江淮从桌肚伸出腿,远远地用脚尖够到门边,一碰,门开了。

他偷偷溜了出去。

其实,可以等到回教室再问的,但他就是想现在给薄渐发消息。他想等薄渐一出考场就回他。

"你的第一志愿是哪所学校?"

书包放在走廊墙根,江淮蹲在书包前等着回复。

考场渐渐喧闹起来。第一个同学从考场前门出来。

江淮继续蹲着等。

三十二号考场一个同学考完试，抻着头往后看了眼。没在考场最后一排看见要找的人，但那张课桌上还有没收拾起来的卷子和笔。

那人犹豫了会儿，偷偷去了最后一排，翻开江淮的卷子，把一个信封夹了进去。

江淮等了好半天。

BJ："怎么了？"

江淮突然觉得他等半天，等来一句"怎么了"的行为略显愚蠢。

他刚起身，薄渐又发过来一条消息："你想和我报同一所学校？"

江淮："没有。"

江淮回复："考不上。但如果到毕业时还没和你绝交，我看看填志愿的时候，能不能填个离你第一志愿近的学校。"

江淮等了小半分钟。

BJ："你还想过和我绝交？"

真正的强者："啊？"

BJ："这种事不许乱讲。"

江淮刚摁出一句"哦，我重点不是这个"准备发过去，薄渐又发来一条。

BJ："在教室等你，你快点回来。"

江淮回考场拎了卷子和笔。

等回到二班教室，推后门进来，江淮一眼撞见薄渐"鸠占鹊巢"，坐在他的座位上翻他的课本。他脚步稍顿，走到自己座位边，装作刚才什么都没聊过，把卷子和笔扔在自己课桌上："回自己座位上去，别占我的地方。"

薄渐翻着他的书："不。"

江淮看了薄渐一会儿，薄渐没动。

江淮"嗤"出一声，懒得搭理薄渐，推开薄渐的肩膀，腾出空来把书包塞进桌肚，转头出门上厕所去了。

于是，薄渐自然而然地翻完江淮的书，又拿过来江淮今天做的卷子。

江淮的卷面还是一如既往的乱。

他建议过江淮，这个寒假把这一手烂得不能再烂的杂草字练一练。江淮口头上答应了。

他翻过一页，指肚摸在洇着中性笔笔墨的卷面上，江淮写字用力，纸页都微微凹陷。

薄渐摸到一个地方，忽然一停。他拎起江淮的页脚，抖了抖，掉下来一个信封。

薄渐对这类信封，熟悉得不能再熟悉。

江淮去洗了个手，回来的时候，瞥见薄渐还坐在他的座位上，似乎揉了个废纸团。他过去问："揉什么呢？"

"废纸。"薄渐掀唇。

江淮："嗯？"

薄渐随手把那个废纸团扔进了垃圾桶，轻声说："以后要是有人搭讪，找你聊天，莫名其妙送你礼物……还要你微信，都不要搭理。"他稍顿，"这些人都是有意接近你。"

江淮："……"

江淮静了几秒，问："所以刚开学，你拿'先富带动后富'的话要我微信，督促我写作业的时候……也是在有意接近我吗？"

薄渐静了。

半晌，他神色如常地换了话题："英语考得怎么样？"

江淮："……"

星期一正式出成绩。

这次市统考和上次市统考试卷难度相差不大，统一出的卷子，难度都偏低。但大概是同一个物理老师出的题，这两次考试，物理都格外难。

物理是江淮六门里最短的短板，其他五根短板比起物理，都要稍稍长那么一点。

本次期末考试，江淮物理即将不及格。

考完期末考试，校园网上又热闹起来。学校还没发正式答案，但有学习好的，又待在家里闲着没事干的，自发公益性地为学校的同学们凑了本次考试的正确答案出来。

江淮没看。他暂时不想知道自己考了多少分。

星期一清早，江淮刚刚起床，洗漱完从卫生间出来，扔在床上的手机就亮了亮。

BJ：" 期末考试，你501。"

BJ："语文91，数学95，英语97，物理53，化学82，生物83。从学校考试系统帮你查出来的。"

BJ："今天放学来我家吗？"

江淮原本刚刚起床还有点没睡醒，现在完全醒了。

真正的强者："我放学去你家干什么？"

BJ："你不是问我第一志愿吗？我报学校的资料都放在家里。"

跟薄渐交流，江淮总是有种就自己一个人天天不务正业的错觉。

真正的强者："哦。"

真正的强者："今天就出成绩了，你不用帮我提早查。"

BJ："嗯，就是提前通知你一声。"

江淮心里忽然"咯噔"一声。

BJ："你到500了，说话要算数。"

早上七点半，江淮心不在焉地挎着包，从后门进了教室。

同学们已经来了大半，几科卷子出得早的学科课代表凑在讲台桌上，一边清点答题卡，一边看谁谁谁二卷得了多少分。

市统考都是机器阅卷，一卷二卷都没在答题卡上批。但这个周末，等到市里统一把各学校答题卡发下来，老师又加班加点，帮学生在答题卡上标了二卷分数。

每个学期，就数临放假最后发卷子的这一天最紧张，既紧张又兴奋。兴奋的人叽叽喳喳，已然提早放寒假了；紧张的人紧盯着讲台桌上的课代表，手脚都等得发凉。

"嚯！"一声惊叹，"牛啊！物理二卷60分！"

"谁啊谁啊？"

"二卷满分？这次物理考试不挺难的吗？"

"哈哈哈，我昨天刚在校园网上对的答案，教育局物理组害我，我实验题一分没得。"

"还能谁，薄主席呗。薄主席这回不会物理又满分吧？"

江淮脚稍顿，薄渐恰好抬眼，看到江淮身上。

江淮别过眼去，若无其事地拉凳子坐下。

薄渐这家伙二卷分数比他全卷分数都高。一卷二十道选择题，二卷一道实验大题，四道物理大题……他统共才53分。

江淮这次没有及格。

江淮把书包塞进桌肚里，又随便抽了本书出来，放在手肘底下压着。

他校服后襟被小幅度地拉了拉。

他没什么表情，往后桌沿上一靠，等后桌发言。

"放学来吗？"后桌小声问。

江淮："……"

后桌又拉拉他衣服："来吗来吗？"

物理课代表刚好发答题卡下来，把薄渐的答题卡放到了薄渐桌边。江淮从眼梢瞟过一眼，二卷得分栏，用红笔批着一个"60"。

这是他永远无法企及的分数。

江淮的答题卡也正好发下来。

二卷得分栏，同样鲜红的数字：29。

江淮沉默地对折了答题卡，把得分栏藏了起来。他把答题卡塞进桌肚，冷冷地道："我下午要去接江星星放学。"

"按照今年的小学生法定假期时间,她比你早放一个星期。"薄渐逸出笑来。

江淮："……"

薄渐知道的还挺多。阿财确实上个星期就放寒假了，现在天天在家写作业。

江淮没回头："等放学再说吧。"

没到八点，老林背着手进了教室。

众目所望，老林背在屁股后头的手，捏着两张白花花的A4纸。

果不其然，老林进门，向许文杨伸了伸手："期末考试成绩已经下发了，待会下早自习，许文杨去把新成绩单贴到公告栏上。"

许文杨拿过一份，老林手里还有一份。

他踱到讲台上："咱们班这次期末考试考得不错，班级平均分在级部里排名第二……尖子生也都很不错。老样子，年级第一还是在咱们班，这次是732分，这次市统考的全市排名还没出，但按往年来看，基本也是前一前二……"

这位学号0001的大佬基本每次考试，无论题难题简单，都是这个分数。

但话从林飞嘴里说出来，班里还是一片哗然。

"哇，730多啊……"

江淮扭头，觑过考了732的后桌一眼。

考了732的后桌倒已经习以为常了，还在低着眼翻书做笔记。江淮看过来，他笔尖稍顿，在书页顶的空白里，开始画画。

江淮一脸无语。

"但是除了尖子生，"老林说，"这次考试，咱们班还有很多进步的同学……尤其是连着几次考试，一直在进步的同学，像江淮……"

江淮低着头。

老林扫过去，和"进步同学"目光接触失败。

"就是咱们班一个进步的典型例子，"老林继续说，"每一次考试都在进步……大家既要向薄渐这些尖子生学习，也要向江淮这些一直通过自己努力，坚持不懈，端正态度，最终成绩有所进步的同学学习。"

数学老师夸人，尤其费劲。

老林长呼出口气："第一节课是班会，那咱就挑几个进步同学上来发表一下感言吧。江淮第一个。"

江淮："啊？"

他走到讲桌前，四十几双眼看过来。

江淮站定，一时沉默。

说实话，人家考732的都没上来发表考后感言，他一个考了501，物理就53分的上来演讲，委实是……

"向年级第一的同学学习，"江淮说，"争取明年完成促进各门学科均衡发展、满分发展的规划纲要，下次考试，全市我第一——"

老林："……"

班里一下子笑起来，间杂着起哄声。

"好了，你下去吧。"老林跟撵苍蝇似的，江淮还没做完演讲，就把人提早撵了下去。

干啥啥不行，捣乱第一名。

第一节班会课下了，众人乌泱泱地冲到教室前头，人挤人看期末成绩。

江淮懒洋洋地往前头瞥过一眼。

"不去看成绩？"后桌问。

"你不是给我发了吗？"江淮反问。

薄渐轻笑一声："忘和你说你的级部排名了。九百九十九，刚好进前一千。"

江淮："……"

那他这次考试真是考得刚刚好。分数501，比500多1分，名次九百九十九，进前一千名。其实，江淮不介意他考试考499，排名排到一千零一名。

江淮不想说话，拧开瓶子喝了口水。

一般和同学聊成绩，到这种时候，都会出于好奇心，或者礼节性地问一句：那你呢？

但鉴于"那你呢"的对象是薄渐，这句话就没有问出口的必要了。

"班级群有投票，"薄渐问，"你看了吗？"

江淮没扭头："什么投票？"

薄渐："全面发展好学生的奖状投票。"

全面发展好学生，是每学期底评优唯一一个通过同学投票投出来的奖状，每个班也就给不到十个的名额。

他们班今年期末考得好，名额多一点，刚好十个。

学校查手机查得不严，规定是上课、自习不许玩手机。所以一些跟班里同学关系打得好的班主任,到年底评优投票,直接在班级群里发个投票活动,省事。

但像刘毓秀这种死板的人，就每年都人力投票、计票。

不过，江淮自打上学以来，一张奖状都没得过。

他喉结滚了下："那关我何事。"

薄渐轻飘飘道："给你一个向我拉票的机会。"

江淮："什么？"

薄渐："要吗？"

全面发展好学生投票是每个人只能投两票，可以重复投同一个人。

薄渐把手机稍稍前推，推到桌沿："你后桌的珍贵两票。"

江淮盯着他的手机："……"

班级群匿名投票后台。

"BJ"投给"江淮"两票。

下午临放学，班级群才公布了评优投票结果。

薄渐，第一，班里一共就四十二个人，薄渐五十多票。

班长许文杨没悬念的是第二，三十九票。

第三，江淮，三十一票。

这个奖状的投票，江淮还挺有印象。去年，刘毓秀当班主任，人力投票，班委计票，去年上学期，光卫和平给他投了两票，到下学期，因为他不让卫和平给他投票，所以就零票。

不过，零票也比两票好，至少名字不用被写到黑板上，空荡荡挂着，相当尴尬。

所有奖状上的名字都是老林自己写的。

江淮领到了两张奖状——"全面发展好学生""进步之星"。

说实话，这大概是江淮自小学一年级领过一张"卫生标兵"的奖状以来，第一次在学期期末评优里，领到奖状这种东西。

阿财和他差不多，去年没有，今年刚得一张"道德标兵"。

江淮领奖下台，觑见薄渐桌头已经堆了厚厚一沓各类奖状——期末数学级部第一名、物理第一名、英语第一名、化学第一名，期末评定杰出学生代表，校级优秀学生干部，各类活动一等奖、特等奖，等等。

江淮失去表情管理，把自己的两张奖状塞进了桌肚。

"丁零丁零——"

熟悉得不能再熟悉的下课铃响了。

这学期结束了。

BOHE

YINJI

第六章
新年

一月中旬，依旧冷，但今天是个好天。天朗气清，积雪都融化了，枝丫枯冷，白日天光明亮。

后门大敞，折进日暮橘黄的光。

薄渐拉了拉江淮的校服后襟："放学了，走吧。"

江淮后脊背绷住，过了一小会儿："哦。"

江淮在学校自行车棚那儿放了滑板，薄渐和他一起去取。

自行车棚靠学校后门，一个挺偏的地儿，一路人愈走愈少。人声喧哗隔了许远，显得模糊不清。

江淮稍躬腰，用脚背钩出了滑板。他跳上去，薄渐在自行车棚角等他。

薄渐看着江淮朝他滑过来。

到他跟前，江淮跳了下来。

阿财在家看动画片，忽然收到一条短信，来自"江淮"——

"晚上吃什么，帮你捎。我去同学家，晚几个小时回来，你在家好好写作业，别乱出门、乱碰电线，也别去厨房动刀。"

阿财换了个台看动画片，置若罔闻。

今晚，江淮不在家，她可以多看几个小时的动画片了。

两分钟后，阿财才想起重点，掏回手机，摁出几个字："不饿，学习，勿扰。"

江淮"啧"了声，皱起眉来。

薄渐问："在叮嘱妹妹吗？"

"没有。"江淮矢口否认，"让她一个人在家自生自灭吧。"

还学习、勿扰，就阿财那个德行，自己不回去，指不定今天晚上在家看动画片看到几点钟。但阿财饿了会点外卖，号上有钱，这确实不用自己操心。

薄渐笑起来，侧头看着江淮："江星星一直是你一个人照顾的吗？"

153

江淮静了会儿，收回手机，半晌回答："算是吧。"

薄渐："累吗？"

江淮记得没和薄渐仔细说过他家的事，但薄渐都来他家好几回了，早猜出什么来了也正常。他敛下眼："还行……我和江星星没血缘关系，她到我家的时候就两三岁了，她记事，所以她也不大愿意来烦我。"

因此，第一回发现每天宅在家的阿财，居然疑似变成追星小学生，管他来要薄渐的照片，还天天在家给薄渐画画……江淮感觉如同见了鬼。

薄渐是哪来的烦人精？

阿财都没要过自己的照片，也没给自己画画！

但阿财好像就是欠了薄渐一盒巧克力，这盒巧克力还上了以后，阿财对薄渐的热衷度就大幅下降。江淮甚感安慰。

薄渐没说话，江淮瞥过去："你爸妈今天在家吗？"

薄渐："暂时不在。"

"暂时不在，"江淮问，"到底在不在？"

薄渐沉思片刻，回答："现在五点多，不会在家，但再晚几个小时，就说不准了。"

"哦。"江淮放低了声音，"我很快就走，不会在你家待太长时间。"

薄渐轻挑起眉："很快就走？"

"不做多余的事，"江淮面无表情道，"就很快。"

薄渐稍顿，看过来："和你聊报志愿的事，算多余的事吗？"

江淮："……"

江淮从牙关缝挤出俩字："不算。"

"哦，那就好。"薄渐颔首，"不过，要是聊到很晚，你也可以在我家住。我不介意。"

江淮失去表情："不会，不用，我介意。"

这不是江淮第一回来薄渐家了，应该是第三四回。

但这是江淮第一次在薄渐家吃饭。除了有次薄渐诳江淮他妈回来了，江淮溜走了，江淮和薄渐他爸打过一次照面，其余每回江淮来，都没见过薄渐父母。

薄渐他爸的名字江淮听说过，国内优秀企业家，经常上江淮不会看、不会买、不关注的财经类报刊。

保姆端了汤菜上桌，只两个男孩子吃。

薄渐没提过，江淮以前来就没多注意。元旦晚会前，薄渐提过一次他学过的特长，江淮这才注意到，薄渐家一楼确实有架钢琴，角落书柜边摆着国际象棋棋桌。

元旦晚会，薄渐确实搞了架古琴过来弹。

关于乐器，江淮真不懂，只看得出来薄渐弹得挺流畅。

保姆给他拿了瓶奶，江淮叼着吸管问："你琴呢？"

薄渐抬眼："古琴？"

江淮："嗯。"

"收到仓库去了。"薄渐说。

江淮静了会儿："你花钱买架新的琴，练一天就扔仓库去了？"这就是有钱人？

薄渐轻笑道："不然呢？天天回家练？"

江淮一时居然不知道该说什么，说一句"破费了"。

"没事。"薄渐轻描淡写地写道，"收到仓库的乐器多了，不差这一架琴。"

江淮："……"

合着乐器在薄大少爷这儿，都是一次性的消耗品。

江淮问："您这是扔了多少乐器？都挺贵的，您不要给我？"

薄渐指尖点在餐桌上，居然还真给江淮数了数："有两把小提琴，一把中提琴，一把大提琴，一根萨克斯管，还有一些长笛、竖笛，小件的就记不太清了。你要我就都送你？"

江淮："……"

江淮："您准备在您家仓库搞一个交响乐团？"

"不是。"薄渐低着眼，笑起来，"这些都是我学过的。一开始让我学小提琴，我不乐意学，就又换中提琴，中提琴也不乐意学，就再换大提琴，换萨克斯管，换长笛，换钢琴……我最后挑了个钢琴，剩下的就都收仓库去了。是挺浪费。"

他看过来，轻声说："不是和你说过吗，我小时候特别听话。"

江淮皱起眉来，半晌，问："你家里人逼你学的？"

"不算。"薄渐神情倦懒下来，"精英期望吧。不光是别人的期望，也是自己的期望。"

不要做没有用的事。

好像没有人和他说过这句话。是他慢慢长大，慢慢发现，去做没有用的事，就会离最理想、最期望的人生轨迹愈来愈远。

做没有用的事是在浪费时间。

江淮慢慢蹙紧眉。薄渐没和他提过这些，但稍微有点脑子都能猜得出来，薄渐学过的可不单单是一样乐器。

没有任何一种能力是完完全全凭空得来的。

演讲、写字、乐器、考试、组织能力……甚至最基本的身体素质。

"累吗？"江淮问。

薄渐笑了。同样一个问题，刚刚在车上，他也问过江淮。

"小时候会觉得累，"他低声笑道，"久了，就习惯了。"

他讲玩笑话似的和江淮说："我记得小学六年级时，家教老师给我带了一本《资本论》让我看。给我一个月的时间……但那本书我看了一年，也没看懂。"

江淮："……"

他小学六年级，还在大马路上跑。

"报志愿，"薄渐低眼道，"对我来说没什么好讲的，国内学校我基本都能去。所以，去哪儿的问题，原本应该是我先问你的。"

江淮靠到椅背上，慢慢喝了半瓶牛奶："如果没绝交，我争取和你在一个城市。"

在认真学习前，江淮从来没有想过去哪所学校这件事。

以他原本那个分数，再努努力，差不多能够上一所普通学校。

他没关心过要去哪所学校。如果等他毕业，江俪还没有回国，那他就就近在B市找一所学校念。

薄渐没有说话。

江淮把牛奶喝到见底，突然后知后觉地发现薄渐一直在盯他，后背发麻道："你有事？"

"江淮，"薄渐唇角微弯，露出一个虚假的笑，"你还记得我和你说过，如果你再乱提这种事，会有什么后果吗？"

江淮："……"

江淮静了。

餐桌上的菜一筷子没动过。薄渐起身："走吧。"

江淮没动："去哪儿？"

"我房间。"薄渐说。

"咔哒"。

薄渐房门被关上。

江淮手心渗出层汗。

薄渐脱了校服外套，抻平，挂到衣架上。他侧头，向江淮伸手："要脱外套吗？"

江淮盯着他，没说话。

到冬天，江淮衣服穿得也不多，还是一条单校裤，冲锋衣里穿了一件白色的高领毛衣，毛衣稍长一些，刚好遮过腰线。

"不用。"江淮别过头，忽然在薄渐书柜底格，一个不引人注意的角落，看见了一个像装饰品一样摆在里面的篮球。

薄渐房间装潢细节很多，所以江淮从来没有留意过这里。

江淮的卧室陈设很简单，一目了然，不像薄渐的房间，卧室充斥了一种有钱人的质感，不带盥洗室，三间连通，放床，放书，还有个衣帽间。

江淮走到书柜那儿蹲下，从书柜最底下一格取出了篮球。

篮球没漏气没撒气，没落上积灰。他拿指肚沿球皮蹭过去……手指脏了，因为这个球也用过。

江淮把球放了回去。

薄渐的书桌还是一如既往的整齐。江淮又踱过去，翻了翻薄渐的书桌。

阿财的那张丑丑的涂鸦画，还框在小相框里，搁在薄渐的桌面上。

薄渐有很多书，不算书柜，单书桌边的柜架上就满满当当，分门别类排着的都是书。有江淮认识的各类练习题、竞赛练习题，还有一些认得出字、认不出意思的，或者连字都不认识的各类国内外读本、译本。

江淮翻了翻书架上的那本《资本论》。

不知道这本是不是就是薄渐说的，他小学六年级家教老师送的那本。

估计不是。就薄渐这个挑剔劲儿，估计后头又自己去买了一本装订合自己心意的。

江淮忽然想到，薄渐的童年，不会就是过着天天被逼着学钢琴、学英语、学下棋、学奥数，不准打球、不准出去玩，只准在家看《资本论》这种不是人过的生活吧？

他稍蹙了下眉，把书放了回去。

薄渐桌面上还压着个文件夹，收了厚厚一沓纸。江淮随手拿过来，也翻了翻，夹着的纸页都是纯英文。

江淮英语一般，但常用的3500个单词绝大部分都是认识的。

这是国外学校的一些资料，可能是学校资料，也可能是申请资料，江淮看不懂，所以也不知道。

江淮稍抬眼："你准备考国外学校？"

薄渐低下头："没有，没想过要去。"

在认识江淮前，他就没想过。这只是别人对他的期望和预期而已。

"但是，如果我出国上学了，"薄渐唇角微勾，"你会想起我吗？"

江淮瞥他，没有回答。

薄渐皱起眉，把江淮手里的文件夹也抽走了："会吗？"

半晌，江淮回答："看情况吧。"

薄渐："嗯？"

江淮抽回文件夹，慢腾腾地道："没，我原本在想，如果你准备出国留学，又正好去的英国或者北美……那我以后要是去看发小或者看我妈，可以顺便看看你。"

薄渐："……"

江淮："很省时间。"

薄渐："……"

"我是顺便的？"薄渐问。

江淮想了一会儿，认真地回答："也不算……除非他们逼我去，不然我也不会没事闲得买机票去看他们。"

薄渐："……"

所以意思是，江淮顺路来看他都够呛？

薄渐："你可以多来看看我。"

江淮皱起眉来，敷衍地回答。一切没有达到薄渐的预期的回答，譬如"我一定会多来看看你""我一定会记得你""我怎么可能不去看你"，都是敷衍了事。

江淮："等您出国再说，别说得跟真的似的，行吗？"

薄渐："……"

江淮睃过手机，七点半。他俯身，从椅子边钩了书包过来："以后想出去打篮球，可以找我，我一直都挺闲。先走了。"

"要不你今晚别走了，住我家吧。"薄渐说，"我住你家一次，你住我家一次，扯平。"

江淮头也没回，扭开了薄渐的房门："拉倒吧，谁和你扯平。"

薄渐眉梢微挑，没说话，斯斯文文地侧着头，眼见江淮走了，也没多挽留。

五分钟。

可能五分钟也没到，顶多三分钟。

江淮猛地推门回来了，"嘭"地关上门，心有余悸："你妈怎么回来了？"

薄渐在唇边比了个"嘘"的手势："小声点，别被我妈听见。"

他卧室隔音特好，但他没说。

刚刚，江淮下楼，没到楼梯拐角，就一眼瞥见一楼底下壁炉边坐着个女人。他没见过薄渐他妈，但那位阿姨一看就不是保姆或者钟点工。

江淮脚比脑子反应快，趁薄渐他妈发现他之前，就先窜回来了。

江淮盯着薄渐："你早知道你妈回来了？"

"嗯。"薄渐点头。

江淮："……"

江淮静了很久，问："那你怎么不告诉我？"

薄渐："你没问。"

江淮："……"

一见薄渐他妈，江淮就没由来的虚。

江淮没说话。

薄渐过来，按在门把上，轻声说："我妈超凶的，你千万别让她看见你。"

159

江淮喉结滚了一下。

薄渐叹出口气:"我妈一直管我管得特别严,不让我和别的同学交朋友。"

江淮靠紧门,手蜷起来:"真的吗?"

假的。

假如楼下的柯瑛女士,听见她儿子的这番言论,大概要惊奇于一个人能睁眼说瞎话到什么程度。"子承父业",一脉相传。

她在薄渐小时候管得严不假,但自从这位品学兼优的儿子上了初中以后,就再也没管住过他。

国外大学的介绍材料,她给薄渐准备了一沓又一沓,最后全都进了垃圾桶。

薄渐面不改色:"我骗过你吗?"

江淮满脑子都是"薄渐他妈就在楼下",还有"薄渐说他妈超凶",甚至都没有想到薄渐他妈作为一名正常母亲,为什么要限制儿子和别的同学交朋友。

他静了半晌,出声问:"那怎么办?"

从薄渐卧室翻窗出去?

"天这么冷,楼底下都结冰了。"薄渐看透了江淮的想法,眼皮微垂,"要不,你住我家算了。"

江淮当然不可能答应,不可能把阿财一个人扔在家里,哪怕阿财本人并不介意。

江淮把冲锋衣拉链拉到最顶上。

"不用了。"江淮说,"我翻窗出去,我没注意底下……摔不了。"

薄渐看着他,慢慢叹出口气:"不用翻窗,你直接下楼就好了。"

江淮转眼:"嗯?"

薄渐:"我和我妈说你是我朋友,你不用担心。"他唇角挑出笑来。

江淮:"……"

江淮:"你不是说你妈不让你——"

话说一半,江淮猛地刹车,后知后觉薄渐这话说得有多扯淡——他妈没事瞎操心她儿子有没有和别的同学交朋友干什么?

半晌,江淮挤出一句话:"你玩我?"

"没有。"薄渐神色不变,"男生之间很容易打起来,你不知道吗?"

江淮:"滚。"

薄淅轻飘飘地瞥他，然后笑起来："行了，走吧。别回去得太晚，你妹妹在家等你。"

柯瑛原本不是个喜欢看书看报的人，但先生和儿子都喜欢看纸质读本，闲暇无聊时她也会去翻翻丈夫的报纸。

她心不在焉地翻过几页，忽然从楼上听见脚步声。

薄淅写完作业下来了？

柯瑛扭头，看见两个男孩子。一个是薄淅，另一个不认识。那个男孩子也蛮高，只比薄淅矮个头尖，穿着校服，皮肤很白，模样长得蛮好。

这是柯瑛第一次在家里看见薄淅的同学。

柯瑛起身："薄淅，学校的同学？"

薄淅的母亲比这个年龄的男孩子的母亲要年轻许多，看上去只有三十左右的样子，身材纤细，有种常年养尊处优的气质。

不像江俪，还没过四十，也并非不保养，但即使不蹙眉头，眉心都攒着一道褶儿，那道皱纹已经有许多年了。

江淮点头："阿姨好。"

薄淅侧过眼，看着江淮，说："好朋友。"

同学也好，朋友也好，薄淅都没往家带过。

她笑了："叫什么名字？"

江淮要答，但还没开口，薄淅就替他答了："江淮。"

"江淮。"柯瑛念了一遍名字，笑问，"哦，那是要回家了吗？"

刚刚在楼上，薄淅一直在跟江淮单方面强调"我妈超凶"，搞得江淮以为等他下楼，这阿姨能活吃了他。他不动声色地睃过薄淅，点头："是，阿姨。"

"好。"柯瑛看着薄淅，"那薄淅你去送送你好朋友。"

薄淅神色不变："好。"

江淮打了辆车。

他拉开车门，钻了进去。

他回头往车门外看，但薄淅早都走远了。

等薄淅回来，柯瑛还在一楼坐着。

他没说什么，径直往楼上走了。

"好朋友？"柯瑛看过来。

薄渐脚步稍顿："嗯。"

他敛下眉眼，又往楼上走了。

柯瑛站起身："薄渐。"

薄渐侧头。

柯瑛向他走过去，薄渐他爸忙，所以薄渐从小的教育都是她在管。但薄渐年纪越长，她就越管不住他了。

"能不能别每次我要和你说话，你就掉头走？"

薄渐眼皮微抬，露出种懒散的倦怠："你想说什么？"

"你现在长大了，做事情也要考虑投入、回报和代价了。"柯瑛说，"当然，我不是说你交朋友就要付出什么代价。"

柯瑛稍放缓了语调："合理安排时间，你可以让自己变得更优秀。"

薄渐还是没有说话。

柯瑛等他应声。

过了几分钟，薄渐问："说完了？"

柯瑛皱起眉来："薄渐，你态度好一点。"

"怎么叫态度好？"他漫不经心地问，"我承诺不浪费时间，成就一个更优秀的自己？"

他轻嗤出声。

柯瑛管不住薄渐，可薄渐也鲜少讽刺回来，绝大多数时候都是置若罔闻。

她脸色微沉："薄渐，我一直以为你比同龄的男孩子都要成熟，知道自我管理，会督促自己做应该做的事——"

薄渐笑起来："做没有回报的事，无谓地浪费时间，影响前途，对吗？"

柯瑛被打断，愣了一下。

薄渐从她肩旁过去，踏上楼梯："可我喜欢。"

世界上人那么多，有的人只做有用的事，有的人却天天做无用的事。

有用的事，让他觉得厌烦了。

放寒假了。

寒假就仨星期，但江淮从学校起码拎回来十斤作业。来自市教育局自印的语文寒假作业一厚本、数学一厚本、英语一厚本，物理、化学、生物三门合为理综，也是一厚本。

还有大大小小各类寒假实践活动，以及各门各科老师除了统一的寒假作业，又布置的其他作业。

江淮回家称了称，假如小江要在此寒假中顺利完成所有寒假作业，一天至少要写250克作业纸……太可怕了。

放假第一天，小江先在家睡了一天，没有完成250克的作业纸指标。

等江淮睡醒，天已经黑了。

他习惯性地从床头够过手机看了眼未读消息。班级群消息永远保持不变的九百九十九条以上未读状态，还有卫和平、赵天青、钱理，几个关系还过得去的男生私聊问他假期出不出来一起鬼混。

但没薄渐的消息。

尽管，昨天刚刚去过薄渐家，还见过薄渐他妈，但出于一名成熟朋友的考量，一天没有联系，江淮决定象征性地嘘寒问暖几句。

真正的强者："作业写了没？"

江淮等了两分钟，薄渐没回复。他没有耐心，就切到外卖软件，开始挑外卖。冬天天黑得早，其实还没到六点钟。

江淮滑过几页外卖，眼睛一直往手机最顶上觑。

直到他点好外卖，顶上都没有冒出微信消息的提示。

江淮皱了皱眉，切出去，换到微信。

真正的强者："在忙吗？"

薄渐依旧没回复。

一般薄渐这么久不回复，都是在洗澡。

江淮懒得等，扔了手机，也去洗澡了。

他拎了换洗衣服，随手拉了窗帘。阳台玻璃门外天色已经黢黑，这几天气温跌得厉害，寒假刚开始，但离除夕也就不到一个星期。

今天，从清早就下起小雪来，到入夜，雪渐渐大起来，路灯被掩埋在雪幕里。

薄渐什么脾性，柯瑛一清二楚，和他爸如出一辙的油盐不进。

第二天早上，柯瑛联系了薄渐学校的领导，要了份江淮的学生资料。

结果，没要还好，一要，看完，柯瑛险些晕过去。

她对薄渐是信任的，所以她想着，儿子的朋友，也是个一样优秀的同学……那这事既然她管不住，那也就不管了。

然而，学生资料上，清清楚楚地写着，江淮，男，天天惹事，被学校多次处分警告，这次期末考试考了501分，档案履历没有一项优秀学生评优记录。

柯瑛没和薄渐提江淮的事，只推给薄渐一沓介绍单："有个寒假国外交流活动，如果你能拿到奖项，以后申请学校，包括国内自招，都很有用处。活动一共是十八天，不耽误你回来开学，预申请信息我已经帮你提交了，具体材料发你邮箱了，自己去看一看……"

薄渐微垂眼，随手把柯瑛递过来的介绍单扔进了垃圾桶。

柯瑛话还没说完："薄渐，你这是做什么！"

"不去。"薄渐说。

柯瑛知道她之前给薄渐准备的那些材料也都被薄渐扔掉了，可还不至于不尊重她到话还没说完，就当她面扔。

薄渐扫过来一眼，转头走了。

门铃响了。

江淮刚洗完澡。他以为外卖到了，头发都没来得及吹，匆匆套了件衣服出来开门了。

他拉开门，门口站的不是外卖员。

薄渐站在门外，天很冷，只穿了件单衣。雪落在他的发顶、肩膀，微发白，又慢慢消融，他的头发湿泞成细细几缕。

江淮一向见薄渐衣装整齐，连让雨雪沾湿他衣服的时候都没有过。

江淮稍愣了下。

薄渐低着眼："你家收没地方去的人吗？"

薄渐的袖口濡湿着雪水。他向来是个下雪出门都要打伞，要好好把衣服捯掇熨帖的事儿精。

"收啊。"江淮挑眼看过去，"多少钱一斤？"

薄渐笑起来："你当我是废品吗？"

"你可比废品贵多了。"江淮说。

"不贵。"薄渐敛下眼,"七十一公斤……如果是你的话,你给我个睡觉的地方,陪吃陪玩,帮你写作业,给你辅导下学期预习……还有,你要是晚上无聊,也可以陪你聊天。"

江淮:"聊天就免了。"

门外不算冷,薄薄的雪融在薄渐肩头,浸湿下来。

"那你收我吗?"他说,"我不陪别人玩,不给别人辅导学习的,要是你不收我,我就没地方可去了。"

江淮看着他:"怎么,离家出走了?"

"没有。"薄渐说。

江淮心想,那总不能是被家里撵出来了吧?

刚刚放寒假,薄渐家能有什么事,天都黑了,还下着雪,就把薄渐撵出来?

"没什么事。"薄渐说话间喉结微震,"就是我妈给我报了个寒假交流活动……我不乐意去,就出来了。"

他身上裹挟着冰冷的雪气,轻描淡写地抹掉了不顺心的事。

江淮静了会儿,出声:"就这?"

薄渐:"……"

就这?

"你妈给你报个辅导班,不挺好的吗?"江淮瞟了他一眼,"您知道因为家长报辅导班,怒而深夜离家出走……这一般都是小学生才能干出来的事吗?"

薄渐:"……"

"幸亏,您比小学生虚长六七……八九岁。"江淮说,"不然,您就要上明天社会民生新闻里寻找失踪小学生的报道了。"

"江淮。"薄渐出声。

江淮:"嗯?"

薄渐:"你再诋毁我,就要失去我这个朋友了。"

江淮:"……"

"好的,我知道了。"他说。

薄渐没声响地叹出口气,轻声说:"没报辅导班,是个国外的会议交流活动。我要是去了,这个寒假就要都待在国外了。"

"你妈想让你去国外过年？"

江淮有点愣神，一般传统点的家长，或者直接说一般的家长，都不会过年了还撵孩子去国外参加学习活动。

柯瑛想的就是冷处理。

这个年纪的男孩子最叛逆，越不让他做什么，他越想做什么。她想，直接逼薄渐，估计反而适得其反，倒不如把薄渐的时间都安排满，让他出国……

薄渐上楼了。

柯瑛被他气得朋友也不想再联系，也不想再出门。她也是气急了，冲薄渐背影大喊："不参加这个交流活动，别的地方你也别想去！这个寒假你就老老实实待在家里，要学习，还是练琴，我都给你在家请老师！"

薄渐关了房门。

柯瑛在一楼坐到天黑。

直到天色黑下来，她才勉强冷静下来，心想：她态度确实太强硬。

她想给薄渐发几条缓和些的消息，才忽然瞥见薄渐的手机还放在一楼，没有拿上去。

柯瑛去找了保姆："你上去敲门，和薄渐说下来吃晚饭。"

十多分钟后，保姆才下楼。

她对柯瑛说："太太……他没开门，也没出来。"

江淮："就一个寒假而……"

薄渐盯着江淮。

"……"江淮改口，"哦，那你不想去就不去了吧。"

薄渐脸色稍霁："我才不去。"

洗完澡，头发还没来得及梳，江淮用手拢了起来。他瞥过薄渐："那你准备最近住我家了？"

头发还没干，江淮大致用手指扒了几下，就扎了发带。他踢给薄渐一双备用拖鞋："你去洗个澡吧，我衣橱里的衣服都洗过了——你怎么过来的？"

身上都是雪，可别说是走过来的。

天黑了，外面气温在零下，下着大雪，从薄渐家到他家，起码要走一个多小时。

薄渐就穿了这几件衣服,几乎都被雪水融透了。

薄渐换了鞋:"走过来的。"

江淮猛地抬头:"什么?!"

薄渐轻描淡写道:"出门没带手机,身上没现金,顺风车不好搭。"

他是翻窗出来的。

江淮愣了半天,不知道该说什么。

他想:那薄渐比因被报多门辅导班愤而离家出走的小学生本事大多了,毕竟,小学生离家出走,饥寒交迫,身上没钱,一般就又自己回去了。

薄渐多坚持了一个多小时,坚持到了自己家。

江淮皱起眉来:"那现在还冷吗?"

薄渐拧开江淮卧室门:"一直冷。"

江淮:"嗯?"

不至于吧?薄渐进他家都十多分钟了,他家供暖,气温表上明明白白标着22.5摄氏度。

薄渐坐到江淮的椅子上,微仰头,瞳色天生浅淡,在冷光灯下愈发近于浅金。"冷啊,"他低声说,"又冷又难过,还见不到朋友,我走了一个多小时来找他,他还想劝我出国。"

江淮:"……"

薄渐轻叹出口气。他无论说什么话,哪怕是废话,都不急不慢,便显得他每次叹气都格外缺乏诚意。他问:"你说,我能要求我朋友稍微补偿补偿我吗?"

江淮:"……"

江淮没有感情地问:"你准备在我家住多久?"

薄渐看着他,眉眼弯起笑来:"我想住到开学,但不会住几天的。"

江淮稍皱眉:"什么意思?"

"明后天我就会回去。"薄渐起身,轻声笑道,"就是有点难受,忍不住跑出来找你。"

好学生疑似"离家出走",江淮原本以为薄渐会在这里住到他和他妈其中一个人先低头为止。根据江淮本人经验,这种事短则三五天,长则一个多月。

江淮没想到,薄渐说他明后天就走。

但即使薄渐没去参加那个国外的交流活动，江淮估计这个寒假薄渐也还有别的安排，可能是学习，也可能是比赛、社交，或者别的。

江淮感觉薄渐像被压在一根高压线下，那根线督促他去努力、督促他去把所有同龄人踩到脚底下、督促他去做一名受人欢迎的"好学生"。

哪怕"好学生"这三个字，套到薄渐头上，江淮也觉得虚假。但别人都是这么认为的。

薄渐成绩好、家世好、能力强、有礼貌。

这根高压线叫期望。

江淮皱起眉，想说"你假期别太累"，薄渐侧头过来，说："这个假期我可能会比较忙，见面可能就少了……多视频联系。"

江淮敛口，不知道该说什么。

半晌，他问："明天出去打球吗？"

"为什么突然想起来打球？"薄渐问。

因为你说你以前经常打篮球。

但江淮没说这句话，只说："我每天都出去锻炼身体，下雪了，玩跑酷容易出事……我准备明天出去打球，你一块儿来吗？"

薄渐笑了："好啊。"

绝大部分学生的寒假日常都是放假二十天，前十八天放肆玩，最后两天用来焚膏继晷、夜以继日地狂补作业。

一天补主科，一天补理综。

放假第一个星期，正处于放肆玩的高峰期。

两天时间，卫和平对江淮发出了六次约饭邀请。

算上夜宵，一天四顿，除了早饭，卫和平全在外面凑堆儿吃。

六次邀请，均被江淮拒绝。

卫和平表示了一定程度的不理解，并提出了"都放假了还不出来吃饭，还是不是兄弟"的质疑。

但收到江淮"薄渐离家出走了，在我家住着"的消息以后，卫和平就再也没对江淮发出过约饭邀请。

刚早上八点。

今天是个好天，日光明亮，街口尚未消融的积雪亮晶晶地发着光。

江淮长呼出一口气，手指尖冻得通红。"嘭"，篮球入筐，弹到地上。冬日清早，街头篮球场几乎看不到人。

薄浙捡了球，手腕一勾，远远投给江淮。

篮球撞到江淮虎口。皮是冷的，血肉都是滚烫的。

他微喘着气，鬓角渗出层汗："你还真打过好多年篮球啊？"

江淮没见过薄浙打篮球。

薄浙在学校就打过一回，就是在那次加时赛。但出于某些不想提的原因，那段加时赛的视频，江淮至今都还没在校园网上仔细看过。

薄浙拎了瓶矿泉水，神情放松："没有。我一直努力学习，积极参加学校管理活动，哪来的时间打篮球。"

薄浙天天上课不听课，不是看课外书就是提早写作业，这事儿也是江淮和这家伙坐了前后桌以后才发现的。

江淮把球砸给他："滚，你诚实点。"

薄浙单手接了球，笑起来："不然，你要我怎么说？说实话吗？"

江淮觑他："实话是什么？"

"实话，"薄浙走过来，走得很近，肩膀蹭撞到一块儿，"实话就是你从卧室翻窗跳出去玩的事儿我从前也没少做过。"

江淮稍愣："嗯？"

"我小时候学习学烦了，老师又不让我出门，我就锁门待在房间里，然后翻窗跑出去打篮球。"他轻声说，"等打完回来，就洗手洗澡，把衣服裤子都对着镜子整理整齐，一点儿也不能乱。这样，就没人知道我出去打篮球了。"

江淮沉默了，半响，说："以后你想打篮球，可以叫我。"

薄浙："好。"

篮球场除了他们两个，空无一人。

江淮喝了口水，睃过去："八点多了，回去吗？"

薄浙："嗯。"

薄浙衣兜里的手机忽然振了下，这是昨天他刚去买的手机。

陈逢泽给他发了条微信，转载的校园网帖子。

陈逢泽经常给薄渐转载校园网帖子。一方面是学生会工作管理需要，另一方面是陈逢泽有一回偶然发现，薄渐居然也看校园网上的帖子！

薄渐点了进去。

薄渐回去了。

江淮不知道薄渐的妈妈是怎么劝说这名因寒假安排太多愤而离家出走的叛逆少年顺利归家的，也不知道薄渐和他妈是谁先低的头，反正薄渐只住了两天就又回去了。

薄渐家的司机来接的他，银色的劳斯莱斯古思特停在江淮家楼下。

江淮家也算得上是个高级公寓小区，下到停车场，奥迪、宝马、奔驰停得不少，但还鲜少开进来劳斯莱斯。

江淮没去楼下目送他走，大清早打完球，这位叛逆少年就一个人走了。

他没想到，薄渐这样的教科书级别的好学生，还会有叛逆的时候。

但等到寒假结束以后，江淮才发觉，薄渐不是叛逆，只是累了。

江淮从前惯不喜欢和薄渐这种理性至极，永远摆出一副高高在上、俯瞰别人喜怒哀乐的姿态的人打交道。但他后来才发现，薄渐同样用着这种不近人情的理性在对待自己，不许放纵。

薄渐一走，江淮的寒假开始了。

江淮的寒假，特指每天写250克作业纸。

每回放假，都会出现"学校纸贱"的情况，卷子印得多得好像纸和墨都不要钱。寒假一共就三个星期的时间，除了要在这十斤作业纸上写满字，还要报明年下学期的各学科预习班。

幸亏，江俪不在国内，江淮得以从小学到现在，都还没报过预习班。

离过年没有几天了，江淮借着过年置办年货的由头，又歇了两天。

现在，小江已经欠了一、二、三……五天作业，共计1250克。

第六天，江淮一边想着今天要是再不写作业，就写不完了，一边从滑板上跳下来。他刚刚在外头晨练完。冬天跑酷不安全，他最近基本都滑一滑滑板，或者去附近公园玩。

他给卫和平打了个电话："今天有空吗，出来吃饭？"

卫和平好似被掏空了身体，一大早就有气无力："吃饭？"

江淮："嗯。"

"不去了，不去了。"卫和平说，"唉，寒假我妈给我报了四个辅导班，上午数学、物理，下午英语、化学，从早上九点学到下午五点……要不你来我学习班这儿跟我一块儿吃外卖？"

江淮皱眉："不去。怪不得你听上去这么虚。"

卫和平心想：今天第一天，还没上呢。

卫和平啥也没说，干笑两声："哎，你要是最近想找我……要不你跟我一块儿去公园跳广场舞？反正在家闲着也是闲着。"

江淮："……"

江淮："不去。"

"那就只能年后再找你了。"卫和平嘟囔，"快过年了，我妈这几天天天让我在家干活，我没空出去吃夜宵。"

"没事，也没别的事。"江淮稍顿，问，"还有……你最近听说过薄渐的消息吗？"

卫和平愣了一下："薄主席？"

江淮："嗯。"

卫和平大惊失色："淮哥，你和薄主席的友谊出现裂缝了？"

江淮："……"

"滚。"江淮说，"你说话能靠谱点吗？"

"不是。"卫和平说，"要是你和薄主席关系好好的……薄主席有什么事，你直接问薄主席就是，我消息再灵通，有你灵通吗？"

江淮慢慢皱起眉来："没出事，就是最近联系得少了。"

卫和平："啊？"

柯瑛发现薄渐走了以后给她发过邮件。她了解自己的儿子，薄渐永远不会干出任何不理智的事，也不会做"离家出走"这种幼稚的事。等薄渐想好了，他自己会回来。

即使在外面，薄渐也会和家里保持联系，而非赌气，撑着一口气等谁先低头。

他们没有吵架，也不需要等一方先低头。

171

柯瑛认为这些事，薄渐会自己想明白。

"你原本可以更优秀。"

薄渐的自律性，大多数时候远远胜于她管教的标准线。所以，她才放心让薄渐自己管自己。学习、活动、学校事务、校外事务，都是薄渐根据自己的意愿在打理。

薄渐回了家。回家时间的邮件，是柯瑛甚至还没有发现薄渐不在家的第一个晚上发过来的。

他到家时还是上午，冰冷的落地窗照进明亮的日光。

他进来，一如往常，径直向楼上走。

柯瑛放下细瓷茶杯："休息好了？"

薄渐没有停顿。

过了几天，该消的火也消了。"那个寒假交流活动，既然不想去，我也不会逼你，这个寒假就你自己安排行程吧。"她低头，抿了口花茶，"但我希望你不要浪费时间。"

时间宝贵，只有年长了才知晓。她是为薄渐好。

"另外，之前的那些学校申请材料，我又找人整理了，都发在你邮箱里了。你看一看，考虑一下不去国内学校，申请国外的学校。"

薄渐微顿，神情冷淡下来。

"早晚要出国的，只是早几年晚几年的事。"柯瑛笑了，"以前没让你出国，让你来了现在的学校，这已经很尊重你的意见了。"

他们这个圈子，孩子中没有上公立学校的，即便是市区的重点学校也不会去。他们这些家庭的孩子，生下来就是和那些要努力学习，早日实现阶级晋升的人不一样。

"你要是出于一些不必要的原因不愿意准备出国，那你就准备转学吧。"柯瑛说。

他侧头："什么叫不必要的原因。"

柯瑛笑笑不说话。

"我不出国，也不转学。"他说。

柯瑛笑道："你年少不成熟，不要让现在的想法蒙蔽你的双眼。"

薄渐低眼看着她："不成熟吗？你和我爸在一起的时候也很年轻，我爸一穷二白，你觉得你被他蒙蔽了吗？"

柯瑛从小家境优渥，是柯家唯一的大小姐。

可这位大小姐，却和一个一穷二白、身无分文的男人结了婚。

薄渐外婆一度和柯瑛断绝了母女关系，直到薄贤白手起家，慢慢走高，走得比柯家还高的时候，关系才缓过来。

柯瑛被儿子一句话堵死，愣了一会儿才说："我和你爸不一样！"

薄渐轻笑着问："怎么不一样？"

柯瑛是真又被薄渐气着了："你这不是胡闹吗？"

柯瑛又生薄渐气，又和自己怄气："你寒假作业写完了吗？"

薄渐："写完了。"

柯瑛："……"

柯瑛和儿子的关系降到冰点。

他们没有吵架，也不需要吵架。吵架就是拿自己的想法指责，甚至攻讦对方。

"不要因为年轻的不懂事，做出以后会让你后悔的事来。"柯瑛说，"你年纪还小。"

薄渐敛目："我没有做过任何一件后悔的事。"

"薄渐，不要用意气说话，更不要用意气做决定。你现在这么肯定，"柯瑛问，"几年以后你还会这么想吗？你才多大？"

薄渐轻笑着问："你觉得我年轻，所以没有资格和信服力，为自己做未来的决定吗？"

有的人的许诺期限很短，一反悔，就纷纷推诿给年少不知事，可有的人会把一句话记一辈子。

少年也是各不相同的。

柯瑛默然半天，说："你总要让我看见，你有决定自己未来的能力。"

"什么才叫有决定自己未来的能力，"薄渐轻声问，"足够优秀吗？"

除夕将近。

到了农历年末，反而暖融融地升起温来，积雪渐渐消化，成片的居民楼都露出裸露的天台和黛青的屋瓦来。

阿财每日宅在家，江淮天天看她不是在电视前看动画片，就是关门在屋里捧着平板电脑看动画片，一问作业进度如何，立马装聋作哑。

但江淮也比她强不了多少。

放假放了将近一个星期，江淮将将写了小半本教育局统一印发的公益性的免费的数学寒假作业。

最近，他和薄渐联系得挺少，因为薄渐好像特别忙。自从他回家，一天到头几乎在连轴转，有时候在上课，有时候似乎又在准备什么预赛。前两天，江淮起得早，早上四点多给薄渐发的消息，薄渐立马就回了。

江淮不知道薄渐这是刚好早起了，还是昨晚根本就没睡。

离除夕还有一天，清早，薄渐发来一条消息。

BJ：" 我要出国一个星期，今天的飞机。"

江淮一向起得偏早，刚六点出头，天还没有大亮。

他停下滑板，给薄渐回了个问号。

真正的强者：" 明天过年，你今天出国？"

BJ：" 嗯。"

真正的强者：" 为什么？你妈妈逼你去的？"

哪有这样的？明天过年，今天出国，让薄渐一个人在国外过年？

BJ：" 没有，是我的意愿。"

江淮愣了一下。

BJ：" 不过，等我到国外，事情就少了，今年过年不能找你一起过了，你要多来找找我。"

江淮站着，没动，也没回复。

几分钟。

BJ：" 就一个星期。"

江淮手指顿住好久。

真正的强者：" 好。"

江淮家过年一向冷冷清清，没有过年的气氛。其中江淮本人负八成责任，江家人少负两成责任。

江俪在外企上班，又是事业上升期，不敢请假，所以春节回不回来都是件随缘的事。

江俪这辈子都忘不了她二十几岁那几年最穷的日子，没有钱，连一个良好的生活环境都给不了孩子。

这几年春节，江淮和秦予鹤就是难兄难弟。

江淮是他妈没在国内，秦予鹤是自己没在国内，相当于秦予鹤全家七大姑八大姨、表哥表姐、堂弟堂妹，还有亲生父母，都出了国。

除夕清早，江淮微信收到好几十条拜年短信。

他微信好友少，通讯录好友也少，去年就收了三四条，就秦予鹤、卫和平、倪黎，还有他妈。

但今年江淮被划进不少同学的群发拜年短信的好友列表里。

江俪从前几天就开始频繁联系江淮和阿财，主要是江淮，阿财不顶事，就知道看动画片，江俪只能试图跟儿子沟通，跨国指导他往家里置办什么类别的年货，怎么准备饺子皮、饺子馅，下午一顿饭，晚上一顿饭，过一次像样的年，而不是就会叫几家外卖，匆匆应付。

原本，江淮都挑好下单哪几家外卖了，结果又被江俪逼着超市家里两边跑，拽上阿财一起擦窗户、扫地、打扫卫生，再往家里贴几样红色的装饰品。

临近过年这两天，班级群也格外活跃。

除夕上午，江淮好不容易空出几个小时的时间，撑着头靠在书桌边，有一搭没一搭、效率极低地做着寒假数学作业，手机忽然振了下。

是卫和平找他。

扶我起来浪："淮哥，你最近跟薄主席见面没？"

江淮懒洋洋地够过手机，摁了几个字："没，怎么了？"

扶我起来浪："我听级部有人说，薄主席出国参加了个什么青年金融峰会，真的假的？"

江淮皱了下眉。

扶我起来浪："听说那个会特别牛，好多国内外大集团的老总都会出席，世界性的，好像只要是参会的学生自主招生里的名牌大学都直接降分录了，哈哈哈哈。不过，去参加这么牛的活动的学生好像也都不用走自招。薄主席真的去了？"

真正的强者："没问过，可能吧，薄渐前天的飞机。"

扶我起来浪："那十有八九就是真的了。"

扶我起来浪："咦，薄主席没和你提过吗？"

是江淮没问过。因为他并不关心薄渐到底去参加什么活动，这些活动的目的大多都是相似的，让薄渐作为一名"好学生"更名副其实。当别人提及他的优秀时，能滔滔不绝。

可江淮不关心这些事，也不关心薄渐优不优秀，只关心薄渐在想什么。

他觉得薄渐很累，想让薄渐舒服一点。

他是个随心所欲的人。

真正的强者："没关心过。"

扶我起来浪："这是啥意思？"

江淮一边翻着别人给他发的"剪一纸窗花，剪去忧伤；捧一手雪花，捧住甜美"的千奇百怪的拜年短信，一边随便回了句："没意思，没兴趣，不关心，没问过。"

卫和平等半天，等来不关心四连："啊？"

前段时间还是"不联系"，今天直接"不关心"了？

江淮扔了笔，仰倒到床上。

他举着手机，手指向下滑，滑到了"BJ"。

今天是除夕，昨晚十一点多，"BJ"照常发来了一条"晚安"。可他和薄渐差十三个小时时差，他要睡觉的时候，薄渐那里是白昼，他起了，薄渐现在又在深夜。

江淮看了半晌。

真正的强者："睡了吗？"

如果薄渐睡了，他就把收到的"剪一纸窗花，剪去忧伤；捧一手雪花，捧住甜美"拜年短信，群发给薄渐。一个成熟的朋友，应该学会嘘寒问暖。

但出乎意料，几乎马上薄渐就回复了。

BJ："还没。"

江淮一顿，拜年短信卡在发送栏，发送失败。

真正的强者："准备睡了？"

BJ：“也没。”

江淮翻了个身。

真正的强者：“那现在在做什么？”

不知道为什么，薄渐回得比往常要慢许多。

BJ：“刚洗完澡，方便开语音吗？”

一个语音邀请发过来，江淮接通了。

但安安静静，薄渐没说话。

江淮也静了会儿，出声问："听得到吗？"

或许是手机语音失真，薄渐嗓音压抑得很低："听得见。"

江淮看着黑黢黢，只能看见自己脸的倒影的手机屏幕，不动声色地皱了皱眉："你现在方便视频吗？"

薄渐似乎笑了起来，声音微震："我什么时候都方便。"

江淮瞥过一眼电子表，都十一点多了，语音还通着。

"我年后就回去了，不过等我回国，可能还要再忙一段时间。"薄渐慢条斯理地道，"等开学，事情基本就都安排好了。"

江淮："哦。"

薄渐："但是你预习功课的时候，有哪里不会还是可以随时问我。"

薄渐不说，江淮都忘了他还有一堆作业没写完。还预习功课，他上学期的假期作业离写完都还八字没一撇。

"你作业写完了？"他问。

"写完了。"薄渐回答。

江淮问："你这是什么时候写完的？"

放假就没到十天时间，薄渐还一直忙这忙那，甚至还在他家待了两天。这家伙什么时候写完的作业？

薄渐："还没期末考试的那半个月做的。"

江淮："啊？"

这家伙提前去教育局拿的作业？不说从哪儿拿的作业，别人都没白天没黑夜地复习期末考试的时候，这家伙就已经开始做寒假作业了？

薄渐像是怕江淮听不明白，又矜持地补充了半句："市第一的特权。"

江淮："……"

薄渐一天到晚，就不能说句人话？

薄渐轻声笑道："原本，我想也替你取一份的，但看你期末复习太辛苦，就没有给你增加压力。"

江淮："……"

他面无表情地说："薄渐，谨言慎行。"

薄渐笑了，忽然说："等你明年春天出去跑酷，可以叫我一起吗？"

薄渐突然提到跑酷，江淮蹙了下眉："你想和我一起？"

薄渐："嗯。"

"你不熟。"江淮说，"前两次路线都挺简单，但这事还是挺危险的，不建议你跟我……为什么突然想起来跑酷了？"

"喜欢那种感觉。"薄渐说。

失重，些微的失控，像失去束缚。

江淮轻嗤："喜欢刺激，建议你去儿童游乐园玩过山车。"刺激又安全，极限运动生手的不二之选。

"我去玩过山车，"薄渐问，"那你会和我一起去吗？"

江淮："不会。"

薄渐似乎从鼻腔轻哼出一声："那不就是了，你又不去。"

江淮："……"

薄渐起身，不紧不慢地整理好衣袖衣角。他神情中并没有软和，所以江淮过去才一直觉得薄渐线上的恶意卖萌都是装的。

"我没那么弱。"薄渐轻笑道，"但你既然不陪我去游乐园坐过山车，又害怕我跑酷失足，那等春天，让我看看你是怎么跑酷的总可以吧？"

江淮皱起眉来："你喜欢上跑酷了？"

"不算是。"薄渐回答。

他只是感觉到了一点捉摸不住的自由。

他对江淮的欣赏，部分起始于江淮跃过高门，停在一节锈蚀栏杆上的那一刻，像一只在风中暂驻的鸟。

他欣赏江淮。

他轻声喟叹似的，说："就是最近有些累吧。"

他又问了回来:"那你呢?你喜欢吗?"

江淮沉默了会儿:"喜欢。"

薄渐:"为什么喜欢?"

江淮拧起眉头,声音低了些,努力整理措辞,好让自己的理由听上去不大像个幼稚的小学生:"喜欢……那种直接翻过障碍的感觉。我不喜欢绕路。"

他不喜欢曲曲折折地寻找出路。

假若世上的所有事,都可以直接翻过去就好了。

薄渐叹了口气,却又笑起来:"等春天雪化了,你跑酷记得叫我,我想看看。"

江淮瞥向窗外。正午,日头明亮。其实,雪已经化了。

"好。"他答应。

卫和平正在刷群,跟群里姐妹聊天,顶上备注"江淮"忽然发来一条微信——

"学校无人机社团有微型摄像头和无线直播设备吗?"

还有一条——

"如果没有,你家对街那家数码城今天还开着门吗?"

卫和平仔细看过以后,才回复:"你等等,我去问问。你要借他们的设备吗?"

大年三十,除夕夜。

江淮和阿财过的年。家里开着电视,声音喧嚣,阿财在和江俪通视频,今年江俪不回国,但到零点前,视频都是通着的。

江淮话不多,把手机扔给了阿财,阿财还乐得和妈妈多说说话。

城区不准燃放烟花爆竹,夜中静寂,冷风发出近乎哨鸣声的尖锐呼哨。

冬日夜长昼短。到四点半,夜色仍浓。

闹钟响了,江淮翻身下床。

家中安安静静,阿财还在酣眠,"吱呀",门被关上了。

江淮拎了设备下楼,叫了出租车。这个点出租车不多,等江淮到旧城区,已经将近五点半,但东边天际才泛起一点点青色。

只要破晓,日出就已经不远了。

旧城区拆迁时间已经定在新一年年尾,旧居民户都尚未搬走,艳红青绿的花衣裳还挂在长晾衣竿上，几乎要在冬日中凝冰。

隔过十三个时区的下午，薄渐收到一条微信——

"电脑在手边吗？你下个软件，和你通视频。"

"在，怎么了？"薄渐问。

隔了好久，薄渐看不到江淮去做什么了。

十几分钟后，江淮回复："你不是想看我跑酷吗？"

国内尚未日出，薄渐不知道在这个时间，江淮要怎么给他直播跑酷。

略长的网络延时后，薄渐看见了江淮的第一视角，摄像头在他胸前的位置。

江淮靠在楼梯前，因为失真，嗓音显得沙哑："看见了吗？"

薄渐喉结微动，盯着电脑屏幕："看见了。"

江淮似乎是笑了一声，转手沿楼梯扶手翻了下去。

天光晦暗，再转过摄像头，楼中黢黑，只有摄像头边的一点亮灯，微弱地亮着，像黑夜中的唯一一点火光。

江淮滑过一层层旧楼，老楼房感应失灵的楼道灯一层层亮起，照亮楼道中脏污的墙壁、粗粝的楼梯。

这就像一场3D游戏。

腾空，翻动，跃起，高跳，缓冲。

江淮熟悉这几栋旧楼房就像熟悉他的左右手。他知道哪里有逃生梯，知道从哪儿进天台，知道这栋楼和那栋楼的楼间距……这都是他自己感知出来的。

他在这里生活了十年。

江俪这辈子都不会再回这里看一眼，但他不一样。

他不留恋这里，却也不憎恨这里。他在这里长大。

薄渐喉咙发干，从第三视角，跟在江淮身后和他一起翻过楼层是一回事；可从第一视角看江淮是怎么翻过挡在他前面的所有"障碍物"又是另一回事。

他脚下是数层高楼，如若踏空，非死即伤。

可江淮熟稔得像已在这条路上走过成千上万遍，甚至连楼顶晾衣竿的高度都熟记于心。

隐秘的、危险的刺激。

摄像头微微晃动，但画质清晰，江淮动作稳，所有的场景通过视频反馈给薄渐。

薄渐从来没有想过，昨天提到的明年春天的约定，江淮会在第二天就完成了。

天中微亮的青色漫开，压着沉沉然的紫橘红黄，彩绶般的霞光。

日色渐渐显现出来。

江淮的呼吸声压得很深。

薄渐看见他外套被风掀得抵在腰腹间，跃过楼间，手掌磨蹭过粗糙的水泥地，日将出时冷白的手指尖都泛着红。

这是一条直路，没有一处拐弯。

前面有栏杆，就翻过栏杆；前面有墙，就翻过墙；前面有楼，就攀上楼，攀上天台；前面是另一栋楼，就远远跃跳过去。

薄渐在会场。

他坐在休息区，会场天顶高耸，他背后是高大的、几近透明的及地窗，室外绿茵茵的草场延开。

北美的冬日一样昼短夜长。

他背后正日暮，隔了十三个时区，江淮那边却在日出，像从他身后流散的日光，去了江淮身后。

江淮翻滚起身，扑了扑身上的灰。他稍稍扶了扶录音麦，摘了微型摄像头，坐到天台边。

薄渐看见了日出的全貌，很美。

楼下渐渐有人声喧嚷，日出过后，旧城区又活了起来。

江淮向后靠了靠，手撑在水泥地上，不嫌脏。

"天亮了。"他说，"新年快乐。"

薄渐静然。

好久，他低声笑道："新年快乐，江淮。"

BOHE

YINJI

第七章
寒假

今年，寒潮来得早，去得也早。年后一日日升起温来，日光融融。

按农历算，薄渐是初七回的国。

薄渐曾在登机前给江淮发过消息，试图让江淮来接他。

然而，学校正月十二开学，离开学总共还有四五天时间。

至正月初七，小江共计欠4250克作业纸尚未完成。

于是，江淮拒绝了薄渐的见面邀请。

除非薄渐主动到他家来帮他一起写作业。就剩五天了，八斤多作业纸，就是他不分昼夜地按照别人的答案抄，都抄不完。

江淮长这么大，从来没做过假期作业。

所以，他长这么大，都没有经历过赶假期作业的痛苦。

放假放了将近二十天，江淮一共就写了一斤出头的作业，剩下八斤多，平均一天补两斤，他人就要没了。

但江淮倒不是放了个寒假就天天在家玩，在某薄姓热心同学的帮助下，江淮先在家自学，把下学期的数学和物理大纲大致都捋了一遍。

另外就是练字。同样在这位薄姓同学的热心帮助下，江淮买了十来本字帖，中文、英语双语，一个假期，大概写完了七八本。

但薄渐对勤奋刻苦、天天练字的江淮同学的字仔细观瞻后，委婉地向他表达："你阿拉伯数字写得还可以。"

江淮觉得，薄渐不应该再在他身上奢求没拉黑以外的事了。

每天两斤作业，对江淮这种坚持不抄作业的人来说，就算闻鸡起舞，凿壁偷光，不眠不休，一天顶多能在两斤作业纸上写满字。对错暂且不论。

寒假的最后几天，阿财过得颇悠闲。

她的假期比江淮多大半个星期，要到正月十五元宵节以后才开学。

江淮假期的最后几天，不知道为什么，他人没了，一天到晚都见不到个人影，外卖还是阿财点的，等送过来，再匀出一份堆在江淮门口。

江淮到点就自己出来拿饭吃了。

阿财颇有种养了只按时吃饭的小狗的成就感。

卫和平最近也联系不到江淮了。

虽然他本人成绩一般，考试就在四五百名晃荡，但是他作息规律，生活健康，每天写几张作业。离开学还有三四天，卫和平的作业就全写完了。

假期就剩这几天能玩了，他赶紧去联系江淮出来吃饭，但他每天联系江淮，约上午，江淮说写作业；约中午，江淮说在写作业；甚至到下半夜，心血来潮约夜宵，江淮居然秒回，还说在写作业。

卫和平怀疑江淮疯了。

飞机降停在 B 市机场的时候，国内已经是深夜了。

薄渐微微停住，低头翻了翻微信消息。

不出意料，他坐飞机这么多个小时，江淮都没有给他发过一条消息。

倒是十一点多了，班级群还挺活跃。

他随手划了进去，群里新冒出一条——

卫和平：“你们有没有谁这几天联系到江淮了？”

钱理：“我江刀怎么了？”

"钱理"撤回一条消息。

钱理：“我江哥怎么了？”

赵天青：“我江哥怎么了？”

许文杨：“我江哥怎么了？”

…………

卫和平：“我这两天联系他，早上八点说在写作业，中午十二点说在写作业，晚上六七点钟说在写作业，就连半夜找他，他还在写作业！”

赵天青：“哈哈哈，笑死我了。”

林飞：“你们夸张了，学校布置的作业有那么多吗？哈哈。”

"赵天青"撤回一条消息。

司机在薄渐飞机到达的时间点等了一个多小时，没有等到人。他给薄渐发了条短信:"您到了吗?"

　　薄先生和薄太太都知道薄渐飞机到达时间点,是太太叫他来接薄渐的。

　　薄渐很快就回复了:"到了,这几天不回去。"

　　司机如实把短信转给了太太。

　　柯瑛还在等薄渐回来。她看了薄渐这次在金融青年峰会上的交流演讲,说实话,她觉得意外。她明明记得薄渐好像还是那个会看不懂书、会弹错琴键的小男孩,可一转眼,薄渐已经长成了大人的样子。

　　他的优秀让他看上去光芒万丈。

　　她为薄渐骄傲。

　　司机忽然转来一条短信——

　　"太太,他说这几天不回家。"

　　薄渐打车去了酒店。

　　他刚刚进套房,手机一振。

　　柯女士:"下飞机了吗?"

　　他有些倦怠地把行李推给侍应生,最近一个多星期都没有睡得太好。事情多、忙,太多东西要准备,每天早起晚睡。

　　BJ:"下了。我在外面住几天。"

　　柯女士:"为什么不肯回家?"

　　薄渐没回复。

　　十点多,不早了。薄贤从盥洗室出来,一眼瞥见妻子捧着个手机,脸色不虞。"怎么了?"他走过去,瞄过柯瑛手机页面,"谁惹你生气了?"

　　柯瑛转头:"薄渐说他不想回家了。"

　　薄贤:"那就让他在外面住几天?他手里有钱吧?"

　　柯瑛:"……"

　　她隐隐觉得,这父子俩可能是"一丘之貉"。

　　柯瑛的脸色"阴天转小雨":"你知道江淮吗?"

　　江淮?

　　薄贤连眉毛都没动一下,神色如常:"谁?薄渐的朋友?"

　　柯瑛狐疑地打量他:"他没和你提过江淮?"

　　薄贤:"没有。"

柯瑛冷笑起来："你继续编？"

薄贤："真没有。"

柯瑛盯着他："开始骗人了？觉得我好骗？"

薄贤："薄渐的确是没有——"

柯瑛："薄贤！"

薄贤一顿，摸了下鼻子，心想：儿子和老婆两个人里肯定还是老婆重要。他咳了两声："见过……好像和薄渐关系挺好？"

柯瑛这下子真生气了。她原本就是诈一诈薄贤，没想到这父子俩原来早就沆瀣一气，一块儿来瞒她一个。

薄渐摘了外套，把衣服换了下来。

他随手取过手机，最后给柯瑛发了一条消息——

"我达到为自己言行负责的标准了吗？"

江淮凌晨一点半睡的。

离开学还有四天，他还有一整本理综寒假作业和附带的一厚叠物理、化学、生物的复习卷子、预习卷子没写。

写不完了。

写作业的这几天，他恨不得去教育局门口点几炷香。

五点钟，闹钟按时响了。

江淮被作业掏空了身体，反手摁掉了。

六点钟，第二个闹钟按时响了。

江淮翻了个身，反手摁掉了。

七点钟，第三个闹钟响了。

江淮猛地翻身，够过闹钟，暴力拆卸电池，"嘭"地砸在墙角。

闹钟连带电池，烂在墙角，但是还在响。

江淮忽然意识到，是门铃响了。

江淮："……"

他翻身下了床，随手拎了件外套披上，用两三秒让自己清醒了一下。

两分钟后，他趿拉着拖鞋，去开了门。

冷气涌进来。

薄渐站在门口。比起上次雪夜赶过来，他又如往常一样体面整齐，衣装无多余的褶皱，连鞋面都擦得干干净净，捎带着冷风的味道。

他向江淮弯起嘴角："早上好。"

江淮穿着宽T恤、短裤，看上去像刚起床，眼睛尚发红，似乎还没睡醒。

薄渐在"江淮卧室"的场景点解锁了"摔烂在墙角的闹钟"一个，"一页没写的理综寒假作业"一本，"比江淮脸还干净的物理、化学、生物试卷"一沓，还有"大清早看见堆起来的像山一样的没写的作业后生无可恋的江淮"。

薄渐没忍住"啧"了一声，弓腰坐进江淮的椅子里，轻轻地叹了口气："算了，我今天就是来帮你写作业的。"

江淮抬头："真的?!"

薄渐随手翻了几页江淮练过的字帖。江淮这辈子写字最好看的高光时刻就在对着"小学生练字帖"依葫芦画瓢的时候。

"那本寒假作业主要都是上个学期的复习内容，我帮你写了。"薄渐说，"剩下的卷子和预习有关，你自己写。有不会的问我。"

和薄渐认识大半年，哪怕关系很好以后，江淮也从未觉得薄渐如此让他看得顺眼。

他稍显殷勤地拿了支亲测好用的中性笔递给薄渐："大恩不言谢。"

薄渐接过来，微垂着眼，从喉咙眼轻哼出声："我主动上你家来帮你写作业，你就没什么要对我说的吗？"

江淮静了。

薄渐瞥过他。

江淮："我发现作业真的好多啊，你放假前怎么写完的？"

薄渐："……"

江淮从自己书桌上拎起一本写了大半个月，人都要没了才将将把答案区填满的数学寒假作业："我这本就做了两个多星——"

"去洗脸刷牙吃饭。"薄渐从他手里抽回数学寒假作业，似笑非笑道，"回来写作业。"

江淮："……"

阿财起床出来，发现江淮今早居然破天荒地出来了。

对于今早不能点外卖一事,阿财表示遗憾。

江淮出去做了两个三明治,给阿财留了一个,又拎着两瓶矿泉水回了房间。

他进房间的时候,薄渐已经开始帮他写作业了。天乍亮,还点着盏冷色光的小灯,薄渐坐在书桌前,低头,微弓腰,握笔的姿势也好看。

室内寂然,只听得见窸窸窣窣的翻页声。

江淮放轻了脚步,过去问:"你吃早饭了吗?"

薄渐:"吃了。"

同样一支笔,连写 ABCD,他都乱乱糟糟,薄渐就端端正正。

他静静地看了两分钟。

薄渐两分钟做了十道物理选择题。

江淮:"嗯?你等等。"

薄渐稍抬眼:"嗯?"

江淮:"编选择题答案我也能编上……不用你给我编。"

薄渐逸出声笑:"谁和你说我编的答案?"

"这才几分钟?"江淮问,"有两分钟吗,你做了十道物理选择题?"

他第一道题题干还没看完,薄渐已经翻两页过去了。

"不是做。"薄渐向椅背靠了靠,懒懒散散地瞥过来,"你这么一大本寒假作业,我一道题一道题给你再做一遍,得做多长时间?"

没等江淮问"什么意思",薄渐说:"寒假作业我做过一遍了,算是默写答案。"

江淮静了。半响,他问:"你做过一遍,答案就都记住了?"

薄渐颔首。

江淮:"你不都做完大半个月了吗?"

薄渐:"人跟人的脑容量是不一样的。"

江淮:"……"

薄渐轻飘飘地道:"你要是不会觉得伤自尊,我也可以现在给你撒一个'题都是我现场做的'的谎。"

江淮:"滚。"

他觉得他和薄渐这家伙迟早要反目成仇,而且可能发生肢体冲突。

江淮去拖了张椅子,面无表情地坐到薄渐旁边,抓阄似的随手从厚厚一沓还没写过名的理综卷子里抽了张出来。

他从抽屉里掏了耳塞出来，戴上。

因为江淮不是太想在他十分钟做不出一道选择题，烦躁得抓耳挠腮的时候，听见隔壁往后哗啦啦翻页的声音，极其影响他本人正常水准的发挥。

薄渐握着江淮的笔，斜觑过江淮。

江淮就穿了件短袖 T 恤，宽宽松松地挂着，连肩骨的轮廓都看得分明，细棉布料贴在后脊背上，脊索微微鼓出，腰腹瘦削且紧实。

江淮翻着下学期的新教材，往预习学案上誊抄公式填空。

忽然，薄渐的手肘无意似的撞了他一下。

他坐在薄渐左手边，笔头刺啦划出一道线。

他稍扭头，睇过薄渐。

薄渐低着头，给他写作业，神色认真。

江淮扭回头，当什么事没发生，继续翻书写作业。

写了几行字，他又被撞了一下。江淮扭头："你干什么？"

"别闹。"江淮无情地道，"别耽误我写作业。"

江淮的书桌还算宽敞，桌前有两把椅子，江淮坐在左边，薄渐坐在右边。

房间又静了下来，笔尖摩挲在纸面上，发出细微的摩擦声。

薄渐放轻了动作，翻页声渐小，江淮也没再戴耳塞。

江淮翻着书、写学案，字丑，但写得还算认真，一笔一画。薄渐有些随意地勾出题目的正确答案，时不时微侧眼看着江淮。

江淮看上去很认真。

他轻轻撞了下江淮。

江淮扭头。

薄渐："你继续写——"

江淮表情不多："你去休息吧，去倒时差。"

薄渐稍愣："不用我帮你写作业了吗？"

"我已经是个成熟的学生了，不用……"江淮一顿，"可以等你睡醒了再来帮我写。"

江淮也想倍儿硬气地说一句：你去睡吧，作业不用你帮我写，我一个人写完，没问题。

但开口前，江淮思考了一秒。

他觉得他不可以。

二月八号，下学期正式开学。

住校的同学就提早两天把行李都搬回学校，不住校的同学开学第一天早上八点前准时到校。

时至二月，渐渐回温。冬寒去得早，细瘦的枯褐枝丫已经孕出藏着亮色的绿芽儿。返校第一天，江淮早七点半到校。

他来得不早不晚，班里人刚过半。

到昨天下半夜，江淮刚刚把作业全写完。

如果没有薄渐的人道主义援助，以江淮的水准，在还剩一个星期的时间内，日日写，夜夜写，写到今天早上，写完作业也没戏。

虽然上学期期末考试江淮才一千名，但是江淮总体属于天赋型选手。

他学新东西快，考前临时抱佛脚尤其容易立竿见影。然而，他的耐心堪忧，一被新东西吸引住注意力，对旧的就失去了兴趣。俗称学得快，忘得也快。

所以，他写那一沓新学期的预习卷子还行，做上学期归纳总结的寒假作业，就慢得要命。

单一本数学寒假作业，他就写了半个月。

但对于薄渐来说，把答案全都默写上，在无所事事的时候给江淮圈出几道题增加江淮的作业量，也就是几个小时的事。

薄渐来他家和不来他家的区别就是——薄渐没来，江淮一个人在家补作业；薄渐来了，江淮在家一边补作业一边受薄渐打扰。

作业量减少了，效率降低了。

薄渐在他家住了三天，这三天，江淮一共写了两张预习学案，占未完成学案的百分之二十。

昨天到下半夜两点，江淮才将将把最后一张预习学案写完。

教室座位还是上学期的排位，没动过。门窗紧闭了近一个月，一进门就嗅到一种闷闷的木头味道。

江淮挎着书包，打了个哈欠，懒洋洋地拿脚背钩出凳子来。

学生会主席开学事情多，等下第二节课还要在开学典礼上演讲，薄渐没在教室。

赵天青来得挺早，见江淮进门，扭头过来，十分热情："江哥，来了？"

"嗯。"江淮斜睨过他的桌面。赵天青课桌上堆了一堆寒假作业本，不光他自己的，还有别人的，他看见一本写着许文杨名字的语文寒假作业。

他问："抄作业呢？"

"是啊，寒假哪来这么多作业，"赵天青脸变了，"我抄一天了没抄完。"他把许文杨的语文寒假作业挪到他俩课桌中缝，又说，"江哥，一起抄？"

江淮表情微妙。

他上了这么多年学，第一次有资格说这句话："不用，我写完了。"

赵天青一愣："啊？"

江淮第一次体验到这种乐趣，敛起表情，高手从不将喜怒哀乐形于色："寒假作业其实不多，不用抄答案也很快就能写完。你继续抄吧，我先睡一觉。"

单抄答案抄一天没抄完的赵天青还处于震惊中。

为了补寒假作业，昨晚江淮就睡了四个小时。

江淮铺了本数学书，倒在桌上一睡不起。

开学第一天，第一节课开班会。

江淮睡过了第一节班会课。

一直到第二节课上课，江淮都还没醒。

开学第一天，不算正式上课，就是整理整理寒假事务，稍微说说寒假作业，给新学期开个头。第一天七节课，第一节班会，剩下六节六门学科一门一节。

第二节课是化学。

二班化学老师是个毕业没多久的男老师，教得不错，脾气好，跟班里同学关系也挺好。

明天开始上新课，今天大致从寒假作业中讲几道题，他扫过讲桌下面。倒数第二排，趴着一名男同学。他扶了扶眼镜，按着讲桌上的座位表念："江淮，你上来写一下寒假作业第67页的第一道选择题的化学反应方程式。"

两分钟后，江淮手里被赵天青塞了一本寒假作业，出现在讲台上。

他静了半响，问："老师，哪道题？"

化学老师脾气很好："第67页，第一道选择题。你寒假作业做了，对吗？"

江淮："做了。"

"好。"老师递过粉笔，"那你把这道题反应过程的方程式写一下，不难，主要考铝铜的溶液置换反应。"

薄渐刚刚开完会从活动室向教室走。

陈逢泽和他顺路。

"等毕业，"陈逢泽问，"你有什么打算？"

薄渐看上去有些漫不经心："什么打算？"

"比如准备和江淮去同一个城市上学？"陈逢泽说。

薄渐微垂眼："我想让他和我上同一所学校。"

陈逢泽沉默了会儿，诚心实意地说："难。"

"不试试怎么知道。"薄渐轻声说，"他寒假就很努力。"

江淮被塞了一根粉笔。

他左手拿着书，右手拿着粉笔，在黑板前面站了半天。

老师好像说是……铝和铜的置换反应？

江淮看了一眼手里赵天青的除了姓名"赵天青"，一个字都没有写的寒假作业。

陈逢泽叹了口气："学习成绩这种东西，可不是努力就有进步的。"此事他深有体会，尤其是和薄渐这种人比。

薄渐停在二班后门，轻轻拧开门把手："他也进步了。"

"$Al+Cu=Au+Cl\uparrow$"

一拧开门，薄渐和陈逢泽就恰好看见江淮在黑板上写出了这个方程式。

陈逢泽："……"

薄渐："……"

江淮被硬推上来，还没睡醒，刚写完，隐隐看出自己的方程式好像不太对。

化学老师静了几秒，问："江淮同学，请问你铝铜制金有什么定律依据吗？"

江淮也静了几秒，回答："字母守恒定律。"

化学老师又静了半分钟。

底下猛然爆出哄笑。

在化学老师脸上，江淮读出一句"我是怎么教出来你这么个玩意儿的"，但化学老师顿了半晌，没笑，也没生气："江淮，去申请诺贝尔奖吧，这个学你不用上了。"

江淮："……"

一开学，因为狂补作业而陷入冷清的校园网又活跃起来。

早上开学典礼前，校园网刷出一个新帖子：

"《我靠炼金征服世界》第一章：我，江淮，一个一无是处、贫困潦倒的家伙，居然阴差阳错地成为一名炼金术士？"

早上十点，学校春季学期开学典礼。

开学典礼的一系列流程，如升旗、学生代表演讲、学校领导致辞都在操场上办。今天天挺好，稍有些冷。

江淮懒洋洋地杵在二班第一排，把冲锋衣拉链往上拉了拉。

往常升旗、开会、活动这种事，江淮能站最后一个就站最后一个，能坐最后一排就坐最后一排，常年排队吊车尾，但今天——

二班的位置在演讲台底下最近的位置。

他看不出神情，瞥过演讲台下。

学生会主席在演讲台和老师说话。

薄渐个子高挑，稍低头，礼貌地从老师手里接过无线麦克风。

薄渐天生长了张疏离的脸，只是时时刻刻绷紧了弦似的教养让他显得温和，却不亲近。

薄渐是级部唯一的学生代表。

他上台，底下有些嘈杂。

江淮视线落在他那双比例匀停的手上。薄渐演讲、带头起誓从来不带稿子，他短暂地调了下麦克风。

薄渐微低着头，目光落在台下。他依旧穿着校服冲锋衣，尺寸合适的黑色校裤，衣着熨帖干净，连胸前的拉链都摆得端正，还是好学生的作态。

江淮微眯起眼，想起第一次见薄渐，他第一次，或者说级部绝大部分同学第一次见薄渐都是在入学典礼上，薄渐在演讲。

从去年入学，薄渐就是他们这一级的学生代表。

如果学生代表只有一个名额，那薄渐就是这唯一的一个人。

凡是有薄渐参加的比赛、竞选……薄渐大都会是第一名。

薄浙寒假去国外应邀参加的青年金融峰会，江淮去外网上找过视频。他没问过薄浙，也没向薄浙提起过这件事，就是在网上把能搜到的资料和视频都看了一遍。

薄浙很优秀。

尽管江淮并不是十分关心薄浙这人优不优秀，在哪方面优秀，怎么优秀……但他想当薄浙的朋友，也应该再努努力，让自己稍微变得再优秀那么一点。

很俗气的想法，江淮羞于承认。

"老师们、同学们，大家上午好！"薄浙嗓音轻缓，"冬日春来，新年辞旧，在这个二月，我们的新学期开始了……"

他微低眼，睃过台下的江淮。江淮恰抬眼。

四目相对。

恰好一个在说，一个在想：新的学期开始了。

从国外回来，放寒假的最后这几天，薄浙一共在家住了两天。

柯瑛有意想和薄浙说话，但薄浙一直对她爱答不理，她说十句，薄浙回应一句。

尽管往常她和薄浙也差不多是这种交流模式。

薄浙独立，原本在家就话不多，但关键时刻，薄浙不肯搭理她，就让柯女士格外生气。

一到关键时候，儿子丈夫就纷纷掉线。

尤其是丈夫，不帮着她就算了，还偷偷帮着儿子打马虎眼儿，再被逼急了就去公司，拿工作忙当借口。

柯瑛当惯了闲散的富贵太太，薄贤也不需要她在公司帮持什么。平日里，她就和一帮圈子里的姐妹聚聚会、喝喝茶。但最近托了丈夫和儿子"沆瀣一气"的福，柯女士的社交活动锐减，每天就待在家翻翻书、翻翻报，实质在想东想西。

她记起薄浙有个关系还不错的同学，好像是叫陈逢泽。

她和陈逢泽不熟，但她认识陈逢泽的妈妈。

开学第一天，中午还没放学，陈逢泽收到了他妈妈的一条微信：

"你加一下薄浙妈妈的微信，柯阿姨说有事要问你。"

陈逢泽："啊？"

大致聊过几句后，陈逢泽同学收到了柯女士的试探性消息——

Keara："小陈，薄渐班上有个叫江淮的男生，你认识他吗？"

Keara："如果认识，我想听一下别的同学对江淮的评价，可以吗？哈哈。"

陈逢泽："……"

柯阿姨最后俩"哈哈"，哈得他头皮发麻。

柯瑛等了好一会儿，正当她以为陈逢泽上课了准备算了的时候，陈逢泽给她发来好长一段话——

小陈："认识是认识，但评价这种事嘛，太主观了，我个人不好说。阿姨我们学校有个校园网论坛，我们学校认识江淮的同学还是挺多的，阿姨你要是真的想知道，可以注册个号，去我们校园网论坛发帖问一问。"

Keara："校园网论坛？"

中午临放学，校园网首页刷出一个新帖——

"请问大家认识江淮吗？江淮是个什么样的人呀？"

正好赶上放学，大家都挺闲。

豆奶："嗯？"

劫："我眼花了？这是能在校园网上出现的问题？"

你哥："小妹妹是哪个初中的，上初三了？"

无能狂怒："你外校的？不认识，不知道，下一个。"

校园网注册新账号要身份证实名认证，柯女士单注册账号就弄了快一个小时。结果一发帖，几秒钟刷出来的回复险些让柯女士气得把手机摔地上。

好几分钟后。

楼主："我初二，听表哥说的江淮，说是个很帅的男孩子，所以我想来听听江淮是个什么样的人呀。"

最 A 的 A："喔唷，学妹啊？"

柠檬树："听这个语气，是姐妹吗？"

8班班主任："啧啧啧，连还没中考的学妹都听说过江哥了，这个家伙，怎么这么能招蜂引蝶？"

柯女士只想把这群毛没长齐的小孩挨个揪出来教训一顿。

195

喵呜："你们的良心不会痛吗？学妹别听他们瞎说，你好好准备中考！"

李白："你拉倒吧。"

楼主："到底怎么回事呀？"

喵呜："那都是瞎编的，不是事实！你再说我就要举报你传播谣言了！"

李白："艺术来自现实，懂？"

楼主："你们是在开玩笑吧？"

不想学政治："嘻，一群蠢人靠不住。"

不想学政治："江淮在校园网上的帖子我都收藏了，给你把链接都发过来，江淮啥样的人，学妹你自己在帖子看吧。"

"不想学政治"在楼里刷出近百层楼，全是网页链接。

柯瑛算是舒出口气。这群小孩里好歹还有个靠谱的。

柯女士翻到顶上，点进了第一个网页链接。

柯瑛略微停顿，点开了第二个——

"《我靠炼金征服世界》新章：我，江淮，一个平凡无奇、身无长处的家伙，居然一朝点石成金！"

柯瑛："……"

是日，在以她上大学念书时的认真劲研读了这校园网论坛里近百个网页链接后，柯女士开始怀疑人生。

开学第一天，老林下午最后一节数学课也被他上成了班会课。

这几天江淮缺觉缺得不行，支着头在底下昏昏欲睡。天色稍晚，橘色的霞光从后门折进来，微微刺眼。

他桌肚底下的手机振了下。

江淮没搭理，但没过一分钟，又连着振了两下。

他皱起眉，掏了手机出来准备关掉振动。

但他忽然看见发消息的人是"江总"。

江俪在江淮的微信备注里一直是"江总"。

江总："在学校吗？你出来接个电话。"

江总："在吗？"

江总："我有事找你。"

江淮愣了一下。不是周末节假日，江俪很少会主动来找他，就是找他也大多都是发微信聊几句，聊着聊着冷场了就自然不聊了。

江俪在美国，可她一直记着国内时间，一直记着江淮上课、上学、放学的时间，就算发消息问最近怎么样，也不会挑在上课的时候。

江淮坐了两三秒，没回，径直起身，转头从教室后门出去了。

林飞瞥过江淮一眼，以为他是去上厕所，没多管。

江淮确实去了厕所。

还在上课，走廊静悄悄的，厕所也没有人。

他走到最里的隔间，靠在隔间门板上给江俪回了个电话。他这边现在是下午最后一节课，但江俪那里是凌晨。

"妈，"他低声叫，"我在上课，你有事吗？"

江俪像是没想到江淮会主动打过来，像是无话可说，静了好久，才出声："小淮。"江淮听见她嗓音稍有些抖。

江俪很久没叫过江淮"小淮"了，在江淮小学的时候会这么叫他。

可后来，江淮长大了，比她还高，"小淮"就变成了"江淮"。

江淮沉默了几秒，问："是不是出事了？"他嗓音一向冷，却也稳，又说，"你别害怕，告诉我。"

"小淮，"江俪说，"没出事，是你爸爸来找我了……他想让你回家。"

国外也快天亮了，江淮不知道江俪多久没睡了，听上去她语无伦次："他……你爸爸再婚了，他和别人又生了个孩子，但他想要……他想让你回去。我来找你，我想问问你的意——"

"陌生人。"江淮轻声说，"不用理会。"

江淮对"父亲"没有印象。

这并非因为怨恨、憎恶或者某些反感让他说"我不认识我爸"这种话，而是一个不掺杂他本人主观情绪的客观事实。

他至少十年没有见过父亲了。

而即便是在他小时候，他对父亲的印象也少得可怜。父亲并没有来找过他，江淮有且仅有的关乎父亲的一点记忆，就是在他几岁的时候，父亲和江俪似乎还有联络。

联络并不多,父亲偶尔会来找江俪,想给她塞些钱作为抚养费,但江俪都没有要。

后来,父亲就再也没有出现过。

父亲对江淮来说是个陌生人。他并不关心父亲目前的生活、去向。

他甚至都不知道父亲叫什么名。"江淮"是江俪给他起的名,他随江俪姓。

江俪也从来没有在江淮面前提起过父亲。这么些年过来,江淮仅知道父亲是江俪的大学同学,江俪还在怀孕的时候,他出轨了,江俪办了离婚。

江淮说:"我不认识他,你不用来问我的意见。"

江俪静然。许久,她嗓音稳下来,低声问:"小淮……我和你提过你爸爸的事吗?"她年长,是长辈,应该是孩子的依靠,可她不自觉地想依靠江淮。

哪怕江淮才十几岁,可她听见江淮的声音,心就安下来。

"没有。"江淮说。

"我和你爸爸是大学同学。"江俪说,"我怀你的时候还没有毕业,为了生你,先休学了一年,和严松去领了证……"

这是江淮第一次听说父亲的名字,严松。

他没出声,靠在窗边。

"那时候傻。"江俪声音低下来,"我和严松结婚的时候,严松一分钱也没有……他家条件很差,他是从小县城考出来的,我和他结了婚以后才知道他家里还背着十几万的债……"

她顿住,不说话了。

江淮也没有说话,等着江俪开口。

他拉了窗户,冷风卷进来。男厕很安静。

好久,江俪才慢慢说:"我年轻的时候做错了很多事,你没见过你外公外婆……就是因为我偷偷和严松领了证,和你外婆吵了一架,我离家出走,你外婆心脏病发作了……"她嗓音抖起来,又说:"我……我没脸回去了。"

她说:"我连我妈最后一面也没见上。可严松……严松也……也背叛了我。"

江淮靠在窗墙沿儿,习惯性地把手放进衣兜。

"他找了和我大学同班的一个女同学。"江俪说,"那个女同学家庭条件很好,也喜欢严松。你爸和我去办离婚的时候,和我说他想当人上人……"

198

江淮低着眼，不出声。

　　江俪说："他和我离婚后就又结婚了。他现在有个儿子，应该和你差不多大。他当了倒插门女婿，现在有钱了，他老婆前两年车祸死了。所以他来找我，问我能不能复婚，说你也是他的儿子。"

　　一个人的脸皮能有多厚？

　　江淮像听了句平常的话，平常地回复："让他滚。"

　　"我拒绝了，这辈子死也不可能再和他复婚！"江俪深吸一口气，"但他一直纠缠我。严松说能给你更好的家庭环境、教育环境……说他老婆死了，他丈人年迈不管事，等到以后，你也是他的儿子，也能继承他的财产。他说我可以拒绝，但我没资格替你拒绝，让我来问你的意见。他在国内，想和你见一面。"

　　江淮没什么表情："我没爸，所以你不用来问我。"

　　"好，那我去和严松谈。"江俪慢慢冷静下来，想想又咬牙切齿，"无耻之徒！你和星星在家要多注意，我怕这个混账再上门去找你。"

　　"不用担心。"江淮轻描淡写，"你好好工作。既然他在国内，把他拉黑就好了。他做不出别的事。"

　　江俪一时有种辈分错置的羞愧，她"嗯"了声，问："今天开学了吧？"

　　"开了。"江淮说。

　　"在学校好好努力学习。"江俪说，"我看你期末考试进步很大，定了目标吗？有想上的学校了吗？"

　　风从窗缝中吹来。江淮微微侧眼，望向窗外蓝色的天："可能有了。"

　　B市优秀企业家薄贤先生，在百忙之中，收到妻子一条——不是，是很多条微信消息。

　　忙归忙，开会归开会，儿子可以不管，但老婆的消息一定要看。

　　于是，薄贤抽十分钟，把老婆发过来的网页链接挨个儿点了一遍。

　　下午放学前，薄渐收到了薄贤的数条微信。

　　他随手划开——

　　爸："网页链接：当代年轻人必读哪些书？小编都给你整理在这里了！"

　　爸："今日好书推荐——《新世纪男人的自我修养》。"

　　爸："今日好书推荐——《教你如何做猛人》。"

爸:"今日好书推荐——《如何征服不羁的野兽?》。"

爸:"今日好书推荐——《军体拳入门》。"

薄渐:"……"

江淮又从后门进来的时候,薄渐的手机正逗留在《如何征服不羁的野兽?》的试读页面。他瞥过江淮,不动声色地把手机放回了桌肚。

但江淮没搭理他,径直回了座位。

好友每天都很冷酷。

薄渐想,他可能还需要一本《如何征服你冷酷的好友》的好书推荐。

老林还在开班会,还有两三分钟下课放学。

薄渐从后头拉了拉江淮的校服后角。

江淮没回头,稍往他后桌沿靠了靠,声音很低:"有事?"

如果直接说"没事闲的",薄渐目测要挨打。

他稍顿,矜持地道:"可以放学一起走吗?"

江淮扭头:"理由?"

薄渐:"想去你家玩。"

江淮:"……"

他迅速睃过趴在桌子上一睡不醒的赵天青,无情地从薄渐手里扯回衣角:"没门儿,回你自己家去。"

薄渐被迫松手。他从桌肚拿回手机,勉为其难地下单了《如何征服不羁的野兽?》的电子书。

"丁零丁零——"

放学铃响。

天色微昏暗下来,门框倒下一条长长的浓黑的影子。

江淮东西不多,拎了包起身,把凳子踢到桌肚底,屈起指节扣在薄渐桌沿:"先走了,拜拜。"

薄渐阻止他:"别,等我一起。"

江淮:"嗯?"

经过五分钟,薄渐又找到了一个新的借口。他说:"五月份会考,我去你家住两天,给你补补课。"

"滚。"江淮拍开企图蹭吃蹭喝蹭住的薄渐的手。

但十分钟后，两个人前后一起出了校门。

江淮是个心肠不够冷酷的男人。

今天放学江淮不用去隔壁小学接人。因为他开学了，阿财还在放假。阿财假期比他长一个多星期。

新的学期，江淮的学习进度还不太紧张。

但等到下半年，江淮就要上晚自习了，上到八点半。

所以到时候，江淮估计不得不去人才劳力市场招聘个保姆，不然实在顾不过来。

江总出国攒了些钱，初二的时候就让江淮雇保姆，但江淮觉得反正他事情不多，阿财不爱说话，不爱活动，找保姆来，万一出什么岔子，不如他自己来。

阿财也不是个让人费心的小学生，除了上学放学，基本没让江淮操心过。

作为一名小学生，阿财还在快乐地过寒假。

阿财拿着遥控器，正坐在地毯上看动画片，已经对薄渐来家里见怪不怪。

"嘭"，江淮把门关上。

玄关和客厅隔了一层置物柜，悬着顶小小的冷色灯。薄渐自然地从肩膀上摘了书包。

江淮和薄渐待在家里还算和谐。因为尽管薄渐在审美和个人偏好上依旧还是位十指不沾阳春水的仙子，但仙子很乖，已经学会帮朋友干活倒水了。

薄渐去厨房挑挑拣拣，江淮去督查阿财的寒假作业完成状况。

但江淮刚进客厅，就收到一条短信，是陌生来件人。

"你好。我是你的父亲严松，在和你妈妈交流过以后，我们都认为我和你需要见一面，所以我想问问最近几天你方便见面吗？"

江淮手指微顿，删除了这条短信。

可没多久，那边又发来一条——

"在抚养教育上，我承认我作为父亲亏欠你很多。这些年来，我也和你缺乏必要的亲情联系。但总归你身上流着我一半的血，我尊重你的想法，但还是希望我们能见一面，以父子的身份，放下过去，开诚布公地聊一聊。我想你妈妈也希望在你的人生中能多一个亲人。"

江淮又删掉了。

可还有下一条——

"我和你妈妈最近也在商量复婚的事情，我亏欠你们母子的，以后会加倍还清。我也希望在这件事上，能得到你的支持。"

江淮站住。半晌，他删掉最后一条短信，回了卧室。

薄渐在厨房挑挑拣拣半天，捡出两盒江淮的牛奶出了厨房。

等他回到江淮房间，推开门，看见江淮坐在阳台墙角。天冷，玻璃门起了层水雾，天色黑下来，远处亮着朦朦胧胧的灯。

江淮屈腿坐在地上，在打电话。

薄渐拉开门，皮肉几乎一下子就冷下来。二月已回温，夜里却还是冷。

江淮脱了外套，套着件单衬衣靠在墙边。

薄渐进来的时候，他刚刚好挂断电话。

薄渐没说什么，低下眼："地上冷。"

江淮刚给严松打的电话，没说别的，就是让他滚。

江淮不想让他的"滚"听上去掺杂任何气愤、怨恨，显得他像是在和谁赌气。所以，他多浪费了几分钟时间，和严松阐明再纠缠江俪要复婚，他就不客气了。

最后，严松气急败坏，喝骂了几句，匆匆挂了电话。

江淮站了起来。刚刚薄渐在阳台门外站了一会儿，等他挂断才进来的，所以，他也不确定薄渐听没听到什么他威逼恫吓的难听话。

他淡淡地道："我刚给一老给我发骚扰短信的傻子打了个电话。"

"是你父亲吗？"薄渐问。

江淮猛然哑口。

有关严松，这是江俪的事。他不想说。

他能做的，从过去到现在，一直都只有把那些烦扰、伤害赶得离江俪远些，离江星星远些。他要保护她们，虽然能力有限，但是他说话算数。

江淮没说话，喉咙发涩。

薄渐什么也没问，侧头轻声说："没事，以后有什么事，有我陪你。"

到了三月，学校的白玉兰树顶生出毛茸茸的褐色花骨朵儿。

天还是冷，只是白日里会慢慢升温到十几摄氏度。

开学后，日子循规蹈矩，早上上学，下午放学，晚上回家写作业。这学年下半学期没有上半学期那样声势浩大的学校节庆活动，每天都是上课。江淮有时会撞见隔壁楼的学长、学姐，连出来升旗都随身带着本薄薄的《英语必背3500词》，往来行色匆匆，讨论着一轮复习、一轮考试。

开学没半个月，有一场开学的摸底考试，考的不是新知识点，但有年级排名，用来考察同学们寒假的自学情况。

开学前一个星期，江淮天天起得比鸡早，睡得比狗晚。

开学摸底考试成绩下来，证明江淮的作业没白写。

开学考，江淮 497 分。

单从分上看，江淮甚至还比期末考试少了 4 分，但学校老师出的卷子是出了名的难。刨除年级"高层建筑"，譬如薄渐此类人物，级部普遍分低。

497 分，排年级八百名出头。

其中，江淮的语文作文，更是有了 1 分的"长足"进步。

薄渐仔细阅读过江淮的考场作文后，好久，称赞他一撇一捺写得不错。

江淮收回卷子，给了薄渐一个在惹恼他前闭上嘴的机会。

新学期校历安排被登到了学校官网。这个学期要稍长些，从二月到七月，四月底有一次统考，等进到五月，五月初接着科目会考，七月初期末考试，放暑假。

等暑假结束，再返校，就是新的一学年。

或许是学校营造氛围，也可能是老林十分看重，下学期开始，班里学习氛围比上学期紧张了许多。

当然，摸鱼的依旧摸鱼，睡觉的依旧睡觉。但音乐课、美术课上，越来越多的同学自觉上成了自习。老林下课，也越来越多的同学在讲台前围成一堆问问题。

这是一个矫情的想法——江淮从未如此清晰地感受到他身处一个集体。

他和绝大部分人都承担着一样的未来。

薄渐也是绝大部分人中的一个。

他早早预习完了课程，又难得的聪明，在学校，别人上课、上自习，他依旧该看课外书还是看课外书，该做一些考试根本用不上的竞赛题还是做竞赛题。但新学期薄渐请假的频率高了一些。他的目标不在课内，而是在外面，在那些有更优秀的竞争对手的平台上。

江淮去天台的次数比从前频繁了不少。

天台视野很好，风是冷的，可俯首看见楼下攒动的微小的人头，自己便好像高大起来，未来触手可及，心脏滚烫起来。

有时薄渐会和他一起来。

江淮偶尔会问薄渐："累吗？"

薄渐轻声说："你都不累，我怎么会累。"

江淮："想去哪儿上学？"

"等你报了，我再报。"薄渐看着他，"我要和你去一个地方上学。"

江淮偏头："别闹。如果你没认识我，你觉得你最后会报哪儿？想过吗？"

薄渐低笑出声："没想过，因为随便都能上。"

江淮："……"

去你的。

每回考试，无论题难题简单，薄渐这家伙的分数就像固定住了似的，永恒的730。

倒是江淮，随波逐流，题一难，过500都费劲。

开学摸底考试，物理组组长出的题，四道大题江淮三道不会。第二天成绩出来，江淮物理49分。

"开玩笑的，"薄渐唇角微弯，"别生气。如果没认识你……我可能会报T大金融系吧。"

T大，国内顶尖名校，江淮查过，本市去年最低录取分数线690。

江淮："……"

薄渐稍顿："或者P大金融系。"

P大，国内另一所顶尖名校，江淮查过，本市去年最低录取分数线689。

江淮："……"

"我不想努力了。"他微低头道，"要不等毕业，你去T大，我去T大技校。"

薄渐："江淮，有点志气。"

江淮眼皮微掀："我有志气。到时候你读书没钱，我打工赚钱可以借你。"

薄渐："……"

薄渐不知道江淮这是从哪儿冒出来的奇奇怪怪的想法，忍不住笑起来，小声说：“我不用你借我，你要是考得好，我奖励你。”

江淮瞥过去，似稍有动摇："那怎么算考得好？"

薄渐试探："考上T大？"

江淮："……"

江淮："滚。"

有句老话叫怕什么来什么，星期五，江淮放学踩着滑板从学校后门出来的第一想法。他也不是怕，主要是烦。

学校后门正街边停着一辆纯黑色的商务型迈巴赫，车身擦得极干净，在初春日的日暮下，黑色漆皮都熠熠生辉，连轮胎也保养得纹路里不见污泥。

一个年轻男人从车上下来，十分礼貌："您是江先生吧？严总在车里等您。"

江淮还穿着校服，这是他生平第一次不是去消费时，被人叫"先生"。

这个词对一个穿着校服的学生来说，正经到滑稽。

换句话说，摆谱。

江淮微眯起眼："严松？"

"是的，是严松先生。"

江淮扫过黑漆漆的车窗："他在车里？"

"严总在车里等您。"

江淮："他有事找我，让他下来说。"

校后门平日里车不多，除非周五放学，住宿生拖着行李出来，校前门校后门都拥堵得一般无二。但江淮出来得早，校后门出校的学生寥寥，大多是等着孩子放学的家长车辆。

年轻人犹豫了一下："您还是上车吧，在这里说话不方便。"

"他不下车，"江淮哂笑，"那我走了。"

他跳回滑板上，男人看出江淮真的要走，连忙拉住江淮胳膊："您先别走！"

江淮挣开，踩在滑板上，微抬了下下颏："怎么，光天化日，您还想绑架人口？"

他带着点冷冰冰的笑，说："松手。"

校门口人多，男人额头冒出层汗，立马松了手："没有，您误会了……那您先等一等，我去和严总说一声。"

学生会有事，薄渐稍耽误了几分钟才放学。

江淮发微信消息说他先走了。

可薄渐出校后门，一眼望见了江淮。

他没见过江淮的妈妈，但看过照片。江星星因为是领养的，所以和妈妈长得并不像，可江淮是亲生的，长得也不像。

江俪有一张秀气温婉的脸，江淮却天生眉目锋利，又瘦，线条几近刺人的嶙峋，看上去冷而不好接近。

薄渐想，原来江淮是和父亲长得像。

只是，江淮比他父亲远要锋利，像把磨快的刀。

严松衣着相当体面，鳄鱼皮皮鞋擦得锃亮，鞋面连因为穿过才有的折痕都看不见，袖口微微露出一块六位数手表的轮廓，喷着淡淡的男士古龙香水。

出来一趟，他带着两个助理和一个司机。

江淮看着他，兴味阑珊地想：这可看不出来是个二十年前从小县城考学出来，家里欠一屁股债，为了飞黄腾达抛妻弃子，给人当倒插门女婿，熬到老婆死了，还想和初恋再续前缘的混账东西。

不过，倒能看出来这混账挺能装的。

严松今天是特地打扮过，又带了两个助理来的。

他知道江淮小时候就和江俪一起住在旧城区那边的破房子里，一分钱都没有，就是江俪现在工作稳定了，江淮也没过过几天富裕日子。他就是这样的人，知道什么最能打动江淮这种自以为是、没有阅历的小男孩。

只要江淮叫他一声爸，他就可以给江淮更好的生活。

"江淮，今天——"严松开口。

江淮微微挑了挑唇角："怎么，挨揍来了？"

严松："……"

他的脸色肉眼可见地不虞起来："目无尊长，江淮，你听听你说的都是什么话？我是你爸！"

江淮懒洋洋地插兜站着："大街上呢，您讲点素质，别老骂人。随便从街边薅个人就跟人说我是你爸，你这人还有理了？"

严松："你！"

江淮轻嗤："叔，别挡路，要不我报警了。"

校门口人来人往，有学生有家长。

从严格意义上来说，这是严松从江淮出生到现在第一次来找江淮，跟严松想象的虽然儿子一开始叛逆，但是最后还是会和他父子相认的场景不大一样。

他险些被江淮气得梗住："你听听……你这孩子还讲不讲理了？江俪教养你这么多年，就把你教成这个样子吗？"

听见江俪，江淮微抬眼，盯着严松，不说话了。

严松误以为他提江俪，戳中了江淮的软肋。他语气缓和下来，压低声音："我知道你怨恨我，我也不怪你恨我，但我是你的长辈，无论是身份还是思维、能力，我和你妈都不一样，我能教你的，你妈妈永远教不了你……"

江淮没说话。

严松心下一喜，以为江淮低头了，继续说："在这个世界上，像你爸爸这样的人更能理解社会的游戏规则，有更多的社会资源，作为一个过来人，能教给你的经验是你妈妈给不了你的。我也能提供给你更好的教育环境和家庭环境，你还有一个亲弟弟，要是你回家，以后我的家产也都是你的……"

"咯吱"，江淮指节响出一声。

但严松未察，夸夸其谈道："我知道，我和你妈妈目前还没有复婚，你可能也在担心这个，但这件事情你不用多想，我和你妈妈复婚是迟早的事。你也知道，每个人都会犯错，这没有什么大不了的……"

薄渐跑过去。

他听见了。

他以为江淮是在和父亲说事情，所以没有过去。

可听着听着，他想去把江淮的耳朵捂起来，拉江淮走。

因为不是这个样子的，事情不是这个样子的。

没有人天生就比谁矮一头；没有人天生就该这样卑贱，被人侮辱、看不起、背叛，却只能忍气吞声。

可薄渐还没有来得及拉走江淮，江淮就猛然一拳打在严松的脸上。

严松猝不及防，根本没想到，被打个正着。

薄渐停了下来。

严松差点被亲儿子打到地上去，助理大惊失色，连忙跑过来扶严松："严总！"

行人纷纷侧目。

严松恍惚好几秒，才忽然反应过来，勃然大怒："江淮！你在干什么！你连你爸都敢——"

"滚。"江淮说。

严松狼狈且愤怒，再也看不出刚才的体面。

他狠狠搡开助理，反手一巴掌朝江淮扇过去："兔崽子，给脸不要脸，还反了你了！"

可他的手没扇下去。

江淮侧头，看见了薄渐。

薄渐握住了严松袖口，严松平熨的西服袖口被他攥得发皱，轻轻说："先生，你不觉得丢人吗？"

严松看见是一个男生。男生也穿着和江淮一样的黑色校服，比江淮要高。男生弯着唇角，眼里却不见笑："适可而止。"

严松隐隐约约觉得这张脸有些熟悉，却想不起来在哪见过。自己理应没见过，一个普普通通的学生，怎么可能接触得到自己？

他两眼一瞪："你又是哪来的小崽子？松手！"

自从严松在丈人家的公司当了管理层，就鲜少这么跟人吆五喝六的，得端着。可这俩毛都没长齐的小兔崽子，其中一个还是他儿子，都要骑到他脑袋上了。

先有你爹后有你，子从父命，这都是老祖宗传下来的规矩！严松心想。

助理赶紧来拉人，严松狠狠地把手臂往外挣，但意料之外，男生忽然松了手，严松没刹住，猛地一踉跄，险些没站住，被连忙过来的助理给扶住了。

他脸色愈来愈差，上下打量着男生："你是谁？"

要不是在校门口，他恨不能就把这男生一起给教训了。

薄渐微微垂眼："江淮的同学。"

严松讥道："同学，那你知道我是谁吗？"

薄渐没说话。

严松指着江淮："我是江淮他——"亲爸！我跟我儿子说话，有你什么事？你还动手？

但严松这句话没说完，江淮懒洋洋地把手机屏翻过来，正对着严松："我报警了，有话等去派出所一起说。"

严松细眼一瞧，上面显示正在通话中，拨打号码"110"。

"你这是干什么？有必要报警吗？挂了！"严松一惊，也顾不上跌份儿，就去抢江淮的手机，"这有什么好报警的？你这不是自找麻烦……"

江淮躲开，冷冰冰地睨着严松："要不一起等警察来，要不赶紧滚。"

严松手扑了个空，脸色青红黑白都转了一遭。

他当然是不怕警察，自己什么身份地位，能怕警察？

他就是怕江淮这小崽子万一真把警察叫来，到时候警察把他们带回派出所，这事要传进他老丈人耳朵里，让那老头知道他背着家里出来偷偷认儿子，那麻烦可就来了。

"一条穷命，不识抬举！"严松从牙关缝磨出一句话，转头踹了脚助理："走了！"

校后门外街不算拥塞，严松也不摆谱了，"嘭"地带上车门，迈巴赫扬长而去。

江淮低着眼皮，慢慢吐出一口气。他踩回滑板，懒洋洋地把手机揣回衣兜。他看着薄渐半晌没有说话。

"他走了。"薄渐轻声说。

江淮从没想过严松会到校门口来找他，也从没想过薄渐会恰好撞见。于是，这件原本就滑稽的事，在严松的话语下，显得愈发滑稽可笑。

江淮感到一种恐惧，好像失去了保护别人的权利和能力，成为某种需要仰仗别人庇护的人。

他衣兜里的手稍有些抖，嗓音却很稳："知道。"

薄渐垂眼，认真地望着他："真的报警了吗？"

"没。"江淮低头轻哂，"网上找的通话截图，骗骗没脑子的人。"

说完，他自觉好像把薄渐也划进了"没脑子"的一类人，看了过去："不包括你在内，你有脑子。"

薄渐笑了声："嗯，我有脑子。"

近六点钟，天沉暗下来。

拖着行李箱出校门的住宿生愈来愈多。

薄渐："走吧。"

江淮不大自在："去哪儿？我和你不顺路。"

薄渐："和你一起去接江星星。"

江淮抬眼："你家司机不是在等着你吗？"

"没事。"薄渐轻笑起来，"他被我放鸽子习惯了。"

江淮："……"

两人拐出街口，行人车辆少了些。

树木、高楼倒出长长的影子。夜色将至，风冷下来。

江淮踩着滑板，有一搭没一搭地往前滑。他要稍快些，薄渐就落后两个身位，只看得到江淮的后脑勺。

"其实没什么事，"薄渐听见江淮说，"你不用陪我。"

江淮挎着包，薄渐跟在他后面，像小朋友排队，又像是玩老鹰捉小鸡，幼稚得不行。

"我爸妈离婚很多年了。"江淮说，"今天到校门口来发疯的那个男的就是我爸。我有十多年没见过他了。"

江淮懒懒散散地道："他想让我去他家，可能是嫌弃他和新老婆生的儿子不顶用，他准备让我继承他非知名乡镇企业家的祖业。"

薄渐："……"

江淮稍回头，嗤笑出声："那我能回去吗？要让我觍着脸给人当儿子，好歹至少得是个知名乡镇企业家，单单有钱——"

薄渐一惊，扯住江淮校服："小心！"

江淮："嗯？"

没等江淮反应过来，滑板前头撞到梆硬的石头墩子上，人仰板翻，薄渐拉校服拉了个空，江淮人下去了，校服掀到头顶。

薄渐："……"

江淮坐在地上，静了一会儿，有始有终地说："是很难打动我的。"

光顾说话没看路，江淮自己也觉得傻。他想薄渐肯定又要笑话他了。

可薄渐没笑。

他蹲下来，把到江淮肩膀高的校服下摆拉下来，理整齐："那什么能打动你？"

"开玩笑的。"江淮"啧"了声，笑起来，"那种人，有名没名，我都不可能觍着脸去给他当好儿子。"

"我知道。"薄渐放轻声音，"但我问的是，你在害怕什么？"

江淮愣住了。

薄渐注视着他，浅色的眼像浮冰的水，干干净净。

薄渐说："我觉得你在害怕一件事。"从他刚刚认识江淮，就发觉，江淮在害怕一件事。

薄渐问："你在怕什么？"

江淮不知道薄渐具体在问什么，可他心悸起来。

他反问："你说我在怕什么？我怕什么了？"

薄渐沉默了半晌。许久，他才开口问："你怕别人看不起你，觉得你好欺负，是吗？"

他想，江淮确实是个嘴硬骨头硬，打死不肯低头的个人英雄主义者。

"你怕你保护不了别人，"薄渐说，"别人还倒过来可怜你，对吗？"

江淮静了。他撑在地上，手指握在一起。

"没那么夸张，"他轻描淡写地道，"就是为了麻烦能少一些。"

能更轻松，更自由些。

能去做他想做的事。

他散漫惯了，不喜欢拘束。

"麻烦少一点，快乐多一点。"江淮从地上爬起来，"愿望是很美好的，但世界上的麻烦事儿总有那么多……总要有人多承担。"

他冻得通红的手拍了拍土，说："我妈够苦了，我替她多担点儿。"

薄渐笑道："找谁麻烦都别找你麻烦，应该是有脑子的人的共识。"

江淮也笑了："所以那些人是脑子没长好？"

薄渐耸肩道："确实。"

天色渐暗，西边的天空漫开霞彩艳丽的红紫色。

江淮忽然觉得那些像夜中影子一样幢幢而模糊的恐惧离他远了些。他想起江俪，十七年，他吃喝用住的每一分钱，都是江俪赚来的。

他两三岁时的记忆已经很模糊。

他只记得那时江俪要一边读大学，一边照顾他，还一边打零工，做些黏珠子、串珠子的手工活，赚出两个人租在一套破房子里要开销的所有钱。

"一个人有没有能力、够不够优秀、能不能保护别人和身份之类的没关系。"薄渐轻轻地说，"你妈妈一个人养大你，不算保护你吗？"

江淮静然。好久，他低着眼："我知道的……谢谢。"

"非知名乡镇企业家"严松先生，正坐在他的迈巴赫里，火冒三丈地咒骂这个儿子给脸不要脸，猛然想起来他为什么会觉得江淮那个没大没小的男同学眼熟。

因为那个男同学和薄贤长得有五六分相像。

如果把薄贤比作开全国连锁超市的老板，那严松，不光严松，算上他丈人，他们开的差不多就是个村口小卖铺。

严松脑门儿一下子冒出冷汗来。

薄渐今天回家回得稍晚。

前段时间薄贤忙得脚不沾地，这几天刚刚清闲了一些。

他靠着软椅，坐在壁炉边，拿着份报纸，瞥过儿子。七点多，儿子才放学回家。但儿子仪容整齐，不像是发生过什么事的样子。

他随手又换了份报纸，清清嗓子："放学了？"

"嗯，周五。"

国内知名企业家薄贤先生不动声色地睃向薄渐："前几个星期我给你推荐的书，你都看了吗？"

薄渐微微顿脚，侧向父亲，似笑非笑："《教你如何做猛人》还是《军体拳入门》？"

被儿子直接叫出这些电子书的全名，薄贤脸上稍有些挂不住。他咳了声："怎么样？学到什么没有？"

薄渐："用不上。"

薄贤一愣："嗯？什么叫用不上。"

薄渐弯起笑容："不需要。我不需要学如何做猛人，也不需要学军体拳。您要是喜欢钻研这些东西，我建议您多买几本书收藏在家里，亲自研究。"

薄贤："……"

薄贤咳嗽了两声："我觉得你们这个年纪，尤其应该多注重培养思想上和精神上的高级趣味，追求人格上的沟通和交流。"

薄渐没懂，觉得今天大概不适合和他爸说话，摸不出他爸说话时的想法和动机。

他稍顿，忽然问："爸，你知道严松吗？"

"严松？"薄贤皱起眉来，"不知道，你同学？"

"不是。"薄渐露出一个笑，"是中诚电子科技的副总经理。"

薄贤眉头蹙紧，又舒开："中诚我知道，老企业了，董事长姓朱，下面的管理层我不了解。你从哪儿听说的中诚？"

"没。"薄渐轻笑道，"我就想要个联系方式，给中诚的董事长寄封邮件。"

薄贤有些惊讶："什么邮件？"

"一些他家的私事。"薄渐说。

今天，柯女士难得外出散心，薄渐在楼下多和父亲聊了几句，拎书包上楼回了房间。

但他刚刚上楼，手机"叮"的几声响，是薄贤给他发的消息。

薄渐一边漫不经心地想有什么话刚才在楼下不能说，一边点开了微信。

爸：网页链接——那些伤痛是否值得？今日好书推荐《我在兵荒马乱的青春里痛哭流涕，万帆皆过，如今我终于懂得，众生皆苦》。

薄渐："……"

他爸就准备让他读这种书，来提高精神上和思想上的高级趣味？

BOHE

YINJI

第八章
江总

自江俪打电话来说过严松的事,之后江俪联系江淮的次数就频繁了很多,几乎一天一个电话。

她几乎是有些神经兮兮的,每天问江淮:"严松有没有去找你?他有去骚扰过你吗?"

找了,也骚扰过了。但江淮每次回:"没有。他最近有去找你吗?"

"没有,我把他号码都拉黑了,再说我离得远,他也找不上我……"江俪有些犹疑,"但我担心他会找你。严松那么死皮赖脸的一个人,真的没去找你?"

严松当了这么多年的倒插门,手里也有些人脉。

她的号码就是严松不知道从哪儿查出来的。

江淮还在国内,她不相信严松会查不出来江淮的号码和住址。

她知道严松不至于做出什么害人的事来,他就是想让江淮"认祖归宗",但这就够了。严松这种没脸没皮的人,会一直不停地去骚扰江淮,直到江淮肯叫他爸。

江淮说:"没来。前段时间给我发过几条短信,我没搭理,后来严松就没再找我了。"

江俪半晌没说话,不知道在想什么。

好半天,她出声:"好,那我知道了。你在国内好好学习,别的不用操心,有事就打电话找我。"然后就挂了电话。

星期一,江淮翘了升旗仪式。

他撑在天台栏杆前,底下穿着黑色冲锋衣校服的学生都模糊成了一个个黑点,在绿绿的人工草坪上攒动。

高高的升旗杆上,国旗微微飘扬。

其实他不算骗江俪。

严松找过他几回,但自从上星期来学校后门挨了打,严松就再也没来找过

215

他。没短信，没电话，没上门，好像销声匿迹了。

可能是这人天生长了一身贱骨头，不打不老实，也可能是突然想开，觉得以自己的名号，不缺他一个儿子。

这些都有可能，只是江淮又隐隐约约直觉似乎要发生什么事。

不过，严松的事他不关心，也没必要细想。

浪费时间去想严松的事，他还不如多往数学错题本上整理几道错题。

在薄渐的建议下，江淮多出一个数学错题本，一个物理错题本，一个化学错题本……有一说一，化学错题本本来是没必要的，理科四科，江淮化学学得最好。但因为开学那天，他没睡醒在黑板上看着赵天青的寒假作业写出一个铜铝制金的化学式，化学老师看江淮的眼光都变了，就是那种看班内化学差生的眼神。

三月底的考试，江淮给自己定了两个目标。

第一个：物理及格。

第二个：进入年级排名前七百。

江淮原来定的第二个目标是"进入年级排名前七百五十"，但他后来查了查近年国内各大高校录取的分数线，尤其是T大和P大的。

江淮将目标前调了五十个名次。

这学年下学期的节奏要比上学期快很多，考试多、课程节奏快，班里气氛沉闷许多，同学们都闷着头写作业、做课外练习题、找人问问题，连赵天青这样四体不勤的懒散户上自习都老实不少。

江淮从来没有过过这样的生活——认真上课，认真写作业，努力在课外闲暇时间多背几个单词，多做几道小题。

有时候，他觉得闷，觉得没必要，不喜欢拘束自己，但查一查去年T大最低录取分数线和T大对门技校的入校条件，江淮觉得他又行了。

这些话江淮都没有和薄渐说。

因为他觉得有些丢人。他一个年级吊车尾，却还想着能不能和年级第一考同一所学校，像白日做梦。

周三有场物理小考。

上午物理课考试，下午放学前成绩就发下来了。

这次是选修课本中几章电磁感应的考试，不是综合考试。

"电磁感应"这一章他们班还没有完全学完，老师没出难题，大部分都是从预习学案上的练习题型变通过来的。

于是，江淮考了他物理生平最高的一次分：85分。100分制。

物理课代表在放学前最后一节课上课前的课间发的小考卷子。

往常发卷子，尤其是发物理卷子的时候，薄渐都能看见前桌失去表情地把卷子和答题卡团到一起，塞进桌肚。不用看，薄渐也能揣测出江淮大致考了个多么惨不忍睹的分数。

但今天，薄渐微微抬眼，破天荒地觑见前桌从讲台上物理课代表手里拎了物理卷子回来，然后把卷子在课桌上摊平，压熨整齐，像恨不得拿一把电熨斗把卷子熨得服服帖帖，黏在课桌上。

薄渐忍不住问："考得怎么样？"

"还可以。"江淮回答。

薄渐心想：你这样可不像仅仅是"还可以"。

他轻声一笑："过80了？"

江淮："嗯。"

"那你进步了，"薄渐说，"现在都能考过及格线20分了。"

"没有，就是这次题简单而已。"江淮难得主动扭头过来，嘴上谦虚，表情也不多，眼神里却有股眼巴巴求夸的意思，"才85，也没多高。"

赵天青没在，后排也没几个人。

薄渐眉眼弯起笑，听上去颇真情实意："你好厉害啊！电磁感应这么难，都能考这么高，我都不一定能考到85。"

江淮想被夸，但薄渐真夸他了，还夸得这么夸张，他又有些不好意思。

他半信半疑地瞥过去："你会考不到85？"

"我都好久没做过电磁感应的题了，定理都忘了。"薄渐难得趴在课桌上，下颌抵着手腕，"题我都不会做，肯定没你考得好。"

江淮皱起眉来，又在嘴上稍谦虚了一下："没有，我也没考得多好……但你要是题都不会做，最近好好听听课，这次卷子上的题都是预习学案上出过的，也不难，多下功夫……"

物理课代表把没去讲台翻卷子的同学的试卷都挨个发下来了，刚好发到薄渐。他把卷子递过来:"薄主席,你的物理卷子。"

江淮顺眼睇过去——

100。

"……"江淮静了。好半晌,他失去表情。

想给小江鼓吹自信,被卷子露馅的薄渐:"……"

临放学前,江淮收到两条微信消息,来自江总——

"我今天的飞机,国内明天凌晨到,应该能在七点前到家。"

"刚订的机票,昨天公司才批下假来。因为怕批不下来假回不去,所以没和你早说。"

江淮稍顿,回复:"怎么突然要回来?"

"放心不下你和江星星两个人在家。我是半个月前申请的假。"

江俪几乎一年都没有回过国。

她年薪不低,虽然 B 市房价跻身国内前线,但把江淮在学校附近租的房子全款买下来对她来说也不是负担。只是她年轻时穷怕了,总怕她赚的钱不够多,养不起江淮。

她这辈子都不想再回城东旧区,过那种别人都看轻她的日子,也不能让江淮过。

江淮念书成绩不好没关系,她来铺前面的路。

但江俪万万没想到,严松居然还有脸面回头纠缠她和江淮。

她已经把江淮一个人扔在国内了,不可能再把江淮一个人扔给严松。

她这几年基本全年无休,这次申请到一个月的假。

真正的强者:"我没事,严松真没再找我。"

江淮给她回消息。

每次看见儿子这个昵称,江俪都想笑。

没等江俪回复,江淮又慢腾腾地发了一句话。

真正的强者:"但你回来休息休息也挺好。"

放学铃响了。

江淮抽出几本错题集和练习册塞进书包,拉上拉链,从桌肚拎出书包来。

还没等他起身，薄渐忽然说："你等等我。"

江淮侧头："今天有事？"

"没事，顺路。"薄渐说。

江淮："我家往东你家往西，谁跟你顺路？"

薄渐："从教学楼到校门口顺路。"

江淮："……"

一打铃，赵天青头一个，火箭似的飞出后门，又"嘭"地关上门。

江淮旁边空下来，他瞟过周围，转个身坐过来，面对着薄渐。他摸了摸薄渐的钢笔，声音不大："你今天不能来我家，我妈要回来。"

薄渐瞥他："我们这么伟大的友情还需要回避家长？"

"……"江淮警告，"薄渐，不用的嘴可以捐掉。"

薄渐闭嘴。

他看江淮看了好一会儿，小声道："翻起脸来——"

江淮："闭嘴。"

临出校门分道扬镳前，薄渐像随口提到，偏过头来问江淮："最近严……你爸还来找过你吗？"

江淮不知道薄渐怎么突然想起严松，但没什么好瞒的："没，怎么了？"

"没怎么，"薄渐说，"就是怕你烦心。明早见。"

江淮凉飕飕地瞥过去："今晚上别找我视频，就明早见。"

薄渐将将迈出校门口的脚一顿，又收回来，从善如流道："哦，我忘了，今天晚上还要辅导你会考复习。"

江淮："……"

阿财乖乖地待在三年二班教室等江淮来接。

江淮来得不算早，每次都要将近六点钟。但阿财班上还有几个因家长工作忙而未接的小同学，也和阿财一样乖乖地待在教室里等爸爸妈妈下班来接。

明诚小学是划区的公立小学，不少学生的爸爸妈妈都是普普通通的上班族。

江淮靠在三年二班门口等，阿财自己装好书包，晃晃悠悠地从教室探头出来。

他摸了一把阿财的头，把阿财的帽子拉上："回家了，江总明天回来。"

阿财一下子抬起头。她头一回这么主动，跟个小跟屁虫似的跟着江淮。

"江总说她明天早上能到家。"江淮懒洋洋地微眯起眼，"江总请了一个月的假。"

江俪早上不到六点到的家。

阿财还在做春秋大梦，江淮醒得早。他习惯早起晨练，一般五点多就起了。他以前晚上睡眠质量差，凌晨三四点就能醒。

只是，最近因为耽于学习，熬夜苦读，日渐体虚，他起得越来越晚。

江淮洗漱完，去厨房做了三份三明治。

他咬着面包片从厨房出来的时候，门铃响了。

他是去年夏天搬的家，江俪没有这套房子的钥匙。

江淮打开门，江俪在门口。

江俪拎着一个很大的行李箱，围着厚厚的羊毛围巾。江淮不随她，比起江淮，江星星都和她更像是亲母女。她有一张秀气的脸，眼角圆钝，江淮皮肤白是和她相像的。她有皱纹，但是不显老。

"妈……"江淮出声。

江俪费劲地把行李箱搬进门里，江淮搭过手："我来吧。"

"不用，不沉。"没有生分，也没有多余的寒暄，江俪把行李箱推到玄关，摘了围巾挂好，视频里她没得说，回了家就絮絮叨叨起来，"我就知道你起得早，你以前四点多就爬起来了……你找的这个房子我看还不错，但咱一家三口，老租房子住也不像回事，正好我回来一个月，你星期六有空就和我一起去看看新房子吧，趁我在家，选一套，把手续办一办，新家可以先装修着，你们先继续住在这儿……"

江淮左耳朵进右耳朵出，叼着面包片去给江俪倒了杯温水递过去："吃早饭了吗？"

"在飞机上吃过了。"江俪接过水来，"在学校没有什么事吧？"

其实没必要问。她回来前几天几乎天天都给江淮打电话，要问的都早问过了。但她这次回国，除了怕严松来找麻烦，还有别的打算。她想问问江淮学习上的想法。

"没。"江淮回答。

江俪笑了笑:"你现在有目标吗?"

江淮抬眼:"什么目标?"

江俪:"准备考的学校。"

江淮静了一会儿,从嘴里拿下面包片,半晌,他说:"T大。"

江俪也静了。好半天,她镇定地道:"你要学会长大。"

江淮:"……"

被薄渐带的,江淮也开始在学校写作业了。

但他没薄渐那么厉害,课全不上,都拿来写作业,考试成绩一下来,还回回排名第一。他就顶多课间写几道题,副科课和自习课上做做作业。

提前在学校把作业写一部分,回家负担就轻很多。

五月初全市统一会考,刚刚三月上旬,薄渐近日就天天打着"给前桌辅导考试"的名义,每天按时按点给江淮发起视频通话。

事实上,也不是辅导。

薄渐看书,江淮做题,也没有多说多少话,只是薄渐习惯和江淮这么通着视频一起学习,要哪天一个人看书整理复习资料就闷得慌。

好像过去十几年,他从没有过"累"的意识,也从没和谁说过累。

可遇到江淮这样的人以后,他忽然觉得生活太累,只有和江淮待在一起,才不那么累。

但有时候明明他并不累,也还是会对江淮说事情多、累、不好受,这样就能每次都成功骗江淮心软,答应许多事。

江淮刀子嘴豆腐心。

七点半,江淮的手机收到一个视频通话邀请。

江淮正支着头转笔,极其低效地写着物理作业,手机冷不丁一响,中性笔"啪嗒"掉在学案上。他瞥过去——"BJ"。

"您今晚又有事?"他懒洋洋地接通。

手机屏小,画面却很清晰。

薄渐稍稍后靠,靠在沙发上。他身上的校服还没有来得及换下来,只摘了外套,剩下一件干干净净的白色衬衫。校服配套一根长长的黑色领带,但江淮嫌太傻，从来没系过，只有薄渐这种天天在学校演讲，又代表学校出去演讲的好学生才会系这个玩意儿。

薄渐膝盖上放着一本崭新的精装《A Survey of British Literature》。

薄渐天生长了张欺诈性极强的脸，不开口说话，任谁看见他都以为这是位当代优秀学生典范标准上的好学生。

江淮瞥过去，心想：人模狗样。

"没事我就不能来找你吗？"

"没事就没事。"江淮嘟囔，头也懒得抬，抬笔继续写作业，"你安静点，别耽误我写作业。"

"不耽误。"薄渐轻笑道，"你好好写，有不会的可以问我，我酌情解答。"

江淮："什么叫酌情？"

江淮听见薄渐翻书的声音，一边问，一边随意瞥过手机屏。

薄渐把手机用支架竖在沙发边的小柜子上，自己侧对着摄像头。

江淮睨过一眼，在薄渐的《A Survey of British Literature》内页看见几行模模糊糊的中文宋体字。

"看心情。"薄渐用手指熨平书本中缝，轻飘飘地道，"如果我教的小朋友乖，就多讲几道，小朋友不乖，就少讲几道。"

"……"江淮沉默了会儿，却没就这个话题聊下去，问，"你看的什么书？"

薄渐："英国文学概论。"

江淮："别编了，我看见内页印的都是中文。"

薄渐："……"

薄渐面不改色，从旁端起一杯水，轻抿一口："中英双译本。"

但他喝完水，微微起身把杯子放回去，牵动到膝盖，《A Survey of British Literature》从他腿上被掀翻下来，书从包在外面的外封里掉出来。

江淮看见书的标题——《我在酒吧当酒保：那一天，我十八岁生日，受尽旁人侮辱》。

江淮："……"

薄渐："……"

江淮："看的……这种书？"

"没有。"薄渐神情不变，"这是我爸的书。我爸最近很沉迷这些书，所以我借过来想看看我爸都在看什么。"

江淮："……"

书封上印着一张肌肉健硕、穿着紧身皮裤的硬汉写真图。

"哦。"江淮咳了声,没什么表情,"你爸要是喜欢看这些书……我建议你和你妈说一声。"

薄渐从善如流："好的。"

江淮卧室门忽然被敲响两声。

他扔了笔,拉开椅子："我去开门。"

江俪端着一盘水果,递进来:"我洗了蓝莓和草莓,给你写作业的时候吃。"

自从江俪回国,江淮点外卖次数直线下降。

他亲妈厨艺一流,尤其是炖汤。早年,江俪找不着合适的工作,想过攒些钱去开个小餐馆,还特地在家练了好几个月。

江淮就是从他妈炒菜忘了放盐吃到一般外卖也比不上他妈手艺的小白鼠。

江俪回国一个星期了,在国外忙,回来也没闲住,先把家里内内外外从卫生到江淮和阿财都倒饬了个遍,除了江淮卧室——江淮死活不让她进,又城南城北地跑,看合适的新房子。

对置办新家这件事,江俪十分有热情,但江淮兴趣寥寥,问就是"随便""都行""没意见",于是江俪很快踢了江淮,找阿财和她一起谋划新家。

阿财对别的毫无兴趣,唯独跟江总一拍即合,跟阿财在一块儿,江俪永远不用担心冷场。

江淮接过果盘,叉起一块草莓吃了,含含糊糊道:"行,谢了。"

江淮接了果盘,但江俪看上去也没有要走的意思。她看着江淮笑笑。

江淮:"还有事?"

"也没别的大事,"江俪笑道,"就是还想和你聊聊你学校的事。"

江淮沉默了几秒,把门拉开,让江俪进来:"你想聊什么?"

江俪拉过江淮的椅子坐下,江淮原本想坐到床边,忽然瞥见书桌上的手机。他不动声色地拿过手机,反扣到床上。

江俪没多注意:"我想问问你明年考试有什么打算吗?"

江淮松松垮垮地坐着,挑起一颗圆滚滚的草莓,懒散地道:"没打算。尽最大努力,跟着学校复习,到时候能考几分考几分。"

他尽力，尽力考到他能力范畴的最高分。

"你看你现在已经进步很大了。"江俪叹出口气，"要是你准备最后一年放手一搏，好好学习……那到时候，我就先把工作辞了，回来照顾你。"

江淮猛地抬眼："啊？"

"不用。"他说，"不用你辞工作，我就是没办法去接送阿财了，到时候雇个保姆就行。"

江俪这份工作干了快十年。她是从薪酬最低的临时工干上去的。他初一，江俪出国，也是老板给了她一个从子公司转到国外母公司的工作机会。

"雇个保姆也未必能省多少事，保姆除了打扫打扫卫生、做做饭，还能做什么，总归是比不上我在家照顾你们两个的。"江俪又笑起来，"我知道你在想什么，你不用觉得我辞职可惜……我十年的工作经验在这儿，辞职一年，去别的公司也能收到新的 offer。"

江淮皱起眉来，没有说话。

"可能收入没现在高，"江俪轻描淡写地道，"但该存的钱我都已经替你们存好了，别的你都不用担心。毕竟，我去国外工作就是为了让你生活得更好，你最后一年我回来照顾你，也是为了让你过得更好。"

"没必要，也不用。"江淮蹙眉道，"没必要为了我就辞职回来。我已经算是成年人了。"差九个月。

江俪瞥过来："前几天还来问我是上 T 大好还是上 P 大好，这就叫成年人？"

江淮："……"

他想起和薄渐的视频通话还没挂断。

他面无表情地道："我没说过。"

"好好好，你没说过。"江俪笑道，"前几天还和我说要好好学习，奋发图强，考上 T 大的那个人不是你。"

江淮："……"

江淮想，薄渐或许已经把视频挂了。

他委实是不想让薄渐知道他一个开学摸底考试物理考 49 分的学渣在暗地里想着怎么能多考几分，争取上 T 大，这略显脸上没光。

"这些事等暑假再说吧。"江淮问，"你还有别的事要说吗？要是没有，就先——"

224 …☂…

"江淮？"薄渐的嗓音，听上去稍有些疑惑，"你还在吗？"

江俪愣了一下："你还在和同学打着电话？"

江淮："……"

他刚想应下来，说电话忘挂了，薄渐又问："你是不是把视频的摄像头给挡起来了，我怎么看不到你了？"

江俪："视频？"

江淮："……"

去你的薄渐，可别说他和江俪聊了十分钟，薄渐才发现手机屏是黑的。

薄渐语气温和，听上去极容易让人错生好感："江淮，我有道物理题不会做，你给我讲讲，好不好？"

江淮："……"

江俪听得一愣一愣的，也不知道要说什么："你同学让你给他讲题吗？那你赶紧给人家讲吧。"

我讲个头。

一句话憋在江淮喉咙口不上不下，他冒着冷气把手机翻过来，皮笑肉不笑地看着薄渐："薄主席，您哪道物理题不会，给我读读题干？"

薄渐衣装整齐，唯独膝盖上的那本挂羊头卖狗肉的《A Survey of British Literature》不见了。

"你等等，我找找。"他似稍有些惊讶，才看见江俪一般，"阿姨好。"

江淮："……"

江俪笑起来，不觉有异："你和江淮是同班同学？"

"对，我和江淮在一个班。"他稍顿，似极为难，掠过江淮，"是江淮的……"

江俪还在等下半句。

薄渐顿了好几秒，才轻声说："关系很好的……"

江淮凉飕飕地道："朋友。"

薄渐敛下眼，低笑起来："对，好朋友。阿姨好。"

江俪大致打量了下手机视频里的男孩子。样子很好看，说话也斯斯文文，家教应该还不错，确实是个很好的男孩子。

江俪没说什么，只笑了笑。

但她忽然想起件事："对，江淮和我提起过你……你是叫薄渐，对吗？"

225

薄渐看上去颇愉悦："对的，是我。"

当初，江淮在和江俪提起过朋友叫"薄渐"的时候，江俪就隐约觉得这个名字耳熟。但除了卫和平，江淮学校里也没有哪个同学是她认识而且见过的。

今天她终于想起来了。她听说过"薄渐"这个名字，或者说凡是学校家长，没有谁没有听说过"薄渐"这位同学的大名——校学生会主席，蝉联年级第一，大考小考次次位居榜首，此外一年十二个月，每个月都在因为各类活动获奖被学校放到官网首页特殊表彰，吸引生源。

江俪没加家长群，就偶尔和江淮班主任联系一下，所以她才听着"薄渐"这个名字既耳熟又耳生。

"你不是一直考年级第一吗？"她有些疑惑地问，"还要向江淮问物理题吗？"

薄渐："……"

他静了半晌，神情自然地道："闻道有先后，术业有专攻，阿姨，我物理学得没江淮好。"

江淮："滚。"

江俪在家，江淮确实能省不少事。

他早上不用吃方便面，也不用出去带饭了。

江俪辞职回国这件事，阿财肯定是不管不顾，双手双脚赞成，江淮倒无所谓。他是真无所谓，江俪回来也行，不回来也行。他只是不大想让江俪因为他上学，把努力了这么多年的工作丢掉。

这个星期天，江淮和阿财一大清早就被江俪拖了出去，塞进出租车

江俪说她选好小区了，让他们跟她一起去选户型。

楼盘还没竣工，江俪付的全款。

江淮随意瞥了眼金额——八位数。他笑了声。

江俪瞧他："你笑什么？"

江俪在家，江淮出门被逼着套了条薄秋裤，又围了条厚围巾。他把脸往围巾里缩了缩，懒洋洋地笑："想起以前你交不起房租，房东每个月都来敲门催的时候了。"

房租也没有多少，那时候物价低，就几百块月租。但江俪没有钱。

江俪沉默了会儿，没说别的："以后不会再那样了。"

江俪领着阿财逛了大半天街，江淮被迫跟着，哈欠连连地逛了好大一圈，阿财走得慢，所以他们仨都走得慢。

江俪和阿财看中了什么，都买下来，拎不过来的江淮帮拎着。

等他们在外头吃完晚饭到家，已经七点多了。

江俪和阿财两个人都累得不行，江淮倒看不出来累。他放下东西，摘了围巾和外套："你们俩早点休息吧。"

江俪长舒出口气："好，你也早点睡，明早还要上学。"

"嗯。"江淮趿拉着拖鞋走了，"我再去看会儿书就睡。"

天色早都浓黑，四遭渐渐静下来。

江淮昨天写了周末作业。他稍稍把写完的作业收拾好，从课外练习卷撕下一套物理卷子来。他去年过生日，卫和平送他最近十二年的练习题，也不算全无用处。

灯下悄然，只有微微的翻折纸张的声响。

做完这套物理卷子再对着答案订正好，江淮把错题誊抄到物理错题本上的时候，已经十一点过半了。

江淮扔了笔，伸了个懒腰，趿拉着拖鞋去洗漱了。

他一直没看手机，半个小时前，有一条薄渐的未读消息："晚安。"

江淮叼着电动牙刷，慢腾腾地回复："已阅。"

江淮漱完口，洗了脸。

差不多十二点，他听见"嘭"的一声巨响，像有人狠狠地踹在门上。

接着，又是一声巨响。

"嘭嘭嘭"，门窗都仿佛震起来，像是砸门，又像是踹门，门铃混乱地响，江淮听见隐隐约约的男声，似乎在叫喊："开门！开门！"

江淮拉开卧室门，震颤声愈响。

男人的声音也更清晰："开门！江俪，你还敢报复老子？开门！"

江淮在外面看见江俪。

玄关开着一盏黯淡的灯，江俪还穿着睡衣，头发也没来得及梳，抓着手机，脸色发白。

227

"你也被吵起来了？"江俪说，"是严松，严松在外面……他没什么本事，你别害怕，没事，没事的……"

江淮并没觉得害怕，害怕的只是江俪。

就像过去那些年，遇到冲着江俪是个年轻女人就骚扰上门来的癞子光棍，他也没觉得害怕。

他嗓音冷下来："要开门吗？"

"不用，你别开！"江俪咬牙切齿，手指却还发着抖，"我现在就报警，你有小区物业保安的电话吗？一起打，你别给他开门，我报警，等警察来……严松这又是发什么疯！"

这段时间严松都没找过她，她还以为严松是放弃了！

严松在外头拍门，江俪要报警，嫌吵，去了厨房。

江淮低下眼，站了几秒，走到玄关，拧开了门。

严松醉醺醺地站在门外头，胡子拉碴，头发也乱糟糟的，俨然已经看不出他去校门口那时候的风光样子。

他一巴掌拍了个空，拍在门框上，疼得"嗷"地一声叫唤，又细瞧清给他开门的人，指着江淮鼻子："你妈呢？你妈不是回国了吗？让她滚出来，谁让你这个崽子开的门！"

江淮低垂着眼，面容落在浓重的阴影里。他问："你找她有事？"

"有事？"严松一声冷笑，一口酒气，"你怎么不问问你妈都干了些什么好事！老子说了，她听话跟老子复婚，中诚集团那些荣华富贵迟早都是我跟她的！她呢？"

他晃了下，指着江淮鼻子骂："不识抬举！你们还老子的钱！老子辛辛苦苦给中诚当了二十年的狗，都败在你们娘俩手上！"

不知道是谁给朱磊——他那个死了的老婆的亲爹，把他准备等朱磊一退休，就把江淮认回家的算盘透露过去了！甚至连他这些年从中诚贪的钱、套出的股份明细也都一起透露给了朱磊！

第二天，朱磊就直接撤了他副总经理的位子，把他名下的房子、车子、钱全转赠了……不签合同，朱磊就要直接把他送到监狱去。

现在，严松什么都没有了，儿子跟他也不亲……他思来想去，能干出这种事的，除了江俪还能有谁？

江淮微微抬眼："你再骂一句？"

还没有骂出口，严松脑袋嗡的一声，一阵剧痛，眼前天翻地转，狠狠摔在大理石地板砖上。

星期一，江淮没来上学。

卫和平打电话发消息，横竖没联系上他。

但老林倒好像知道点什么，说江淮请了几天假，暂时不来上课。

卫和平只能去问薄渐。

上午去问的时候，薄渐看上去好像也什么都不知道，但到下午，薄渐就也请假了。

卫和平胡思乱想：难道这事还和薄主席有关系？

江淮和薄主席能有什么事需要一起请假？

时隔六年，故地重游。

江淮又去派出所待了半天时间。

严松上门骚扰，原本是要去拘留所待着的，但被江淮推倒了，直接被送去了医院。

江淮倒没事，但江俪被吓坏了，硬生生给江淮请了三天假，让他在家好好缓一缓。

不过，在派出所，江淮也弄明白了严松半夜上门发疯的原因。一开始江淮也以为是江俪干的，奇怪的是，他去问江俪，江俪居然说不是她做的，她工作都在国外，怎么可能知道严松都干了些什么事。

江淮心想，不是你不是我，那难不成还能是天谴。

从派出所回来，江淮一觉睡到下午四五点。

半梦半醒，他又听见门铃。

江淮一下子醒了。可这次门铃只响了两声，那人按了两声就没再按。

江总回来了？

他趿拉起拖鞋，去开门，站在门前的是薄渐。

江淮愣了一下："你怎么来了？放学了？"

薄渐没回答，神色认真地把江淮左左右右看了一遍。江淮不知道他在看什么，但他看完，只说："没放学，来找你。"

江淮心想：薄渐可能是以为他生病了，来探望他。

他假模假样地咳嗽了两声，往薄渐空空如也的两只手上瞟："没带个果篮？"

薄渐："嗯？"

江淮："我都病得这么严重了，发烧三十九度九，你还空手上门，好意思？"

薄渐："……"

"发烧三十九度九，"薄渐微微低头，"还有力气来给我开门吗？"

江俪没在家，昨天那一架砸了家里不少东西。阿财还没放学。

江淮没表情地想：江总起码要六点回来，要去接阿财。

江淮摸过手机，摁开，还没到四点半。

薄渐的声音有些哑："有受伤吗？"

江淮："……"

"又没什么事，怎么受伤？"江淮问。

薄渐："我是说，昨天你和你爸打架有没有受伤？"

江淮愣了两三秒，忽然反应过来："你怎么知道？"

薄渐怎么知道他昨天晚上跟严松打了一架？

江俪去给他请假的时候都没和老林说，所以薄渐绝对不可能是从学校打听到的。

薄渐眼皮微低，没有说话。

他没想过主动和江淮提起这些事。他猜到严松要被撤职位，股份转让，车房变卖，银行卡也都一律被冻结；也猜到虽然严松侵占职务，侵吞公款，中诚董事长也不会起诉他，真把严松送到监狱去。但他没猜到，一个在大集团当了十几年副总的人，能干出大半夜去砸前妻门，跟自己亲儿子打起来这种难以理喻的事来。

他也没见过这种人。

薄渐轻声问："你爸最近的事，你知道多少？"

江淮有些蒙："怎么，你又知道？"

八百里开外的某非知名乡镇企业家破产，薄渐这都能听说过？

"嗯。"薄渐轻描淡写地道，"我把那天你爸在校门口和你说的话都发给他岳父了。"还有些别的事，但他没提。

薄渐有些紧张。尽管他觉得严松根本不是个东西，也不配当爹，但严松毕竟是江淮亲爸，他怕江淮嫌他多管闲事，添麻烦。

他闭上嘴，神情松散地看着江淮，手心却微微湿润。

江淮愣了，也不说话了。

三五秒后，他忽然乐了，倚在玄关的柜架上笑得肩膀直抖，柜子也跟着晃起来。薄渐第一回见江淮这么放开地笑，往常江淮笑也就挑挑嘴角，跟敷衍人似的笑两三声，好像他天生就不会大笑，天生就要压着自己，对人放冷气。

"哈哈哈……"江淮边笑边问，"薄渐你够损的啊，这招我怎么没想出来？"

薄渐轻轻挑了下眉梢，也忍不住和他一起笑："你不怪我？"

江淮眼角微微泅出眼泪，揉了揉眼，还在笑："怪你想了个阴招没跟我一块儿分享？你什么时候发的啊，怎么不跟我说一声？"

薄渐掏出包纸巾，撕开封贴递过去："有段时间了……我就是觉得你爸说话太难听了。"

"自己是个王八蛋，看谁都是王八蛋。"江淮哂笑着从薄渐手里抽了张纸，"你也别当他是我爸，这家伙叫严松。哦，不重要，以后也见不着了，管他个屁。"

他把纸巾揉成团远投进垃圾桶："这混账昨天晚上来我家撒泼，摔了我家不少东西，你没看我家少了些什么吗？"

"有。"薄渐大致扫过去，"砸了些杯子？"

"嗯。"江淮用鼻音应着，去冰箱拿了两瓶水，扔给薄渐一瓶，"但也不止，主要摔的都是我房间的东西。"

薄渐蹙眉："你房间？"

江淮没回答，拧开矿泉水瓶喝了口："你请假来的？"

"嗯。"薄渐说，"朋友生病一个人在家，我怎么能不来。"

"今天晚上在我家吃饭吗？"他有些自暴自弃，"反正我妈早都认识你了，你在我家吃个晚饭，我妈做饭可好吃了。"

江淮房间确实摔了不少东西，一打眼看过去，仿佛飓风过境，鸡犬不留。

书柜柜门被砸烂了，嵌在木框里的玻璃碎得干干净净，书桌倒干净，往常薄渐来，江淮书桌上都堆着一沓卷子、试题、中性笔，江淮东西不多，书跟笔也都挺新，但每每都能堆出书桌局部遭受了地震的效果。但今天，书没了，笔也没了，整张桌面都空了。

薄渐皱了皱眉："你……严松到你房间来摔的东西？"

"没。"江淮懒洋洋地进来，"他在外面撒泼，我怕吓着阿……江星星，就把他攮到我屋里来了。"

他不在薄渐面前管江星星叫阿财，尽管上次他和江俪视频，好像也提到过阿财，薄渐似乎也知道江星星小名叫阿财，但江淮尽量少提，尽量给阿财这个小学生在她如昙花一现般短暂沉迷过的薄渐哥哥面前保留最后一丝颜面。

薄渐皱着眉没说话，走到江淮书桌前，轻轻拿起书桌顶上放着的那本DIY相册。

相册用了十几年没换过外皮，因为主人珍惜，所以也看不出破旧，反而整整齐齐，除了纸页微有泛黄，别的都看不出这相册用了好多年。

但现在像有个人把整瓶墨水都倒在了相册上似的，相册封皮上有大片大片的墨，都快干透了。

可里页还是软的，没有干。薄渐一捏页脚，指头立马印出一道淡淡的黑印子。

他翻开第一页，十多年前的老相片被墨泼得模糊不清，似乎被擦过，但无济于事，相片黑乎乎的，只依稀看得出场景和人。

江淮走过来，从他手里拿过相册，合上，又放回了原处，看不出表情："严松把墨水瓶碰翻了，正好洒在这上面。"

"你还有这些照片的备份吗？"薄渐问。

但他一出口，觉得这句话他问得很蠢。

可江淮没笑他，淡淡地道："十几年前的照片，哪来的备份？"

薄渐没再说话。

江淮掏出手机，微抬眼："晚上吃什么？我跟我妈说一声。"

晚上，薄渐在江淮家吃的饭。

让江淮做饭，薄渐从吃什么菜到吃什么肉都要指指点点，炒菜加不加姜，姜要加几片，加不加蒜，加了蒜就要在盛盘前把蒜片都挑出来……尽管挑蒜片、挑姜片这些鸡毛蒜皮的活都要薄渐自己干，但还是掩饰不住薄渐表面仙子下凡，实则屁事儿极多的本质。

但今天晚上，江俪问薄渐想吃什么，江淮从来没见过薄渐这么乖过，他乖乖地坐在江淮边上，低着头，露出到别人家做客会害羞的神色："都可以，阿姨，我不挑食。"

江淮听见后，只想把薄渐这家伙掀到地上去。

薄渐留在她家吃饭，江俪有些惊讶，但也挺欢迎。毕竟除了欢迎，她也没别的选了，这是她儿子的朋友，不可能在人家面前落江淮的面子。

但看见薄渐这么乖，江俪心想：薄渐和她以前以为的那个学校家长都羡慕得不得了的好学生形象不大一样，人有礼貌，说话知道分寸，教养也好，脸皮也薄，成绩还那么好……

第一次见面，江俪对薄渐的印象分加10分。

江俪忙内忙外，做了六菜一汤才歇息下来。

江俪的手艺确实是没得挑。

期间，江俪吃到一半，出去接了个电话。

江淮感觉自己的腿被旁边的人撞了几下，扭头过去。

薄渐微微侧过头来，道："你妈做饭比你好吃多了，江淮，多学学。"

江淮："你闭嘴。"

江俪提早订的四月中旬的机票。

原本她请假回国，就是害怕严松没皮没脸地上门来纠缠江淮。事实上严松真来了。依照治安条例，严松出院后要拘留十天，还被他老丈人要求净身出户。

如果没有严松上门撒泼这一遭，江俪都不知道他被撤了职，钱也分文没剩。

到现在，她也不是太清楚严松他岳父怎么忽然看清了严松的小人嘴脸，下定决心把严松这种毒瘤赶出家门的。

但那些事都和她没有关系了，也和江淮没有关系了。

严松不过是条烂在钱上的蛆，她和江淮会有新的生活。

或者说，新的生活在许多年前，就已经开始了。

这一点她儿子比她想得还要清楚。

目前就"明年要不要辞职回国，专心照顾江淮"这件事，她和江淮还没有达成一致意见。她觉得很有必要，但江淮坚持说不用。

问阿财，阿财就是根小墙头草，谁说的话都觉得有道理。

直到三月底的一次考试，江淮成绩下来，江俪利用无中生有的"家长一票否决权"，直接否决了江淮的"没必要"。

三月天，草长莺飞，江淮在考场超常发挥，考出了自他有史以来以来最好的一次名次和总成绩——总分540，年级排名六百三十四。

而且江淮考这个分，还不是因为考题出得简单，恰恰相反，考完还没下成绩的那几天，校园网上哀鸿遍野、啼饥号寒，天台预定帖盖了两千多层。

但江淮知道这不是他的真实水平。

他的真实水平还得比这低个30到40分.考卷题不知道谁出的，全押在他会的点上。单说语文，江淮平常都不复习语文，考前一天来不及了，突击背了两篇文言文和一首诗，第二天上考场，三道填空，全部精准押中。

考完，江淮跟卫和平说起这事，卫和平都捶胸顿足，恨自己怎么没跟着江淮一块儿复习。

江淮如实地和江俪袒露了他考这个分纯属超常发挥，但江俪认定这是她儿子太过谦虚，且发现她儿子极有潜力，考T大这件事也不是全然没戏。

江俪从别的家长手里买了本去年的国内各大院校历年录取分数线的参考书，在家翻了好几天，举重若轻道："等到明年，我辞职回来照顾你，到时候你考个T大经管学院的录取通知出来，不比我这个工作值钱？"

想上T大经管，不提分数线，一般得是各省及直辖市的年均前十。

江淮："……"

他亲妈俨然忘了他考的是540，又不是740。

江淮还想自救："妈，我才500多分，还是超常发挥……"

江俪斜睨他一眼："不还有一年多吗？你去年不才考300多分，去年考300，今年考500，明年考700……再说，你怎么知道到时候你就不能超常发挥？"

江淮："……"

去年考300，今年考500，明年考700……分数是这么算的？

江淮自救及奋力挣扎均以失败告终，江俪还是定下等她回公司处理完交接工作，在江淮今年暑假八月份前就回国。

江俪的飞机在星期六。

江淮拖着阿财一起去送机。除了他俩，薄渐这家伙也莫名其妙地来了。

薄渐不知道什么时候，不知道用什么途径，早早就把他妈微信给加上了。

于是，江淮眼见他亲妈对薄渐从一开始的欲言又止、心有芥蒂，慢慢到偶尔跟他提"薄渐这个孩子还不错，文静又懂礼貌，江淮你多让着人家点"，到最近，江淮一提早给自己放学，或者没写完作业被老林敲，或者说自己考不上T大，江俪也不用辞职回国……他亲妈就恨铁不成钢："你怎么就不能跟人家薄渐学学？到时候人家薂渐考700多分，去了T大，你不知道在哪个旮旯，就这你还好意思和人家玩？"

江淮："……"

他想把薄渐这家伙吊起来锤，母子关系破裂始于薄渐。

薄渐还从他妈那里打听出不少他记得的、不记得的小时候的破烂事，弄得薄渐现在一来他家"蹭饭"，他就后背凉飕飕的。

到了机场，江淮被指使着去买饮料，回来就看见薄渐和他妈相谈甚欢。

他亲妈在说，薄渐在听。江俪不知道在说什么，乐不可支，拿纸巾拭笑出来的眼泪，薄渐看上去听得挺认真，也在笑，气氛融洽，好像他俩才是母子。

江淮失去表情，拎着饮料回来了。

"还聊呢？"他道，"妈，要晚点了。"

"胡说，还有一个多小时，哪来的晚点。"江俪笑道，"怎么就买了三杯，你自己的呢？"

江淮面无表情："我不喜欢喝甜的。"

江俪细细地从上到下端量他，替江淮整了整衣领，把卫衣绳拉到左右对称。"最近这几天降温，注意保暖，别感冒了……"她笑了笑，"在学校学习压力别太大，我说的那些也都是和你开玩笑的，要劳逸结合，别太累，尽力就好了……我八月前肯定能回来，你和星星这三个月在家注意安全。"

江淮低头："嗯。"

江俪嘱咐完江淮，又去嘱咐江星星。

阿财抱着奶茶猛吸，江俪说一句话她点一下头。

江俪进安检，他和阿财就不跟着了。

江俪拢了拢衣服，笑道："那我先进去了，你们回家吧。"

从刚才开始，江淮就没有说话。

直到江俪要走，他忽然低低地叫了声"妈"，抱了抱江俪。他已经要比江俪高一个头多,抱了一下,松下手来,声音不大:"早点找个对象。"

和严松离婚之后,江俪一直是单身。

他看了眼阿财:"其实,我和江星星……都挺想你能早点再婚的。"

江俪愣了会儿,笑了,揉了揉江淮的头:"还管起你妈的事来了……这种事要看缘分的,又不能强求,就不用你管了。"

江淮有些闷地"嗯"了声。

江俪走了。

阿财显而易见地蔫巴下来。

江淮站了会儿,拎起阿财的帽子摸了摸,稍眯起眼,不大友善地睇向薄渐:"你刚刚在这跟我妈聊什么呢?还挺高兴?说出来让我也高兴高兴?"

去他的。薄渐比他还像江俪亲儿子。

薄渐瞥他:"确定?"

江淮:"说。"

薄渐:"你妈说你三岁以前不喜欢穿裤子,天天光着屁股蛋在大街上跑,还吓哭过别的小姑娘。"

江淮:"……"

考试一场接着一场。四月底,还有一次市统考。

江淮有些庆幸,又有些遗憾江俪在这次考试前就回公司了。

如果上次考试是瞎猫碰上死耗子,考得特别好,这次就是破屋更遭连夜雨,烂上加烂,出乎他平均水准的差。

大概人的运气是有限的,上回用完了,这回就欠款了。

一部分跟江淮点背有关系,基本会的都没考,考的都不会,出题老师就差全对着江淮的知识盲点出题了,还有一部分跟江淮最近复习重点没在这次考试上有关系。

很烦的一件事:考完这次考试马上就是结业考试,也就是会考。

会考题不难,要求也不高,各门各科及格就行,不及格就要明年重考,考过为止。学校去年会考的各学科平均通过率是百分之九十九点几,也就是说每门学科会考及格线都没过的,整个级部也就十来个人。

但恰好不巧,江淮不才,就是这十几个人中的一分子。

去年一年，江淮政治历史地理三门，没有一门考过 30 分，政治和地理尤其烂。

江淮政治和地理烂，不是他去年天天课上睡觉，荒废无度才新近烂掉的，这两门课已经烂掉很久了。

比如政治，江淮认为政治课本就是一本用到的每一个字都是生活常用字，但组成的一个个句子，听上去就让人听不懂的书。

江淮地理烂，也是他自己对地理没兴趣。

现在，又隔了大半年，再让他考地理，还考及格，天方夜谭，除非作弊或者找人帮忙。

强者遇到苦难，独自承担、独自解决是强者的基本底线。

江淮当了四天强者，第五天，暂时放弃了。政治历史地理课本太催眠了，复习一晚上，睡着好几次，这谁顶得住？

星期五下午，最后一节课临放学，薄渐刚刚从外面回来，前桌嗖地往他课桌上丢了一个小纸团。

他稍挑眉，向江淮看。还没下课，前桌一副装着在听课的样子。

薄渐压住笑，轻轻钩出凳子坐下。

他慢慢把江淮的小纸团展开，压平。上面还是江淮随心所欲的字——

"今晚有空吗？"

赵天青没在，薄渐也就没有再传纸条，摩挲着纸片，稍向前压，声音很低："找我有事？"

江淮往前避了避，老林的课，好歹给老林留点面子，交头接耳不要搞得太明显，可一往前，他小声说话薄渐就听不着了。江淮只能仰回来，憋着气："想和你开视频。"

薄渐也忙，他不想占薄渐时间。

跟往常一样开着视频，他俩各干各的，他要睡着了，薄渐叫他一声就行了。

"怎么，"薄渐低笑起来，"和我开视频想做什么？"

这是江淮第一次主动要和他开视频。没有想做的事，江淮不会要开视频。

江淮小声道："我想让你监督我学习。"

薄渐稍怔："嗯？"

江淮没回头:"下个星期就会考了,我地理和政治太烂了,估计到时候过不了……我复习老睡着,和你开视频,你做你自己的事,但你要看见我睡着了,叫我一声,行吗?"

薄渐:"……"

江淮等着薄渐的回复。他心想:这回主动找薄渐帮忙,薄渐肯定要和他提什么援助条件,毕竟薄主席从不吃亏。

但他等了半晌,薄渐慢条斯理地道:"政治历史地理知识点多、杂,要背的也多,你自己复习效率太低,这个周末我有时间,等放学我去你家,帮你整理一下考试框架。你觉得可以吗?"

江淮一愣。他扭过头,拧起眉:"你来我家不耽误你别的安排?"

薄渐:"不耽误。下周四会考,我原本也是打算今天放学回家复习,正好和你一起。"

江淮觉得太碰巧,不大信:"这么巧?"

当然没这么巧。但他没等到薄渐出声,倒等来讲台上老林一声喝:"江淮,你把我刚才讲的这道题再和大家从头讲一遍。"

江淮:"……"

薄渐又放了司机鸽子,跟江淮来了他家。

晚饭,他们点的外卖。点个外卖,一般阿财两分钟内就点好了,倒是薄渐挑挑拣拣、磨磨蹭蹭,这个不行那个不好,最后和江淮小声说不想吃外卖,吃外卖会肚肚痛。

江淮似笑非笑:"吃外卖会肚肚痛,用叠词会挨揍揍,懂?"

薄渐:"……"

其实,薄渐说这种话,也看不出一丁点儿可爱的意味。他眉眼生得疏离,眼色又浅,总端着副好学生的斯文假相,说起话来却有些漫不经心。

但就因为这个,江淮才受不了。

"有符合你要求的,没辣椒、没花椒、没香菜、没葱、没蒜的外卖,也不用担心卫生,就酒店外带,"江淮划过手机界面,"点不点?"

江淮看着薄渐,一脸"你不点外卖,要不就自己去厨房自给自足,要不就今晚喝西北风"的冷酷。

仙子被迫向生活低头。

已至五月，后天是立夏。

草木早都生了新芽，枝头浓青，只是夜中还微冷。许多不怕冷的青年已经换了短袖 T 恤。江淮吃了饭，回房间推开窗户。

车鸣遥远而模糊，嘶哑地响着，像盛夏短促的虫鸣。

这时，江淮自觉矫情地想：到夏天了呀！

明年夏天，他就要毕业了。

薄渐坐在他桌前，慢慢地翻过他的地理书。上回江淮把严松踹进屋来，打碎了台灯，江俪又给他换了盏暖光台灯，说是对眼睛好。

薄渐翻动纸页的修长手指被光衬得暖融融的。

他微抬眼，看向倚在窗边像在吹风的江淮："想什么呢？"

风有些冷，江淮关了窗。

"没想什么。"他转过来，"你准备从哪科开始复习？"

"我都行。"薄渐合上书，瞥过江淮桌边堆着的一沓崭新的地理书。刚刚他翻的这本，连名字都没写，除了没有印刷厂的油墨味，完全就是本新书。

他说："会考知识点总结老师都已经发下来了，你只要能把学校发的政治大纲和历史大纲都背了，及格就没问题，我就不和你一起背了。你和我一起先顺顺地理？"

江淮摸了下鼻子，心想：和薄渐一块儿背历史，他这不是凑上去找没脸。

"行。"他拎过把椅子，坐到薄渐边上，"你想怎么顺？"

薄渐从江淮那一沓地理书里抽出订好的一沓纸，这是学校统一发的地理会考必考知识总结提纲。他指尖轻轻点在提纲上，似乎是好好想了想。

"自转公转，圈层结构，大气环流，还有气候和人类活动这些。"薄渐说，"地理说到底学的还是地球，我先和你一起把世界地图画出来吧，这些知识点大多都能直接标在地图上，容易记。"

江淮皱起眉："但世界地图画起来太麻烦了吧？"

"不麻烦。"薄渐低下眼来，唇角微勾，"我学过画画，以前也画过世界地图，目的是记知识点，所以也不用画得太细。"

江淮想想，觉得这主意不错，起身道："我去给你拿张大点的纸，8 开的够吗？"

薄渐拉住他："不要纸。"

江淮："嗯？"

薄渐压平嘴角，神情认真，像是在说一件要紧的正经事："画到纸上，你明天就忘了，不如画在你身上，这样哪个纬度是什么气候，有什么气压、环流，你还记得牢靠一些。"

江淮问："你怎么不画你自己身上？"

薄渐回答："画我身上就要你来画，你画画太丑了。"

江淮："……"

薄渐捻起江淮除了练字难得一用的钢笔，轻声叹气："江淮，你连你朋友都不愿意相信吗？"

江淮觉得信薄渐这家伙才有鬼。

薄渐笑了笑："好了，不开玩笑了，你去拿纸吧。"

江淮："……"

江淮把纸铺在桌上，没有表情："要画快画，不画我去写作业了。"

"画。"薄渐轻声说，"你别着急，慢慢来。"

薄渐轻轻拔出笔帽，握笔的姿势很标准，一笔一笔地勾勒。

江淮："你快点。"他在薄渐画图的时候翻着地理书，把地理书翻得哗啦啦响。

"别急，"薄渐看上去极认真，"画完需要时间的，你别乱翻书了。你把提纲给我，我一边画一边问你问题。"

江淮："啊？"

"我没复习，"江淮说，"不用问，问也不会。"

"不是这个意思。"薄渐说，"我的意思是我先画着，对着提纲和你一起复习一遍。等我画完了，再对着地图考考你。"

江淮瞥了他一眼："一块儿复习，你考我，我不考你？"

薄渐低笑了声，抬眼对上江淮："你当然也可以考我，考我什么都可以。"

和薄渐一块儿复习，江淮已经亲身验证过无数次了，这绝对是个很傻的想法。

"地球内部的圈层结构被分成地壳、地幔、地核，划分依据是地震波……"

薄渐给他念提纲，"全球近地面有七个气压带，我现在画出赤道了，从赤道到南北纬五度，是赤道低压带，就是从这儿到这儿，因为热力作用，所以气流辐合上升……"

薄渐画出赤道后，从北纬向南纬标，上北下南，标到南极点，标完经纬，开始细分大洲、大洋。

他确实是学过画画的，江淮也觉得他画得挺好，就是不大能吸引他的注意力。

薄渐最后细分国家地图。

江淮有点心不在焉，不知道薄渐什么时候把提纲都念到农业类型了。这是提纲最后一页。薄渐已经把世界地图画完了。

"咔哒"，薄渐轻轻合上笔帽："画完了，记好了吗？"

记个头，江淮想。

薄渐微低头，不紧不慢地把钢笔放到一边。他注视了一会儿自己完成的世界地图，忽地停了，指尖点在一个地方，问："这里是什么气候？"

江淮一愣："啊？"

薄渐稍顿，低笑起来："太难了是吗？你多回想回想，给你四个选项。A.热带雨林气候，B.亚热带季风气候，C.温带季风气候，D.地中海气候。答对有奖。"

江淮："……"

周四周五，会考两天。

题都会做，但江淮考试的心情极其之烂，尤其是地理。

薄渐几乎是逼他把地理会考的知识提纲都一字不差地背了下来。他张眼闭眼都是世界地图，今年会考出了道南极洲冰川融化、保护环境的大题，做那道大题的时候，江淮觉得他也凉飕飕的。

考一场会考，江淮颓了半星期才缓过来。

这学期也还有体育课，下学期没有活动，也没有体育课。体育课老师都不大管他们了，统一做做热身运动，跑几圈以后就自由活动。

江淮最近开始和赵天青打球了，也不是他主动找的赵天青，是赵天青主动拉的他。赵天青看江淮的身体素质难得的好，跳跃力和爆发力，就算是校队那几个篮球生，也没几个比得上他，就是个儿稍微矮点，刚过一米八，但不耽误赵天青找他练球，积极联络感情。

江淮倒无所谓。他对打篮球没多大兴致，或者说除了那种强刺激的极限运动，其他对他的吸引力都不大。他就早些年陪秦予鹤打了几年的球。

但一次体育课，江淮打完球下场，看见薄渐没找他、也没叫他，只是安安静静地坐在场外长椅上看他打球以后，江淮体育课去打球的频率就高了很多。

有时候薄渐会来看几分钟，有时候看十分钟，有时候看小半节课。他不叫江淮，只在场外看。有时江淮下场，他会帮江淮递瓶水。

江淮没问，也没说什么。薄渐想看，他就打。

曾经，江淮一向对这些为了让自己变得"更优秀"，从早忙到晚，逼着自己天天做不喜欢的事的人嗤之以鼻，直到他认识了薄渐——还是嗤之以鼻。

他就是一天写二十三个半小时作业，学习学到油尽灯枯，在课桌上刻满"早"字，也没法把自己复刻成薄渐这样的人。

只是，薄渐如果有什么想做却不能做的事，他帮薄渐做。

梧桐树长满宽大的叶子，时至五月中下旬，寥寥的蝉断断续续、倦懒地嘶鸣。早夏，怕冷的都还穿着长袖校服，在篮球场上打球的男孩子却都大多换了短袖，甚至短裤。

江淮属于换回夏季校服换得最早的那一批。

体育课还差十分钟下课，江淮提前下场。

篮球撞在水泥地上，在他身后撞出杂乱的"砰砰"响。

今天这会儿气温起码二十摄氏度，打了大半节课球，江淮衬衫后襟都浸出汗来。球场在户外，球场线外拉了根硬水管，撅上来一个水龙头。

薄渐就坐在水龙头边的长椅上，侧头看过来。

江淮瞥过他一眼，弓下腰，拧开水龙头，"刺啦"，自来水溅射出来，溅到江淮鞋面、裤脚，还有薄渐的裤脚。他洗了个手："不一起来打会儿？"

薄渐稍稍收了脚："不了。"

江淮后头就是篮球场，赵天青他们还在打球。他恶劣地把水往薄渐脸上甩了甩："为什么不去？"

薄渐微眯起眼，挡住江淮湿漉漉的手："保持人设。"

江淮挑眉："你还有人设？你什么人设？"

薄渐轻飘飘地道："身娇体弱，需要被好好呵护的人设。"

江淮："滚。"

薄渐笑起来："待会我去排练，体育课下课，你先自己回教室吧。"

江淮随口问："什么排练？"最近学校有文艺汇演？

"高年级的毕业典礼。"薄渐回答。

江淮猛然怔了一下，抬头："这就毕业了？"

"不然呢。"薄渐轻笑道，"离考试只有不到半个月了。"

江淮忽然生出一种紧迫感来。

他恍然发现离自己毕业也不过仅剩一年，可他还蜗行牛步。他甚至还考不到600分，而他还想去一所分数线700分的学校。

江淮没说什么，弯腰从地上拎了瓶矿泉水。

体育课是上午最后一节课。

他拧开瓶子，灌进几口被晒得发温的水："行，那你先去排练吧。我去吃饭了。"

最后一节课放学铃刚好响。

薄渐问："今天中午我都在学校排练，你中午是准备回家还是待在学校？"

"去学校食堂吃吧，方便。"江淮神情平淡，"吃完回教室睡个午觉。"

学校有南北两个食堂，上下两层，窗口也多，出名的大食堂。但每逢放学点前后半个小时，这两个食堂也都还是人挤人，队排得老长。

江淮没去食堂，径直去便利店，买了两个面包，揣兜里回了教室。

教室里没几个人，剩三五个男生，都在写卷子，不知道是在写今天的作业还是在做课外练习。

江淮拿脚背钩出凳子，叼着面包从桌肚翻出了一本物理的"天利38套"，撕了两张新的卷子下来。他做题慢，但中午有两个小时，做完一套物理再订正出错题应该不难。

尽管江淮物理一直就在及格线上下（主要是下）徘徊，但他还是有一种十分自信的自我认知：他物理不及格是因为上课没好好上，作业也没好好写，如果他开始认真学，很快就能追上去。

因为江淮以前物理就是上课不太听，临考前突击，分数下来能有90多分。

江淮做题投入，除了薄渐故意打扰，别的动静基本都影响不到他。

等做到实验题，他无意抬头，扫过教室，才忽然发现不知道什么时候教室的人已经走空了。二班的同学一半住宿，一半走读，大家放学都各有去处，不像江淮去哪儿都可以，也没人管。

买的面包还剩一个，江淮喝了口水，咬了口面包，继续往下做题。

薄渐在操场彩排了两遍毕业典礼的流程。

他不是今年的毕业生，但校学生会主席无论在哪个年级，都要以学生代表的名头在毕业典礼上演讲。

今年毕业典礼的流程组织也基本由校学生会全权负责。

彩排到一点钟结束。薄渐在台上和负责主持、带头宣誓的同学又大致对了对流程安排，才下了演讲台。

薄渐想，等他一点二十左右到教室，江淮应该正好睡醒。

宣传部部长在台下端着相机笑嘻嘻地给学生会的同学拍照。钟康是今年的毕业生，还有一个多星期，他们这届毕业生就不用来上课了，在家备考，直到考试那天。

钟康把镜头对准薄渐："薄主席，拍张照片。"

薄渐稍顿，礼貌性地弯弯唇角。

"咔嚓"，一张照片拍出来。

钟康半开玩笑地说："我记得你们这届新生入学时，我们年级女生群当时还搞了个新生男神颜值评选，最后选出两个来，一个是你，一个是江淮。"

当时群里确实有过这么个新生男神评选。

入围标准是脸要长得帅，个子也要高，体力还得好，不能是弱不禁风的那种。

群里的姐妹千挑万选，从几百个新生里，观察了一个军训期，才挑出两个来——一个是薄渐，一个是江淮。

江淮那时还没有出过那些事。

刚彩排完，本来就人多，钟康一说，不少同学觑过来瞧热闹。

薄渐轻描淡写道："好好学习，天天向上。"

两个小时，江淮刚刚好做完最后一道大题，对着答案把错题都批出来，但没有改错题的时间，江淮想：他做题还是做得太慢。

快一点半了，他扣了红笔笔帽，暂时把做完的物理卷子收了起来，伸出个懒腰，然后，江淮冷不丁看见薄渐在他后头站着。

他被吓得小幅度地抖了下："你什么时候来的？"

"刚回来。"薄渐垂下眼，坐到赵天青的位子上，"你中午留在教室做题了？"

"没。"江淮否定，"刚睡起来，改了改卷子。"

"哦。"薄渐把手搭在江淮课桌上，小声说，"骗人，你算数的草稿纸都还没收起来。"

江淮猛地低头，对上自己一张狗爬的草稿纸："……"

他立马把草稿纸塞进了桌肚。

BOHE

YINJI

第九章
变好

"丁零丁零——"

这是上午第二节课的下课铃。

今天是六月一号,儿童节。

下课铃一响,老林还没出教室,一阵慌乱的桌椅"哐当"声后,同学们都"嗖"地拉门蹿出教室,剩下几个懒洋洋捧着水杯的,凑到教室窗边往外面看。

透过窗外低矮的枝叶,远处栅栏外的操场上人影晃动。

致辞青春的歌遥远而模糊地响起来。

教室里一片嘈杂——

"今天毕业典礼,出去看看?"

"走?"

"走啊。"

"哎,你说他们过几天就要考试了,紧不紧张啊?"

"谁知道呢,反正换作是我,我肯定紧张,昨天数学考试我都手抖。"

江淮放下笔,往后仰了仰,后脊抵在后桌沿上。

薄渐要安排毕业典礼,一上午都没在,赵天青一下课就立马蹿出去看热闹去了。江淮附近的人都走了。

刚进六月,学校还没有统一开中央空调,江淮忽然觉得有些闷热。

第二节课后的课间比较长。

天台门开了,江淮反手关好。

天台很少来人,因为前段时间教导主任在天台抓到几个不上课凑堆在这儿打游戏的男生,所以最近学礼楼的角角落落都有人巡查。

江淮踢了踢角落堆叠着的废卷子,被风扬出去几张。

操场的音乐声大了许多,也清晰了许多。嘈杂的人声变得模糊。

他靠到天台围栏上,低头往操场上看。操场上已经聚集了许多人,开完今天的毕业典礼，这届毕业生就要收拾东西准备离校了，回家备考。

放眼看去，下面的人都是一个一个小点。

天台上很凉快，前两天刚下了些雨。

到天台上来，江淮的本意是找个僻静、人少、视野还好的地方来看看上一届同校生的毕业典礼，可他看着看着，慢慢想到今天的作业。

上节课上数学，老林刚刚布置的数学作业，他还没来得及做。

今天中午他应该能拿出两个小时来，把数学作业都仔细做一做，在错题本上整理两道题。

但是，昨天的作业上，还有一道圆锥曲线大题的第二小问他不会做。老林今天上课没有讲那个小问，这个课间他原本是打算找老林去问问题的。

江淮出神地看着远处，脑内却构设出来那道圆锥曲线题的坐标图。

操场上放的音乐不知什么时候换了下一首，他也没有注意。

刚刚，在教室憋闷得几乎喘不动气的闷热，好像又渐渐消散。躁动不安的心脏平静下来。

他无意摸到裤兜，忽然摸到一支不知道什么时候揣进去的中性笔。

江淮一愣，接着立马拔了笔，从地上拎起张前几天被雨淋湿，还没有干透的破烂卷子，在上面潦草地画出图来。

他还记得题干和第二小问要求的是离心率。

江淮做数学题一向是灵感型选手。灵感到了，什么辅助线他都画得出来，灵感没来，看着题干睁眼瞎。所以，薄渐才建议他做个错题本，多整理一下基本题型和基本思路。

昨天他写作业没灵感，但今天在天台，灵感就到了。

这里画一条切线后就有两个三角形相似！k值相等！

江淮浑身的血一下子热了起来，笔尖刚蹭在粗糙的卷面上，刷刷刷地响。

昨天，他磨了半个小时也毫无头绪的一道题，今天五分钟就解出来了。

他一屁股坐在地上，转着笔看着卷子，觉得人生圆满。

他以前从来没有发现做出一道题，居然是件这么有快感的事情。

江淮坐了半晌，翻身爬起来，"啧"了声，把笔重新揣回裤兜，准备下天台。

他另一边沉甸甸的裤兜里，手机忽地振了下。

江淮这才想起来，上天台是来看毕业典礼的。他原本还准备拍几张照片。

他稍顿，但也没再回栏杆边，拿出手机，拧开了天台门。

BJ：“我要上台了，你现在有在看吗？”

江淮轻嗤一声。

真正的强者：“又不是你的毕业典礼，有什么好看的？”

BJ：“你是觉得我演讲不好看还是我人不好看？”

江淮相当无情：“都不好看。”

消息是这么回复，他人却又松了门把，折回身去，回了天台栏杆边。他懒洋洋地背靠着栏杆，身后是楼边沿，大片绿茵茵的操场，砖红色的跑道。今天是个好天，江淮仰起脸，被日光刺得微微眯了眯眼。

国歌响起，人都静下来。

他安静听完，也没再看薄渐又给他发了什么消息，把手机话筒凑近唇边，自言自语似的，说：“考试加油。”

他下了天台，但下到二楼，江淮还是没忍住，调出微信界面，看看之前薄渐又给他发了什么消息。

他看见两条消息，一条在他的语音之前，一条在他的语音之后。

第一条：“今天儿童节，记得来找我要糖吃。”

第二条："嗯。加油。"

薄渐直到第四节课快下课才回来。

第四节课上生物，江淮百无聊赖地转着笔听生物老师讲最后两个专题——生物技术的安全伦理和生态工程。到这周，生物的新课程就算是全部学完了，从下周开始总复习。

其他学科的进度慢些，物理和化学都还有小半本书。

他稍抬眼，扫过从后门进来的薄渐。

薄渐刚刚从毕业典礼回来，校服衬衫白得发亮，系着根细细的黑领带。

江淮觉得剩下的小半节课，都上得有些心不在焉。

第四节课铃响，放学后五分钟、十分钟……

教室里人走了大半，江淮才终于吝啬地扭头过去，瞥了后桌一眼。后桌也没走，低着头，执着钢笔在练字。

他练的是英文作文的书写。江淮见过薄渐平常不写英语作文写的英语，

ABCD 都写得蛮有特色，也好看，但一到考试作文，这家伙写出来的字母基本跟阅读理解的印刷字体一模一样。

江淮一度怀疑薄渐这是打印了篇作文上去，但薄渐刚刚写完，墨还没干，一抹一手黑。

钢笔笔尖向纸面微微浸进墨去。

江淮盯了薄渐的英语作文纸好半响："你上生物课就写英语作文？"

"嗯。"薄渐轻声回应，"闲着没事做。"

江淮："……"

江淮静了会儿，敛了表情，话题转得极为生硬："那你还有糖吗？"

薄渐抬眼，江淮闭嘴，两人大眼看小眼。

没半分钟，江淮觉得这种主动向人要糖吃的行为极其幼稚，更生硬地说："随便说说，今天不是——"

"喏。"薄渐放了笔，从桌肚找出一个半个巴掌大的黑色精致小盒子。他用一根手指推到桌前沿，江淮眼皮子底下："你要吃吗？给你准备的。"

江淮又静了。

其实，江淮不喜欢吃糖。他不喜欢吃甜的，也不喜欢带甜味的东西。

他向薄渐要糖，只是因为薄渐今天和他说儿童节有糖吃。

这是个很精致的小礼盒。

江淮扔泡泡糖似的往嘴里扔了一块巧克力，一口咬透，一股浓郁的焦糖味，却微发涩，软而滑，一抿就都化掉了。

"儿童节快乐！"薄渐说。

江淮喝了口水缓了缓，刚想也回一句"同乐同乐"，薄渐又说："叫哥哥。"

江淮："……"

叫哥哥是不可能的，这辈子都不可能。

但江淮倒忽然想起来件事，稍顿："你几月份的生日？"

他记得薄渐说比他大几个月。他是十二月的生日，那离薄渐的生日应该不远了吧？

薄渐笑起来："九月二十四号。"

江淮忽然有些紧张。他拧了瓶盖，把水放到边上，觑过来："那你想要什么生日礼物吗？"

"不急。"薄渐轻笑道，"还远着呢。"

"九月不远了，现在已经六月了。"江淮反驳。

"没有。"薄渐说，"我想和你一起过生日。"

江淮愣了一下。

薄渐挑起一枚焦糖生巧抿掉了，不紧不慢道："如果觉得亏欠我，可以多叫我几声哥哥。"

江淮："想得挺美。"

学校从六月五号起就放假了，低年级的学生离校前把教室整理好，桌肚清空，多余的课桌清出教室，最后学校往各个教室门口贴上一张白纸：第几号考场。

去年，他们清空教室的时候也没太多感想，还挺高兴能放个假，但今年清空考场，就有不少同学开始想明年的事了。

下午临放学，班级走廊外排了几排的多余课桌。

卫和平拉着江淮感慨，从去年入学感慨到明年预备毕业，追忆过去，最后展望未来，顺道再回顾一下自己名字的渊源，他爷爷给他取名"卫和平"就是希望他去当兵。

江淮听得耳朵生茧。薄渐恰好从教室后门出来，睇向江淮这边。

卫和平还拉着江淮感慨人生理想，但环顾四周，忽地又话锋一转："哎，淮哥，明年这时候就是咱们这届毕业考试了，等放学了老师来贴考场号和封条……要不你拍张照留念一下？"

江淮："我拍这个干什么？"

"这都是一年一年的时间啊！"卫和平说，"你不是有个相册吗，都贴了十几年了，你再把现在也贴全了，等十几年后……多珍贵啊！"

江淮沉默了一会儿，靠在墙上懒懒散散地道："相册不小心丢了，以后不用贴了。"

卫和平猛地一愣："丢了？"

江淮："嗯。"

卫和平不大敢信江淮说的话，江淮有多宝贝那本相册，他一清二楚。那上头贴的都是些江淮以前在旧城区住，还没上小学就留下来的照片。

这本相册丢了，那些照片找电脑备份都找不回来。

他不敢信，江淮相册丢了，居然还能这么风轻云淡。可江淮也没必要骗他。

"你没去找找？"卫和平问。

江淮声音低了些："找不回来了，不用找……别问了，反正就一本相册。"

薄渐脚微顿，似乎在等江淮。

江淮瞥见他，稍稍仰了仰下颌，意思是"你先走吧"。

卫和平也听出来江淮心情不好，也不想多提这事。他叹了口气，转眼就瞧见江淮还在给薄渐使眼神。

卫和平："……"

夏天终于来了。

沥青道被太阳烤得发焦，浓绿宽大的法国梧桐叶失水发蔫，蝉鸣渐噪，拉长了此起彼伏的焦躁的车鸣。

考试这两天，都是大晴天。

骄阳当空，校门口撑起一把把拥堵的遮阳伞。

考试开始，全国禁鸣。

江淮倒很平静，没什么感想。

明年就到他了，能考几分，他尽力而为。

他这大半个月里，都一直在恶补数学和物理。放假这两天，他准备象征性地背一背英语和语文。江淮这两科一直不好不坏，底子还可以，不至于考得太烂，但短时间内也很难立竿见影地有大进步，只能多做几张卷子试试。

其间，卫和平第一天放假晚上十一点，约他出来撸串，江淮就推了。

他最近生活作息都很规律，放假也六点起床，洗漱刷牙，出去锻炼，买两份早点，七点半回来，八点开始复习刷题。

卫和平一听，当即大受震撼，连声感叹"士别三日，当刮目相看，淮哥这是要崛起啊"，然后找许文杨几个撸串去了。

他们学校学习风气好，有人自律学习，大家不至于冷嘲热讽，艳羡的倒是有一大堆。

于是，江淮当天晚上就成了卫和平的吹捧对象。

他甚至指地立誓："明年考试，江淮肯定能大获全胜！"

江淮身上背负了卫和平赌上的两百块钱，但江淮本人一无所知。

秦予鹤给江淮打了个电话，江淮照常问候，"最近怎么样""给我打电话是有什么事""想你哥了吗"。

"滚。"秦予鹤气急败坏，"滚滚滚……这两天国内考试吧，怎么样？"

江淮懒洋洋地靠在窗边吹傍晚的凉风："还能怎么样？"

秦予鹤问："明年考试的就是你了，有把握吗？"江淮刚要回一句"还行"，秦予鹤又接着问："T大对门的技校能稳吗？"

江淮："……"

"滚你的，"他说，"你才上技校，我现在能考到600分了，懂吗？"

原本，江淮要说的是"550"，目前这个半吊子水准，最多也就考个550多点。但临到嘴边，江淮多吹上去了50分。

反正，秦予鹤又不在国内，还能查到他的成绩单吗？

就是他吹能考到750，秦予鹤也没证据反驳他。

"600？"秦予鹤听上去相当夸张，"你能考到600？"

江淮嗤道："那当然，我何止600？"

反正都已经开吹了，继续吹就完事了。

江淮："不过，600分也不算高，也就成为每年考生中前面的百分之三左右，勉强能上个过得去的学校。"

按经验来说，江淮想：自己吹得这么明显，老秦估计是要开始拆台了。但秦予鹤居然吹得更夸张了："你现在都能成为每年考生中前面的百分之三了吗？那你现在不就是站在金字塔顶端，招生办抢着要的明日栋梁之材吗？"

江淮："……"

他受不住了："那倒不至于，国内考生基数大，前面的百分之三也好几十万人。"

"话不能这么说。"秦予鹤给他强行解释，"前面的百分之三，放到哪个社会结构里，都是绝对的金字塔顶层！自信点！"

江淮："……"

他给秦予鹤吹他能考到600，秦予鹤直接吹得好像他考到了700。

老秦是他妈派过来给他灌输虚假自信，让他能奋发图强考T大的奸细？

秦予鹤半笑半叹似的舒了口气："你妈和你提过吗，你两年前入学时，成绩跌得厉害……阿姨就想过把你送出国，在她身边，好照顾你，国外学校压力没有国内这么大。"

江淮怔了下，蹙起眉："没有，你怎么知道的？"

"你妈来找我妈问过出国上学的事。"秦予鹤笑起来，"但现在肯定是用不上了。你都能考到 600 分了，那就是栋梁之才，社会希望，苟富贵勿——"

江淮："少说两句，暑假回来少挨打。"

老秦："……"

手机顶上出来条微信消息，江淮划开，是班级群里老林发的公告。打电话时网不好，他懒懒散散地拉开椅子："还有别的事吗，班级群里有事，你没事就先挂了，等你暑假回来我请吃饭。"

"嘟嘟嘟——"电话挂了。

秦予鹤在床边坐了半响，把手机扔到床上，低着头到衣橱前换了件 T 恤。他身材颀长，在拉着窗帘的公寓房间里拉出一道很长的模糊的影子。

江淮在变好，一切都在变好。

他和江淮太熟，所以连江淮最细微的变化都能觉察得出来。

江淮在朝一个更好的方向走。

他和江淮认识十一年了，都没能让江淮有个前往的方向。

放假回来就考试。这种烦人的时间安排，让整个级部一片哀号。

六月九号放假回来还是星期天，这周上六天课。

周日周一考试。

江淮没有拍考场门号留作纪念的想法，倒是卫和平星期天来得特别早，考场的考号纸都还没撕，卫和平拍了两张照片发朋友圈，配字：星河滚烫，人间理想，来日方长。

江淮并没有从这三个看似独立的四字词语中看出任何和今年毕业考试的关联。

考试成绩出得快，星期一考完，星期二就能出级部排名。

考试考得多了，大家就没感觉了。

这次考试江淮自我感觉就是"还可以"，中规中矩。题刷得多了，做卷子也就顺手了。

老林带着成绩单进班时，是下午第二节课课间，是个长课间。

江淮正好在学校便利店买水。他没有水杯，所以春夏秋冬喝的都是瓶装矿泉水。刚拎水出便利店，江淮忽然收到一条消息，来自卫和平。

扶我起来浪："天哪！"

扶我起来浪："江淮，你起飞了！"

为表激动，卫和平发完，还又不嫌多地给他发过来一串感叹号。

江淮慢腾腾地按了几个字："我飞哪儿去了？"

扶我起来浪："考试成绩下来了！你爆炸了！"

这话说得就很像是在骂人。

可能卫和平也意识到了，没等江淮回复，又发了一条消息过来："不是，我说的是你的成绩爆炸，非常好！"

江淮挑了挑眉梢。

真正的强者："我考到700了？"

扶我起来浪："那倒还没有。"

扶我起来浪："不是，我没和你开玩笑，你这次真考得特别好！绝对里程碑式的进步！我去给你拍张成绩单！"

没两分钟，对面传过来一张自然光下稍暗的A4纸照片。

这是江淮第一次从正数，数到自己。

江淮，学号1534，总分600，班级排名第十七。

扶我起来浪："哇，你真的是太牛了！这次考试很难！你级部排名都进前三百了！"

上次，江淮考试还是七八百名，这次直接前进大半！

卫和平觉得他哥们儿简直是个天才，建议T大和P大招生办提前打电话录取江淮。

卫和平有种一把屎一把尿养大的小弟终于出息了的谜之成就感，美滋滋地刷班级群。

有些话当面不好说，班级群也都在刷"牛牛牛"和表情包。

这次考试碾压式进步的人，就江淮一个。

但跟卫和平想的不大一样的是，这好像在江淮意料之中，江淮没有太惊喜，也可能是太谦虚。

"没。"江淮回复，"这次发挥得好。"

卫和平还兴奋着，哪能让江淮谦虚，在微信上吹了江淮一路，就差把江淮吹得天上有地下无，全级部独一份。直到憋不住要去厕所，他才消停下来。

公告栏在教室前门，刚放成绩单，从前门路过时，江淮瞥见门前挤了十几个同学，抻着脖子往里头瞧。

他照常从后门进来，薄渐抬眼，瞥过江淮。

"你这次考得不错。"薄渐主动说。

说不兴奋才是假的，没和卫和平一起兴奋是因为江淮要是和卫和平一起吹牛，他俩能把江淮直接吹出银河系。吹牛这事，江淮是有底线的。

江淮把水放桌上，拉开凳子，向后瞟："我知道。那你考得怎么样？"

薄渐："也还行。"

有了600分打底，江淮有了底气："多少分？"

薄渐似乎想了下，轻描淡写地道："731吧。"

江淮："……"

江淮："您牛！"

八风不动，薄主席是学校第一得分机器。

薄渐合上书，把凳子往前拉了拉，倾身过来："你别和我比，你和自己比。"

"我知道。"江淮失去表情，向后仰了仰，"以后多向您学习，争取早日考到731。"

接着，薄渐问："你接下来还准备继续走读吗？"

江淮有些好奇地问："应该吧，问这个干吗？"

薄渐沉思了片刻，说："我想住宿。"

江淮扭头过来："你想住宿？没必要吧？"

学校是提供住宿，住宿条件也不错，有二人间和四人间。但是来住宿的大多数都是图上学方便的同学，一个星期回一次家。薄渐显然不包括在这类想图方便的同学里。

他来学校住宿，江淮觉得他家司机可能要失业。

"我家太远了，每次来学校都要二十分钟。"薄渐支着头，神情倦懒，语气中带着点认真的意味，像在说一件真实会发生的事，"耽误我学习。"

江淮问："你上课都不学习……还差这二十分钟？"

"最后一年，分秒必争。"薄渐说。

江淮："……"

学校校园网那么多投票比赛，江淮觉得就差一个"学校哪个同学脸皮最厚"的投票。薄渐同学的真实嘴脸一旦败露，就能年年蝉联冠军。

薄渐微微低眼，看着江淮说："但是，我不喜欢和不熟的人一起住，所以我还差一个室友。"

江淮静了。

薄渐又说："差一个和我熟、关系好，还不会嫌弃我的室友。"

江淮："……"

江淮言简意赅地道："建议去人才市场招聘。"

今年会考七月初出的成绩。

出会考成绩这两天，学校还没来得及进行期末考试。

这是这学期的最后一次考试。但比起往常学期的期末考试，这次考试显得有那么一点分量不足，同学们都没觉得太重要，老师也没有多强调。

用老林的话来说，这次考试就是要"好好考，给你们这一学年画上一个圆满的句号"。

今年毕业生成绩是六月二十三号出的。

于是，在期末考试前，江淮就在学礼楼前的公告表彰栏上看见了今年毕业生的录取情况。学校升学率高，江淮入学前，就见学校宣传单上红色大字印着"百年老校，近十年的升学率百分之百"。

公告栏的玻璃框上贴着一张大红纸，印着金字，从上到下，是今年表彰的毕业生的姓名、分数和录取学校。

江淮不是第一次见学校这么俗气地把"金榜题名"给贴到外头，但这是他第一次觉得上面的每一个字儿都这么沉甸甸。

他从前往后数，数出五十二个，没参加竞赛、没有预定、没有推荐、没参加自招，纯靠高考的被P大和T大录取的学生。

最后一个被录取到P大的学生，688分。

江淮第一次有了这么清晰的目标。但这清晰的目标又太远，远得像是和他不沾边。他记得自己去年下学期的期末考试成绩是388分。

蝉嘶哑地叫着。

天气炎热，江淮手心微渗出汗，喉咙却干。

但他想做什么事，就会去做，直到成功为止。

假若眼前有什么障碍，就往前去，直到越过为止。

期末考试的时间定下来了，七月八号开始。八号九号两天考完试，十二号返校，发卷子、发教材、发作业和期末评优，最后正式放暑假。

考试前最后几天，兴许是之前学校为了赶一轮复习的进度，逼得太紧，一把注意力转移回期末考试上，班里的人反倒都松懈下来、散散漫漫。

过去，江淮过得无所事事，昼伏夜出，一天到晚脑子里都在想着些有的没的——一些有关于他自身的事。

他一直怕被人看轻。可当他把注意力放在别处，每天不再揪着这些问题想，才渐渐从别人身上发现，有些人也并非如他过去以为的那么柔弱，人人都要来踩一脚，逼你承认你一无是处。

期末考前一天，薄渐再次向江淮发起学习视频邀请的时候，江淮提起这个话题。

薄渐低笑着，又似叹息："江淮，这个世界上永远有固执己见的人，但他们的声音不是全部。他们喊的声音最大，不代表他们占大多数。你听他们说的话，肯相信吗？你心里觉得是事实吗？"

薄渐瞳色很浅，静静地望着江淮。

江淮像看见一面镜子，镜子里的人是他自己。

"我知道的。"他说。

江俪回来得比预计的早，说好八月前几天，结果七月十一号，就已经抵达B市。

江淮几乎怀疑这是他亲妈找林飞提早问过的，一听十二号发成绩单，连忙定了前一天飞机回国，赶回来给他开期末家长会。

自打上初中，江淮就再没为家长会担心过。

他从小到大没让江俪开过几次家长会，想想江俪坐到他的座位上，听老林挨个分析同学成绩，等分析到他，再发表一两句对江淮同学的看法……江淮就觉得不大行。

江淮原本还想着江俪这么多年没给他开过家长会，刚回国事情又多，家长会这点事他不提阿财不提，江总说不准就忘了。

他和阿财一起去的机场。他俩都刚考完期末考试，两个人的家长会就在一前一后，阿财的在今天下午，他的在明天下午。

三个月没见，江俪拖着行李箱从出口出来。

江淮没缘由地觉得江俪似乎有哪儿变了，不是体态，而是神态。江俪累，常年皱眉头，眉心都皱出一道皱纹，哪怕笑，也像压着什么。

但这次回国，江淮觉得江俪好像比从前放松了不少，说话也不会再下意识地皱着眉头。

母子见面，日常寒暄。

家长会的事，江淮没提，阿财没提，江俪也没提。

江淮松了口气，阿财也松了口气，以为这事差不多能蒙混过关。

然而，刚上出租车，江淮拉上副驾驶车门，忽然听见江俪在后头问："江淮，你不是说你考试考完了吗，明天开家长会？星星我记得是今天下午开家长会？"

江淮："……"

阿财："……"

江淮记得阿财这次考了班里倒数第三。

阿财，完了。

江淮勉强苟活。

十二号返校，上午发卷子，下午开家长会。

盛夏，天亮得早。

江淮六点就起了，但动作轻，没吵起人。江俪昨天刚回国，没来得及倒时差，下午先去给阿财开了家长会，阿财从昨晚一蹶不振，倒床不起。

六点半，"咔嗒"，江淮叼着面包片，轻手轻脚地拧开门，挎包溜了出去。

滑板是他昨天放在楼下楼道的。

他滑得快了，风声呼啸。

滑板在凹凸不平的人行石板道上微微震颤，在腰腹上衬衫仿佛被风熨平了。

江淮挺喜欢这种自由滑行的感觉。

裤兜的手机振了下。他没停，单手掏出来划开，是薄渐的消息。

BJ："早上好。"

江淮笑了声，脚底在板下一抵，板子暂时停下来。

他回复："才起？我都快到学校了。"

其实也不晚，才刚七点，是他起得早。老林让他们今天八点前到教室，他就是七点半出门都来得及。

薄渐那边磨蹭了一会儿，才慢腾腾发过来一句话。

BJ："出不去。"

江淮眉梢挑起来，没理，薄渐又给他发了一条。

BJ："一会儿学校见。"

真正的强者："别迟到。"

七点半，薄渐准时到教室的时候，俨然一副仪容文雅的好学生形象。

江淮转着笔，瞥过后头，轻嗤出声。

薄渐跟往常一样拉开凳子，放下书包，简单地把书本、卷子都整理了下。他手指稍抬，又扣回桌面。

"暑假有安排吗？"薄渐问。

江淮微微后仰："什么安排？"

薄渐："学习安排。"

江淮沉默了会儿，如实地道："查漏补缺吧，到下个寒假，就快一模了……就剩这个暑假了，我争取把每科都复习复习。"

"哦。"薄渐指尖轻敲在桌面上，声音也落得轻，"那暑假后呢？"

江淮没反应："暑假后，跟着学校复习呗，还能怎么样？"

"不是，我说住宿。"薄渐道。

江淮："……"

他扭头过来，看着薄渐，似笑非笑地道："我走读，不住宿。但您要是想住宿，还找不着室友，可以考虑一下买俩床位，住 VIP 单间……您觉得怎么样？"

他就不信薄渐还能脸皮厚到再和他扯淡说"家境贫寒，粒粒皆辛苦"。

"哦。"但人的脸皮厚度大约也是有底线的，薄渐居然没有再试图拉伙江淮去和他一起住学校宿舍。他稍顿，问了风马牛不相及的一件事："下午的家长会，是阿姨来开吗？"

260

"嗯。"江淮瞥他，"你有事？"

薄渐笑起来："没事，随便问问。"

上午没出成绩，单发了各科答题卡和标准答案，原卷在同学们手里。

江淮大致算了算分，算出期末考试好像考得也不错，等上午放学就直接回家了。

下午两点开家长会，所以一些同学会选择留在学校，等到家长开完家长会再一起回家。

但江淮算出他这次考得好像还可以，不说拔尖，倒也不至于让江俪太丢人，就收拾书包，拎了二十几斤重课本和暑假作业回家了。

他来学校是滑滑板来的，回家是打出租回去的。

江淮对向来除了校学生会事宜以外万事不管的校学生会主席，今天上午向老林主动报名当志愿者，下午留在教室积极指引家长入座，为家长答疑解惑这件事一无所知。

家长会从两点开到四点。

好歹放假第一天，江淮再用功也不至于用功到这么分秒必争，一回家，垒好那二十多斤课本和暑假作业，就戴上帽子、带着滑板，去附近公园遛街去了。

没到四点半，江淮回了家。

他推门进来，瞥见江俪在餐桌边喝水，像是也刚回来的样子。他摘了帽子，换了鞋，趿拉着拖鞋也去倒了杯水喝："家长会开完了？"

"开完了。"江淮觑过去，江俪看上去心情还不错。"你这次考试考得挺好，我听你们林老师说你上次考试就考到600了？可以啊！你刚出去玩了？"

江俪这么说，江淮估摸着这次考试又在600左右，和估计的差不多，正常发挥。

"嗯。"江淮回应。

江俪："你的成绩条和你们老师发的文件，我都给你放这儿了，待会儿你自己拿回屋去。"

江淮："嗯。"

"你们林老师这次家长会还特别夸奖你进步大……我听你们老师说这个暑假特别重要，好多会利用时间的孩子就在假期弯道超车，你要想再加把劲的话，假期就多用用功……当然压力也别太大，劳逸结合，你自己安排。"

江淮："嗯。"

江淮哪怕就极其敷衍地"嗯"来"嗯"去，江俪都能絮叨个没完："我早回来了，这个假期你就安心在家。做饭买菜这些事，你们兄妹两个就都不用操心了，我知道我不在国内你俩一直点外卖吃，不像个样子……"

江淮放了水杯，低眼问："妈，你现在已经辞职了？"

其实江淮没必要问。他知道他亲妈能回来，百分百早辞了职，哪有公司能没来由让人请一年假。

但江俪愣了一下，江淮从她神情里捕捉到细微的不自在："还没，也不算辞职，这个职位还在，因为……算了，这些事你就不用管了，你毕业前这一年，我肯定是在家陪你。你好好去做你想做的事，不要留遗憾。"

江淮微蹙起眉，没听懂江俪的意思："你没辞职是怎么回来的？"

"这个事……还没到和你解释的时候，你就不用关心了。"

江淮默然。

静了许久，江俪叹了口气："薄渐这个孩子，真是好啊！"

江淮："嗯？"

"不但学习好，懂礼貌，还特别热情，特别积极。"江总说，"我一进教室，他就主动来告诉你的座位在哪儿，帮我倒水、拿东西，一口一个阿姨的叫。看见走廊门口有垃圾，都主动捡起来扔到垃圾桶里去，还帮老师搬文件、擦黑板，哪个家长去问他，我看他都特别有耐心，手脚勤快，又有班级责任感，薄渐这孩子，真是，唉。"

江淮："……"

江总还在兀自感叹："今天家长会，薄渐还上去分享学习经验了，我们这些家长，谁不知道薄渐啊！不过，今天家长会薄渐家长没来。薄渐说他爸爸妈妈上班都忙，没空顾及他，他就来家长会做做志愿者，算是自己给自己开家长会了，太懂事了。"

江淮："……"

他亲妈见着的薄渐和他认识的薄渐还是同一个人？不说薄渐这家伙这两年来从来没参加过任何对学生评优无效的学校活动，单说这位薄大少爷，他爸妈什么时候去上班了？

"他爸妈都忙，也没空接送他，所以薄渐说他最后一学年准备在学校住宿……"江总斜瞟儿子一眼，"但薄渐还没找着合得来的室友，所以他问我能不能让你和他一起去住宿舍，到时候下了晚自习，你有什么不会的题，还可以回宿舍问他。"

江淮："……"

"我觉得可以，就暂时帮你答应了。到时候你可以住一天走读一天，这样你们俩都方便。"江总稍顿，"就是我觉得如果你要和人家一起住……收敛点，少欺负人家。"

夏天的味道是种闷得人头晕目眩、像被晒得融化的胶皮似的沥青味，也是种暴雨冲刷后混着草叶、泥土的潮湿味。

夏天来了。

秦予鹤原定是七月十五号回来，但临时又参加了学校的什么假期活动，拖延到八月，回国没有一个星期，就又要飞回去上学。

秦予鹤还美其名曰"不耽误你暑假学习"。江淮纯当他胡扯。

上回江俪向江淮夸完薄渐，并表态十分支持江淮和薄渐做舍友后，江淮就给这位有耐心、又懂事、手脚勤快，还极有班级责任心的薄主席打了个电话。

"怎么，"江淮靠在椅背上，懒洋洋地笑，"您什么时候又背着我换人设了？"

薄渐："我哪儿换人设了？"

"您上回给自己的定位还是弱不禁风，离了朋友就不行的仙子人设。"江淮被他这副"我干什么了"的语气给逗乐了，"怎么，这才几天，您又换阳光正直、热情积极的三好学生人设了？"

"不冲突。"薄渐低声笑着，"我哪儿弱不禁风了，原话明明是需要被人疼爱……需要被人疼爱和我对人热情积极冲突吗？"

江淮："……"

江淮问："那您的意思是您是既正直阳光、天真烂漫，又娇弱无力的烦人精？"

薄渐居然还"嗯"了声，又说："差不多，但你换个词，烦人精听着太难听了。你是我朋友，不能这么贬低我。"

江淮："……"

江淮跟他扯不下去了："您要点脸，我给你打电话是想问你，你要到学校住宿舍，你爸妈能同意？"

薄渐："能。"

江淮静了会儿。其实对他来说，住不住在学校无所谓。在学校住，好处是上学放学方便，中午也不用待在教室，和薄渐当舍友，问个题也方便，但坏处是每天要面对这位烦人精室友的各种"惹事"。

好半晌，他问："那你爸妈知道你是和我住在一起吗？"

"肯定要和他们说的。"薄渐轻声说。

不知道薄渐他爸妈会不会同意，反正江俪是举双手赞成。他亲妈甚至还想着薄渐天天放学回宿舍能给他讲题。薄渐不天天搞事，不影响他第二天上课，江淮就谢天谢地了。

薄渐轻描淡写地道："我爸妈挺早以前就知道你了，这些事你不用担心。"

江淮："挺早以前就知道了，多早？"

"在他们见到你本人以前。"薄渐轻笑一声，"想知道我爸妈对你的印象？"

江淮干笑道："那你说？"

他完全不知道薄渐他爸妈对他有什么印象。他见过薄渐的爸爸，也见过薄渐的妈妈。

听筒那边安静下来。好久，薄渐说："我爸妈好像对你……能武不能文的人设不是很满意，可能是怕你欺负我。"

江淮："……"

江淮觉得薄渐他爸妈可能是听说了自己许多"光辉事迹"。

这个暑假作业依旧多。

但江淮过得倒没上个寒假那么兵荒马乱，只是临到开学，还有一大沓作业没写完。

作业变多了，但他也变强了。

这个暑假是江淮过过的最安分的一个假期，也是他从小学一年级上学到现在，第一次在放假的时候给自己做了时间计划表的一个假期。

他看过薄渐的时间计划表。尽管薄渐这家伙天天上课不是在阅读古今中外的课外书，就是在练字、写作业。

那是一张从起床到晚上睡觉，精确到每一分钟的时间计划表，甚至上课看哪本课外书都写在上面，唯独没算上他去打扰江淮学习的"时间计划"。

江淮的计划不至于这么夸张，就是潦潦草草地一画，小学生下五子棋似的画出一张小破表，临到当天清早锻炼身体回来，再往小格子里填"今日小江计划"。

期末考试他总分考了607。分数还行，做那套卷子时也属于正常发挥。其中物理87。从49分考到了87分，按二班物理老师的话来说，江淮这属于"特大进步"，值得特殊表彰。

但江淮感触不大。

"小江暑假计划表"是张因为江淮力大穿透纸背的丑字儿而显得破破烂烂的8开纸，被江淮暂时用双面胶粘在书桌桌面上。

8开纸背面列着一列数字，最顶上是688，下面是几门学科——语文、数学、英语：138，物理：100，化学：92，生物：82。

这是他如果考到688分，每科要达到的平均成绩。

今年录取的毕业生里，裸分考上P大的最低分就是688。但明年的分数线只会比今年的高，不会比今年的低，因为今年考题据说是十年内最难的。

江淮把它写在背面，即使在背面，每次看到计划表，也都觉得什么在发沉。

从600到700，比从300到600，还要难得多得多。

薄渐晚上常常会找江淮视频，和往常一样，通着视频，薄渐不说话，江淮也不说话，两个人都各做各的事。一开始薄渐睡得比江淮晚，慢慢地，变成江淮比他睡得晚。

薄渐会嘴上说一句"晚安"，掀开被子，躺下，眼睛却还是盯着刷题的江淮看。

江淮是自由的。薄渐常常想，哪怕同样是努力，同样是向着更优秀的方向去，他活在永无满足的自我期望和他人期望里，江淮却是仅仅想去做一件事。

江淮想，就做了。如果他不想，就不做了。

"也不一定非要去T大。"薄渐轻声说。

江淮侧脸轮廓晕在灯光里，显得没往日锐利。他微顿，停了笔，偏头瞥过来："我什么时候说我非要去T大了？"

薄渐笑了，顺着他说："好，你不去T大，那你想考哪儿？"

江淮暂时不想承认他想考T大，因为目前还没这个水平。

但薄渐这么问，他语塞了一下，敷衍道："考出来再说，能去哪儿算哪儿。"

接着，他转了话题。他一面够过闹钟，现在十一点整，调了个五点半的闹钟；一面问："你不是快过生日了吗，准备怎么过？"

江淮早查了日历，薄渐生日那天，九月二十四日是星期二。

刚开学，又在学校，卡在一个星期的中间，这就很难找人一块儿开个派对庆祝庆祝，晚上又有晚自习，顶多趁中午放学出去吃个饭。

这么过生日，未免稍有些心酸。

"不是说了吗？"薄渐唇角微勾，"我要和你一起过。九月二十四日就不算我的生日了，等你生日那天再一起算。"

江淮抬头，好半晌，挤出句话："你确定？哪有这么过的？"

主要他生日那天也不是好日子，他俩一个是星期二，一个是星期四，没一个能赶上放假。

"怎么不能？"薄渐理由倒颇多，"还省事。"

然而，江淮并不觉得薄渐这事儿精做事是主要考虑"省事"的："我生日那天晚两三个月也就算了，还是周四，咱俩在学校宿舍订外卖庆祝生日？"

这不但心酸，还寒酸。江淮一边说，一边想。

薄渐："怎么不能？"

江淮："……"

他委实没想明白薄主席什么时候开始走"随便""都行""我不挑"的亲民路线了。他微挑唇角："您不嫌这嫌那，那我都行。那您想要什么生日礼物，提前说？"

"生日礼物这种事，"薄渐低笑道，"不应该是你给我个惊喜吗？你现在问我，我能怎么回答？"

江淮："那我就随便送了。"

"不急，这不还有四个多月吗？"薄渐说，"慢慢来。"

他稍起身，把手机调了调："十一点多了，睡吧，别睡太晚。"

"嗯。"江淮扣了笔，也正好做完一套针对英语阅读的练习题。他伸了个懒腰："一会儿洗漱完，我就睡了。"

七月底，开着窗，连灌进来的风都是温热的。

夜极静，偶有的车鸣遥远得像夜晚太静耳朵产生的嗡鸣。

手机扔在书桌上，江淮去拉了窗帘。

今晚是个好天，月亮明亮，依稀看见的几颗星让江淮想起最近刷语文作文素材本背过的大段大段优美描写。

江淮安静地站了会儿，走回来，睡觉去了。

柯女士第一次得知儿子开学准备去学校宿舍住，舍友还是江淮的时候是在开学前一个星期。

第一遍听，她疑心自己听错了。

柯瑛："你刚才说什么？"

于是，丈夫又和她说了一遍："等九月开学，薄渐准备去学校住，他说学习任务紧，住学校方便。"薄贤咳了声，又泰然地道，"他舍友是江淮。"

柯瑛："……"

"那你怎么到现在才和我说？你答应了？"柯女士音调陡提一个八度。

薄贤咳了两声，声音降下来："这件事吧，我觉得……"

"还你觉得？"薄渐瞒她也就算了，薄贤每次还都靠不住。

她瞪着薄贤，好半天没找上话。

薄贤声音缓下来，安抚似的："其实这件事，你不用太担心……就让孩子去做他喜欢做的事吧。"

柯瑛瞪他："我是他妈，怎么能不担心？"

"你总是担心薄渐做他不应该做的事，但薄渐没有你想象的那么不成熟。"薄贤叹气道，"他有责任心，知道为自己的行为负责。有些事没亲身经历过，也分不出对错，就尊重他的意见，让他自己做选择吧。"

薄贤一说，柯瑛觉得也对，有些动摇。

薄贤揽过妻子的肩膀："现在的小孩都早熟得很，你就不用在这儿瞎操心了。我在薄渐这个年纪，都能打工养活自己了。"

听了一会儿，柯女士自己也觉得有道理："唉，算了。"

关于这个暑假的安排，半是班委提议，半是老林组织，他们班在学校附近用班费租了一间空闲的辅导班教室。假期没有别的安排的同学可以去教室上自习，老林偶尔来巡班，有不会的地方可以答疑解惑。

江淮一个星期会去个一两天。

他这个暑假安排多。如果把每天的时间计划表都填满，能填进去很多很多很多事。

临八月中旬，秦予鹤才回来。

这次回国，秦予鹤就在国内待一个多星期，返程机票已经订好了。

秦予鹤八月二十八日的飞机。

江淮去送的他。除了江淮，还有秦予鹤的姐姐。秦予鹤有个比他大七八岁的姐姐，他姐姐有近一米八高，手脚修长，戴着副银丝眼镜，看着精干且锐利。

秦予鹤短暂地和江淮告别了一下。

"祝你明年考上 T 大。"他说。

江淮笑了下，没再和秦予鹤吹牛："借你吉言。"

秦予鹤："那我走了。"

江淮："嗯。"

今年年底秦予鹤不准备回来了，说："明年见。"

江淮笑着说："明年见。"

秦予鹤走了，江淮和秦予鹤的姐姐一起出的机场。

暑假在家，有江俪负责日常三餐，俩月过去，阿财的脸都圆了一圈。

江淮倒没胖。小江日夜劳苦，熬夜苦读，早上还要出去到楼顶遛弯，反倒瘦了两斤。

住宿手续是暑假提早联系老林报名办的，学校九月一号正式报到，住宿生提前一天就要返校，把行李搬进宿舍收拾好。

住宿分两个档，双人间和四人间。双人间贵，两张单人床带一个小卫浴，四人间便宜，上床下桌，也带一个小卫浴。

薄渐理所当然选的贵的双人间。

八月三十一号，去教室报到签名。

江淮准备上午报到，等下午再把衣服、被子、床垫、枕头这些住宿该带的东西都一块儿带过去。

今天是个好天，天热，江淮戴着顶黑棒球帽遮光，肩后挎着的包是空的，但他滑滑板刚出小区门口，后背的汗就透到校服衬衫上了。

薄渐昨天说他今天上午搬行李。

江淮怕热不怕冷，没挨住，带着滑板，打了辆出租。

一上车，他就发消息："到学校了？"

薄渐回消息倒回得挺快："到了。"

江淮："在宿舍吗？"

薄渐："嗯。"

江淮："哦。我上午去报到，下午再去宿舍。"

薄渐："为什么要分开？"

江淮："宿舍没空调，就俩小破风扇，天太热了，收拾不动。等五点以后吧。"

薄渐："你还是过来一趟吧。我找人装了空调。"

江淮回了个问号。

还没等江淮发其他消息，薄大少爷又蹦出条新消息。

薄渐："我给全校宿舍都装了空调，所以你不用怕宿舍条件特殊。"

江淮愣了一下，又回了三个问号。

薄渐这意思是……为了自己宿舍有空调，就直接给全学校的所有宿舍都装了空调？这就是有钱人的世界？

薄渐："另外，我稍微把宿舍改了改，床和桌子都换了，还有卫生间的马桶和淋浴喷头。但看上去不会有太大变化。"

除了一串问号之外，没有别的能表达江淮的心情。

薄渐："你知道的，我不喜欢用别人用过的东西。"

江淮："您怎么不直接把东西隔壁两间宿舍都打通，一块儿给您用？"

薄渐："那不行，太嚣张了。等我住完，我还要再找人把墙装回去。"

江淮："……"

合着薄渐这家伙做事还是能想到"太嚣张了"这句话的啊！

就这，薄渐前段时间还信誓旦旦和他说过生日"省事就好"，他"什么都不挑""很好满足""不用费太多心思"。

江淮："AA？"

薄渐："不用。"

江淮："那您换自己的就行了，别换我的。我不介意用别人用过的东西。"

薄渐:"不行。"

江淮深呼一口气。

严格来说,薄渐并不算有洁癖。他爱干净,喜欢整齐,但还没有到洁癖的程度。准确来说,他就是一事儿精。

照常是许文杨管开学报到。

班里报到完,江淮去了学校宿舍楼,他是三栋二楼。江淮已经做好了一推门进去,里头凑堆全是来装空调、搬桌床、刷新漆、换厕所、撅地砖的装修工头的准备。

如果薄渐刚改装完,江淮估计这大半个月还住不上学校宿舍。

但他进了二楼,走廊上很安静。

他宿舍号是211,在走廊尽头。

门外听不到动静。江淮挎着书包,拧开了宿舍门,没锁。

开了门,他只看见薄渐。

长桌明净,抵在窗前,窗开着道细缝,宿舍楼外的树木挤进一点浓绿的叶子。薄渐撑在桌上,穿着干净的白色衬衫,正拂走窗外的枝叶,准备把窗户合上。

宿舍里没有工头,也没有装修的刺鼻味道,东西或许是换了,都崭新干净,熏着清淡的香气。

薄渐偏过头来,望向江淮:"你来了?"

新的学期来了。

江淮想,去年这时候,万万没想过明年的今天他会和薄渐住进一间宿舍。

他走过来,嗅了嗅味道:"你什么时候改的宿舍?"

"在你答应我之前。"薄渐说。

不知道谁把薄渐出资"捐助"学校宿舍安空调的事给发到校园网上了。

校方一向阔绰,教室安装多媒体,实验室配置显微镜,上百套都是说换就换,但毕竟是公立学校,还不至于能从政府再申下款来给学校六百多间学生宿舍挨个装空调。

学校住宿生两千多人,一开学,校园网炸锅了。

顶得最高,在首页三天都没下来过的一个热帖——

"从今天起，薄渐，是我亲哥！"

入学第二天，摸底考试。

这次考试只考四门：语文，数学，理综，英语。

暑假用过的那张"小江暑假计划"被江淮从书桌上撕了下来。那张 8 开纸破破烂烂、密密麻麻，江淮用中性笔写满了字，又一小条一小条、一小行一小行地依次用红笔打上钩。

但背面还是干净的，背面依旧是那一列数字。直到开学前一天，江淮在那一列数字旁边又画了几列潦草的破格子，格子上面，从左到右，是各种考试的时间。

这是他剩下的所有时间，倒计时开始。

像大富翁游戏，现在他站在起点，终点是六月。

开学第三天下午考完最后一门英语，同学们从各个考场回教室，把课桌排回去。讲台上挤着六七个刚刚从老师办公室回来的各科课代表，一人拎着一沓标准答案数好发下去。

刚开学，哪怕最后一学年，大家也都久别重逢，兴奋得不行。

教室吵吵嚷嚷，混着乱糟糟的纸页纷迭声。

直到老林进教室，班里才稍安分下来，同学们各自坐回去。

这次摸底考试不算难，好多题都是从暑假作业集上找的，主要就是为了检查同学们有没有认真完成暑假作业。

考完英语，还有一节班会课。

今晚有晚自习，算是有史以来的头一节晚自习。

"都安静安静，课代表发完答案就都赶紧回座位上坐好。"老林腋下照旧夹着沓纸，到讲桌前拍了拍桌子，"摸底考试，这就算是考完了，考得好不好也都不用再想了。当然，那些好好做暑假作业的同学肯定都是考得不错。趁放学前，咱先开个班会。"

他捻了口唾沫，数出四大排同学的数学卷子："这是今天的数学作业，我先发下去，今天的作业就是对着答案把卷子改过来，这张把正面的题都做完。"他边走边道，"咱们班有一年没换过座位了，新学期，新气象，我排了座位表。许文杨你去把多媒体打开，座位表在电脑桌面，这个班会你们照着新座位表把座位换一换。"

老林话刚说到一半，赵天青大惊失色，朝江淮凑过头来："江哥，要换座位？"

江淮瞥他："好像是。"

赵天青："那我岂不是不能和你当同桌了？"

江淮："好像是。"

赵天青如遭雷劈。

江哥绝对是完美同桌——人狠话不多，天天给抄作业，还不计较。

赵天青还没来得及哭，许文杨就把新座位表调出来了。

江淮抬眼看，稍愣了一下。

他和薄渐的位置没动，还是后门这儿的前后桌，就调走一个赵天青。

赵天青的座位变成刘畅的了。

卫和平觑过前桌刘畅的脸色。刘畅一张脸红了绿，绿了红，红红绿绿，颇为斑斓。

老林倒不觉有异，走回讲桌："现在就开始换座位吧，快点换，待会儿我还有别的事要说。"

"老师。"刘畅一咬牙，突然举手。

老林一愣："刘畅，你有什么事？"

刘畅记得还没开学，他妈和他说她去找了林飞，等开学换座位，就给他换一个挨着好学生坐的位置，可谁能料到林飞把他排进江淮跟薄渐那儿去了。

刘畅站起来，静了几秒，指着讲台左边："老师，我申请到讲台边上坐。"

班里猛然哄起一阵压抑的笑。

老林满头雾水，没看明白怎么回事。他心想：江淮和刘畅去年那点事不早都和解了吗，怎么还这么记仇？

江淮仿佛事不关己，照着答案改卷子，头也没抬。

但老林还没问，又瞥见最后一排的一位同学举了手。

"薄渐，你又有什么事？"

薄渐起身，慢慢地说道："老师，如果刘畅换位，我也想换座位。"

老林："你想换到哪儿？"

薄渐稍抬手，往赵天青的后脑勺上一指："我想换到这儿来坐。"

他有自己的理由："江淮太高了，坐我前面挡我看黑板。"

江淮中性笔笔尖在卷子上戳出一个洞。

薄渐，现在是江淮的同桌兼舍友。

薄渐同学带着他的课桌和板凳搬到了江淮同学的隔壁。

江淮捏着笔，似笑非笑地瞥过来："不怕烦？"

薄渐笑着："那你就看看我会不会烦。"

换到学校宿舍住，对江淮来说区别也不大。

学校管得不严，很多时间都让学生自己安排。

薄渐改过的宿舍乍一看和其他宿舍差别不大，但只有住进去，才能发现薄渐把宿舍从灯管、柜子、床桌到卫生间的配套设施全都改了。

多格嵌墙扩容衣橱，防雾镜子，智能自动化马桶，还多出些加热器、加湿器、小型便携式制冷箱，甚至还有熏香这些七零八碎的小物件。

开学没几天，薄渐还不知道从哪儿抱回一盆茁壮生长的小薄荷，放在窗台上养着。

这是江淮用眼睛观察到的，还有些用眼睛看不出来的，江淮不知道，薄渐也没有说。比如薄渐换成了隔音墙，换了门，又把宿舍门给漆成了跟其他宿舍门一模一样的颜色。

在住进宿舍的第一天，江淮无意敲了下墙，就觉得这墙和普通墙不大一样，随口问："你有没有觉得这墙被敲时的声音听上去很奇怪？"

薄渐刚刚洗澡出来，正在给窗边的小薄荷浇水。

"有吗？"他微抬眸，轻飘飘地道，"可能是学校宿舍楼质量不好。"

刚开学，作业不多，今天江淮没从教室捎卷子回来。

薄渐拢了拢衣服，放下小水壶，坐到床上，道："天黑了，我觉得该睡觉了。"

灯熄了，宿舍暗下来。

开学第一个星期，学生会职位竞选。

江淮没关心过去年的学生会竞选。他不认识学生会的人，学生会职位竞选的投票权也不是对全校同学都开放，最后竞选结果只看校领导的意见和参与学生会职位竞选同学的投票互选。

去年，薄渐连任校学生会主席。

学生会职位竞选的公告帖会在校园网上置顶。在去年公布的各项投票率中，薄渐连任校学生会主席的得票率是百分之八十一。

今年的竞选结果也一样在校园网出公告帖并置顶。

最近校园网倒热闹。毕业生离校，新生入学，按照学校"惯例"，新生不但要军训，还要到校园网上了解学校的"风土人情"。

江淮难得又登了次八百年没登过的校园网账号。

这次他没往下拉，直接点了最顶上的红色置顶公告——

"秋季学期校学生会干部竞选结果公告"。

最顶上，他看见薄渐的名字。

薄渐，学号0001，校学生会主席，得票率百分之九十八。

薄渐连任三年。

江淮视线在那串学号上停了几秒。

新的学年，薄渐还是0001，他是0474。

江淮那张扔在家里，没带到学校里来的"小江暑假计划"背面又多出几个数字，多出一个0474，还有一个10。

0474是他的新学号，10是他下个月考试和上学期期中考的考场号。他会在十号考场考试。等到期中考试出成绩，学校会再根据期中考试的成绩重新排期末考试的考场。

一号考场刚好有一百个人。如果要进一号考场，就要考进级部前一百名。

从星期一到星期五，每天的生活都像复制粘贴，乏善可陈。

自习，上课，课间整理，上课，课间休息，上课……

江淮却奇异又敏感地觉出别的什么东西好像离他更近了。生活里的事情变得稀少，注意力就会转移到生活的细节上。

江淮渐渐地发觉他会多注意路边行道树枯黄的枝叶；常青灌木丛上的落灰；落日余晖时云彩被风卷出的形状；天气晴朗时夜晚闪烁的星子；还有下晚自习，和他一起往宿舍走时薄渐的神情。

可能是题刷多了，命题作文也没少写，江淮想起一个自认为俗气的命题：热爱生活。

BOHE

YINJI

第十章
毕业

时序更替，夏天又悄然过去。

刚进十月，下了场断断续续的雨，天骤然冷下来。

学校栽了许多银杏树，明黄的扇子似的小叶子落进被雨水浸泡的泥土里。

十月的考试，江淮考了自入学以来最高的一次分数。

上次摸底考试他分数也高，是因为摸底考试卷上的题都是直接从暑假作业里摘的，全级部普遍都水涨船高，平均分都摸到600多。

现在六门学科都开始第一轮复习了，一天七节课，六门学科挨个往下排，一天一门至少有一节课。其他课中，唯独还剩的是每周两节的体育课。

这次考卷据说是级部各组老师依照去年毕业考卷难度出的题，因为级部大部分同学都刚刚开始复习，还没有覆盖多少内容，所以这次考试出题偏难。

这次考试江淮属于超常发挥——644分，级部排名第一百零一。

学校尖子生多，640多分是排不到一百名的，但是这次考试全级部都考得不行，考完级部主任揪着级部各组组长老师开了好几天的会，全级部从老师到学生都愁云惨淡，除了江淮。

说不兴奋是假的，尽管江淮曾经自认是个泰山崩于前而面不改色的成熟强者，但是这次考试成绩下来，江淮破天荒地在公告栏成绩单前看了将近二十分钟。

这次考试他的语文作文还入选了级部的模范作文，并印出来，全级部各班统一发放。当然，模范作文也不止他这一篇，一共有十来篇。

他这篇还被班里语文老师特地讲了讲。

语文老师原话：“这篇作文，大家也看得出来，书面不大行，肯定是要扣印象分的，但最后还能得55分，我觉得里面的结构，和一些名人名句的使用就很值得大家学习。”

薄渐的作文理所当然也在印刷的模范作文里，且是结构和书写双优的模范作文，总得分59，但这没影响江淮在语文老师精讲薄渐作文的十多分钟里，一直对着自己的作文"孤芳自赏"。

薄渐斜睨他，用手肘轻碰了他一下："有那么好看吗？"

江淮面不改色道："何止好看，我都准备裱起来。"

薄渐笑了："贴在宿舍床头？"

"裱两份，一份贴在宿舍床头，一份我带回家，贴到……"他稍停，继续说，"贴到我的桌子上。"

江淮原本想说贴到相册上，但忽然想起来相册前面都烂掉了，后面再贴一页也没有什么用。

他道："全文背诵。"

薄渐："嘚瑟。"

江淮否认："我才没有。"

最近，江淮在想等到生日那天，要送给薄渐什么生日礼物。

说实话，对江淮来说，生日的意义不大，但他不想太草率地对待薄渐的生日。

学校里不少人知道薄渐的生日在九月二十四号。

那天薄渐没请假，一天从早到晚，每个课间都有人来班里找薄渐送生日礼物。薄渐认识的人多，认识薄渐的人更多。

江淮去年这时候和薄渐不熟，没注意这么多。

薄渐端惯了那副滴水不漏的好学生面孔，礼貌客气，让人错以为他们送给他的东西都会受到珍视，他们对他来说也是关系不错的人。

江淮不是第一次发现薄渐假。但看着薄渐这家伙前脚还对着人笑，人走了后脚就把送的明信片扔到垃圾桶里，他还是没忍住问："你这人怎么这么虚伪啊？"

"我虚伪吗？"薄渐偏头问。

江淮："您说呢？"

薄渐沉默了会儿，轻声说："我虚伪。别人可以说，但你不可以。"

到十一月份，江淮都还没定等生日时要送给薄渐什么礼物。

薄大少爷不缺钱，喜欢什么玩意儿，都能给自己买齐，用东西还挑，像有强迫症似的，平常用的笔都是一个牌子的，墨水也都是那个牌子的，换别的墨水，说味道不对，不好闻，不习惯。能让这位大少爷天天用他从学校便利店买来的五元三支的中性笔给他批卷子，那可真是他祖上积德。江淮心想。

怎么给一个已经无可救药的事儿精买生日礼物？

江淮觉得这事只有一条出路，就是去问事儿精本人，让事儿精给他指定礼物，限定款也行，没出的新款也行，只要能买着，江淮就去给他买。

但江淮去问，薄渐就是"都行""随便""没关系"。然而，一把"你想要我送你什么礼物"换成"我送你本书怎么样""我送你支钢笔怎么样""我送你个手工艺品怎么样"，薄渐的回答就变成了"不要""不缺""手工艺品是你自己做的吗"。

是才怪。江淮心想：他要是世界非物质文化遗产手艺传承人，还能在这儿上学，受这些气，天天想着多考几分上 T 大？他早都上国家纪录片的专访了。

他觉得把这辈子的耐性都磨在薄渐身上了。

薄渐都不要，他就继续问："那你想要什么？"

薄渐："都行。"

江淮："……"

"不想挨揍的话，"他皮笑肉不笑地道，"我劝你再回答一遍这个问题。"

薄渐像是被恐吓到了。他安静地看了江淮一会儿，低笑道："我没答案的，你送我什么都要。我生日不重要，我是想给你过个生日。"

江淮也静了会儿："可我也是这么想的。"

他也想给薄渐过生日。

天冷下来。

江淮最近喜欢上了拍照。他拍得不好，就是用手机拍两张，但他忽然喜欢上了把日落、渐渐枯败的树叶和冲刷在玻璃窗上的雨滴都拍下来。

他没有相册可以用了，也不准备再买本新的，不准备把这些照片印出来，就单单存在手机里。

他以为这一年会过得很长，但有天整理手机，才发现自己不知道什么时候拍了七八百张照片，并发现已经十一月了。

里面还有七八十张是拍的薄渐养在窗边的小薄荷。小薄荷没有九月份那么羸弱了，多长出好几根细细软软的枝子，挺着小小的叶子。薄渐天天半夜给它浇水，并没有把它给浇死。

江淮现在还是会去"锻炼身体"。

久了，习惯了，就无关"强不强"了，他依旧重度迷恋那种飞跃、失重、失控，喜欢这样的强刺激和对自己最细微的肌肉反应的掌控感。

因为学习任务重，早上有早自习，晚上有晚自习，语文的文言文、古诗词和英语的3500词到现在江淮还没背明白，上学时，他待在学校就不再出去"锻炼身体"了。但他会腾出星期天的一整个下午。

私立学校的旧校区拆了，城东旧区也已经划进政府改建，有跑酷青年在公园临时搭了个障碍跨越的场子，但没摆几天，也被城管强制拆走了。

江淮几乎一个星期换一个地方，才找出两三处大致还能跑得起来的场子。

江俪一直不知道她儿子玩的是一失误动辄就能断腿碎骨的跑酷，江淮一直骗她说出去是在玩滑板。

因为临近毕业考试，所以江淮收敛不少，且几处慢慢新熟悉的场地都相对来说安全许多。

期中考如期而至。

每回江淮考试，江俪都比江淮还紧张，考完试回来，还没下来成绩，仨人吃饭她做了一满桌的菜，一边给江淮夹菜一边欲言又止，就是不敢问江淮"这次考得怎么样"。

她紧张，又害怕江淮看出她紧张，学习有压力。

江淮就主动说了，说这门考得怎么样，那门又考得怎么样。学校发了标准答案，他对完答案，对出大概得分是多少。

等成绩下来，跟上次考试分数差不多，正常发挥。

因为期中考试还要简单些，覆盖知识面不多，级部普遍分高，所以江淮级部名次跌到一百七十多名。

下次考试和期末考试依照这次期中考试的排名来分考场，江淮是三号考场。

"小江暑假计划"的背面又多出一行潦草的记录——"03"。

他用铅笔在旁边写了一个模糊的"01"。

他希望明年三月，一模考试能在一号考场。

今年是个暖冬。

到十二月份，学校的银杏叶子都掉了个净，慢慢晕红的枫叶也渐渐浸出蒙着寒霜的干枯的深褐红色，层层叠叠地堆在树底。

但还不算太冷，江淮日常单衣套单衣。

从上个月期中考试完，江淮就一直在给薄渐挑生日礼物。

他原来想送本有收藏价值的旧书，但薄渐挑这又挑那，出版社不喜欢都不要；他又想送支钢笔，但就跟薄渐说的一样，薄渐委实不缺这个东西；最后他又想出来，给薄渐送点和历史沾亲带故、有点格调的世界非物质文化遗产工艺品，这个贵，还得提前老早找人约，但薄渐居然问他是不是自己做的。

他做才怪。

考完期中，江淮就打开了淘宝。

网上有卖那种买家DIY（do it yourself,指自己动手做）手工工艺品的，什么DIY小屋……便宜还方便。

考完期中的第一天，江淮下单的同城DIY小屋快递就到了。

刚好周末，江淮作业都没写，先在家拼了一天这个。拼这种小玩意儿就是纯有耐心，看着挺精巧，但小屋里的床也好、书也好，全都是自己一片一片粘起来的。

江淮还特地下单了个最贵的。贵代表复杂，上下四层的别墅，还带空中花园和游泳池。

于是，到星期天下午，江淮就把他拼了两天三十多个小时，进度还没到百分之五的DIY小屋转手送给了阿财，然后补作业补到第二天凌晨两点。

江淮极恨给人送礼物，尤其是问人要什么，别人要他猜的。

他给秦予鹤、卫和平过生日，都直接问对方要什么，精准对口。他们要什么他就去买什么，不费心，也不至于送人的东西人家不喜欢。

最后，等江淮终于想好要送薄渐什么礼物的，已经到十二月份了。

江淮之所以想出送什么了，是因为他想起来，过完生日下周，薄渐有个校外活动要参加，是个国内外多所大学联合举办的针对青年数学家及兴趣者的辩答赛，今年的举办地刚好在国内。

薄渐总比同龄人多走一步。他很忙，校内课业其实只占很小一部分比例。

薄渐累的时候就不大说话，安静地待在江淮旁边。

他有时候都要十一点多才能回宿舍。江淮正好每天这个点睡，去刷牙、洗脸，薄渐就在后面，微低着眼，低声说："累。"

江淮从镜中看他："别给自己安排那么多事。没必要。"

"不，有必要。"薄渐说，"我好累，不想动了。你帮帮我吧。"

江淮："……"

十二月十二号这个日期委实一般，是个星期四。

下星期四还有场考试。

卫和平是知道江淮生日的。

虽然卫和平一天到晚嘴里叽里呱啦地说个没完没了，其实胆子贼小，从来不敢不写作业、不敢翘课出校——他家管得严，老林要是打小报告，他亲爹能把他绑到门框上吊起来威吓示众。

但是今天卫和平居然破天荒地来找江淮，提议要不今天晚上翘课出去，痛痛快快撮一顿，迎接成年人的世界。

江淮拒绝了。

卫和平表情有些复杂："噢，我知道了，今天晚上淮哥是不是要和薄主席一块儿过生日？"

江淮神情也没多变，靠在走廊窗边，懒懒散散，手搭在后颈："没，想多了。"

晚上晚自习薄渐没在。

江淮一个人占两张桌子，刷了一晚上题。

薄渐说今天晚上他要准备下周的数学辩答赛，晚上回宿舍回得晚些，可能要十点左右。江淮已经习惯他晚回宿舍了，最近一个月薄渐回来得都挺晚。

刚上晚自习，江淮还稍有些走神。直到他熟练地刷了几道物理动能专题练习的选择题，注意力才慢慢回到学习上。

江淮刷题没薄渐专注，但也不容易走神。

学校晚自习是八点半下课，但是教学楼到十点半才关灯锁门。所以下课了，还有不少同学留在教室刷题、写作业。

江淮九点多才出学礼楼。

这个冬天没下雪，只是冷。

教学楼外水管底凝起薄薄的冰壳。学校路灯不算明亮，树叶落尽的细枝干在微黄、模糊的月光下黢黑。

江淮把冲锋衣拉链拉到最顶上，稍缩了下脖子，挎包出了学礼楼。

这几天，薄渐都很忙，几乎早晚都看不到人影。

薄渐走得早，今天早上江淮都没见着薄渐。

但薄渐今早倒是还记得给窗台上的小薄荷浇水。

今天是十二号。

尽管江淮确实觉得生日本身没有多大意义，但可能是期望太多，江淮不想承认，有点儿失落。

现在，他就希望回宿舍能在睡觉前等到薄渐回来。

他的书包里一直放着给薄渐的礼物。

他想不出送什么，因为记得下周薄渐的辩答赛要穿正装出席，他挑了半个月，旁敲侧击地打听了好多人，挑出一条他觉得好看、款式正式、品质符合薄渐这麻烦精要求的领带。

江淮一路磨磨蹭蹭，走到宿舍门口，手机里多了十几张路上随手拍的照片，也没拍什么，就是月亮、晚上的云、树干、人影。

他手拧到门把手上，顺便给薄渐发了条消息："还在忙吗？"

薄渐没回复。

他拧开门，宿舍没人。窗帘紧拉着，廊灯昏暗，宿舍黢黑，只门口映进一截光影。

宿舍灯开关在门边。薄渐把宿舍这几盏灯全都改成了智能可控灯，手机上就有操作软件。但为了装样子，门边的灯开关也没有拆，也可以用。

"咔哒"。

江淮按了一下，但灯没亮。

"咔嗒咔嗒咔嗒咔嗒咔嗒——"

江淮站门边，按了好几遍。灯坏了？

江淮："……"

江淮蹙眉，打开手机手电筒，先进了宿舍。

宿舍静悄悄的，只从窗帘缝泄进一丝摇晃的树影。他关门，挎着书包去开书桌上的台灯。他摸到台灯开关，手机手电筒晃动间在桌子上看见一本书。

台灯没坏。微弱的光亮起来的同时，墙边有什么也微微闪动了几下，投出一束光，映照到对面干干净净的白墙上。

江淮愣了一下。

他看清书桌上那本"书"，是他的相册，或者说是和他的相册一模一样，但没被泼上墨水。

他拿起来，低头翻开一页。

一个薄薄的信封从第一页掉出来，他接住了。

信封封皮上是江俪的字——

"小淮，生日快乐！"

相册第一页是一张画，很细致的画，连头发丝都一笔一笔仔细地描摹出。画没有上色，是用黑色细笔头的笔画的。画上是他和江俪，他只到江俪大腿高，绷着脸，半藏在江俪身后，像是在等谁给他拍照。

这是江淮那本相册上的第一张照片。

江淮顿住了。半晌，他拆开那封江俪给他的信。

墙角设备投在白墙上的光影微微晃动，江淮抬头，看见了江俪。

他听见江俪笑道："今天是你生日，你在学校，我不能陪你一起过。时间过得真快，我都还记得你小学入学的第一天，我骑着自行车去送你……"

他看见信上的字："可一转眼，你就已经长这么大了。我不是那种特别擅言辞的人，要我说我多爱你，也说不出来。我知道我不是个合格的母亲，没给你一个完整的家庭，对你对家庭的照顾也都寥寥……"

江淮安静地往后翻相册。相册上的"照片"都是一笔一画画出来的，有他偷偷拍的江俪，有他胡乱拍的一些东西，脏旧的楼、野草里的蚂蚁窝。

墙角的投影仪投影出江俪的身影。

"但我由衷地希望你有自己喜欢的事，有更好的未来。从过去到现在，你都是妈妈的骄傲！"

"小淮，生日快乐！"

他静静地站着。灯光微暗，影子被拉得模模糊糊。

他往后翻，到小学了，翻到下一封信，是秦予鹤的字。

"江淮，生日快乐！"

秦予鹤没和他提过，但这是秦予鹤的声音，经过电流，低哑了许多，像在讲一个往日的故事。

江淮一页一页地翻。他和秦予鹤的合照、小学的合照、他的小学春游照……细细的黑色笔尖连偶然入镜的麻雀都勾勒得纤毫毕现。

画都是黑白的，墨水早已经干透了。

江淮顿了会儿，继续往下翻，到初中了。

从相册里掉下一封信，是卫和平的字。

卫和平今天上午还在问江淮晚上要不要翘自习出去彻夜狂欢，信却像早写好了的，视频也像早录好了的。

江淮没有拆开信，把信收好，继续一张一张地往下翻。

一张张夹在相册里的信雪花似的纷纷掉下来——倪黎的、刘畅的、赵天青的、钱理的、许文杨的、王静的、老林的……

他一张张地往后翻"照片"——

他入学，倪黎来给他送奶茶的"照片"。

他和刘畅发生好几次冲突，最后又都没事。刘畅给他捏肩送水的"照片"。

他被迫参加校篮球赛，半决赛、总决赛、和球队同学一块儿练习、上场、一次次得分、场外同学欢呼的"照片"。

元旦排练节目，没人上，他又被迫顶上去，被几个女生围着讨论怎么跳舞的"照片"。

他开始正儿八经学习，有不会的数学题，上课标了，下课去问老林的"照片"。

……

一张张"照片"，一封封"信"，不同的字，不同的墨水色。

它们在封皮写着同一句话——

"江淮，生日快乐！"

江淮不知道投影视频放到哪个人了，也不知道什么时候翻到最后一页的。

信在书桌上堆了厚厚一沓。它们被收信人堆叠得整整齐齐，连微微卷起的信封角都被收信人仔细地用手指捋平，一张张地放好。

最后一页没有信，也没有画，只有两页手绘的作文纸。

上面是上次考试江淮曾经信誓旦旦地和薄渐说要拿框裱起来贴在宿舍床头的那篇语文模范作文，里面是他潦草成性的字，却不是江淮写的。

江淮看完了这篇作文。

作文最后一行底下，有一行端正隽秀的钢笔字——

"江淮，生日快乐！"

江淮的手机忽然振了下。

BJ："喜欢吗？"

江淮盯着这一条消息盯了半分钟，才回复："你现在在哪儿？"

BJ："门口。"

江淮去打开了宿舍门。

薄渐站在门外，拎着两个盒子。他微低下眼，望着江淮："我去订了些东西，刚拿回来，可能有些晚。给你的信你都——"

江淮打断他："薄渐，生日快乐！"

江淮是今天凌晨睡的，早上六点还要起床。

清早，薄渐又像往常的每一天一样，向江淮同学发出了"一起刷牙"和"一起洗脸"的邀请。

往常薄渐会邀请江淮和他排排站，一起洗漱，但今天早上江淮没搭理他。

薄渐坐在床边，拉拉江淮的T恤角。

江淮："……"

昨天坏掉的宿舍灯不知道什么时候又自己好了，昨晚薄渐这位对个人生活品质有较高要求的体面的同学，在睡前还把宿舍整理整齐了。

江淮没什么表情，随手在旁边窗台上掐了片小薄荷叶扔嘴里嚼了："松开。"

小薄荷叶"命丧江口"。

薄渐乖乖地缩回手。

江淮这次考试正常发挥。

江淮的正常水准就是级部前二百稍往前。

他不是那种各学科均衡发展的学生，偏科，还偏得挺严重，但他现在瘸腿的不是物理。从上学期开始，江淮私底下刷过的物理套题起码有两本"天利38套"，物理考不好不是因为脑子笨，是因为他入学第一年基本都没上过课。

他做题慢，过去大半年，基本都折在物理上。

现在，理综合起来考，物理 110 分，他基本能稳在 95 分往上。

数学的话，江淮数学一直还可以。老林就是数学老师，讲题出了名的细，课下不拖堂，但基本每次都要到下节课打铃才出教室，为了让同学们可以来找他问问题。

化学和生物，江淮一直都考得还不错。

英语也还可以，他早起，背得也勤。做一张英语卷子没做一张数学或者物理卷子那么费劲，一般一个中午，如果不午休，江淮能刷一整套英语卷子再加几篇完形填空的专项练习。

他用在学习上的时间很多，但出于某种说不清的较劲心理，江淮不愿意让薄渐看见他为了学习这么"废寝忘食"。所以，他拿午休时间刷题都不会回宿舍，买两块面包就在教室待一中午，微信上留一句"中午有事不回去了"。

他没有说，但薄渐大约是知道的。他也一直没有问江淮，就是回复"好"。

那张"小江暑假计划"背面上的每一个数字，江淮都记得清清楚楚。

如果要考到 688，主科三门的平均分就要达到 138。

但他现在还考不到。甚至到毕业考试，他语文都可能远远达不到"138"这个成绩。

语文现在是江淮最拉分的一门课。

他花的心思少，临时背一背也管不上多大用处。虽然上次考试，他语文作文 55 分，还忝列"年级模范作文"，但是语文总分只有 110。一卷满分 90，他只得了 55 分。

努力会有进步，但江淮估计就是从今天开始到毕业考试前，天天学语文，天天背语文，住在级部语文组办公室里，他的语文都考不到 138 分。

周末回家，江淮又草草地在"小江暑假计划"背面写了几个铅笔字。

他立下的目标是毕业考试语文能考到 128 分。剩下 10 分，从别的科里出。

"小江暑假计划"这张 8 开纸越来越破破烂烂，原本只是在正面用中性笔画五子棋棋格似的做了一个杂乱且不美观，只有江淮自己看得懂的暑假学习计划，但现在背面也快被他写满了，都是一个个只有江淮自己知道含义的阿拉伯数字。

最后一学年，时间就愈加紧迫。

各科老师发火时，都常常说一句话："你们知道你们离毕业考试还有几天吗？还不知道努力！"

像有一堵墙，堵得人喘不上气。同学们愈加沉闷。

江淮第一次发觉毕业考试原来是这么沉的一件事，它联系着未来，沉甸甸地压在人头上，让人一天到晚惴惴不安。不是不努力，他中午留在教室刷题，也总有别人没走，也在刷题；他有时洗漱完，十一点多去宿舍楼外透气，一楼的自习室也总是亮着灯。他不知道那盏灯要几点熄，也没有见过那个场景。

这些事，他从没见过，也从没想过。

毕业考试于他是件沉甸甸的事，却与未来没有关联。

他从没想过为未来读书，读书是为当下，做一件他想做的事。

有时刷题刷得多了，刷得头昏眼花，江淮就会从一罐棒棒糖里抽出一根，剥开糖纸，塞进嘴里。然后，他就叼着棒棒糖去天台吹风。

他想：今天还好，明日可期。

到元旦，终于下了一层很薄的雪。

雪是元旦放假前一天夜里下的，江淮在宿舍睡觉，听见簌簌的似雨声的声音。他爬起来看，把窗帘拨开一个角，窗台覆了一层薄薄的有半指厚的雪，连大理石砖的颜色都遮不住。

他还没打开窗户，用手指头拭雪，身后的少年懒懒地道："你怎么偷偷起床了？"

江淮顿了顿，说："下雪了。"

薄渐："嗯。"

"我起来看雪，"他扭过头，"你起来干什么？"

他们刚睡下没多久，还没到十二点。

"被你吵醒了。"薄渐故意说。

江淮："……"

元旦三天假，江淮基本都待在家里，偶尔出去玩一两个小时滑板。他放假在家，江俪总以为她的可怜儿子，一天要写二十三个小时作业，每天都恨不能把菜做出花来。

阿财受江淮"连累"，又胖了两三斤。

到放假最后一天，江俪忽然说有朋友找，出去了一上午。

江淮话不多，和江俪交流也不多，但江俪的交际圈他大致是知道的。

因为江俪几乎没有朋友，这些年她把所有时间都用在工作上，不交往对象，不出去和朋友聚餐。江淮偶然看过江俪微信，里面分门别类的都是各个部门的同事、上司，还有客户。

江俪在国外工作五六年，国内更不可能有什么朋友。

江淮其实差不多猜出来了。

江俪到中午才回来。她拎着一兜菜，心情还不错，换了大衣和鞋。阿财趴在客厅地毯上玩涂画板，江淮今天难得没闷在屋里，在外面慢腾腾地喝水。

江俪过来，笑笑："中午想吃什么？"

江淮放下水杯，从她手里接过菜，装作随意地问："是同事？"

江俪愣了一下。

江淮抬眼："多大？"

江俪沉默了。

"没什么。"江淮拎着菜，轻描淡写地道，"就是如果你以后要考虑结婚的话，总要和我提前介绍介绍我的继父。"

江俪看上去有些紧张地瞥了眼阿财。她犹豫了会儿："你早猜出来了？"

"嗯。"他应。

"也没什么好说的。"和儿子说这种事，江俪有些尴尬，手绞着，不知道该怎么表达，"他追求我，但我没答应。他是我上司，这几天回国来问我的想法。"

江淮被江俪扯着衣服拉到厨房。她轻手轻脚地关上门，没让阿财听见。

江淮问："那你喜欢他吗？"

"我都多大年纪了，还喜不喜欢的。"江俪皱眉，"结婚不是一拍脑袋就能决定下来的事，要考虑的东西太多了，感情只是一部分。你还小，不懂这些。"

江淮诚实地道："那你就是喜欢呗。"

江俪："……"

江俪还是尴尬，不好意思和儿子说这些："算了，这些事都不用你管，你安心学习，你毕业前我不会去想这些事。中午吃什么，土豆炖牛腩可以吗？"

江淮没回答。他看着江俪："那你还想考虑什么？家庭条件？"

江俪:"这个肯定也要考虑的。"

江淮:"那他什么条件?"

江淮表情不多,手却攥了攥。

他心想:江俪这么遮遮掩掩的,可别是给他找了个二十出头的"继父"。

别的他都行,就这让他对一个比他大不了几岁的男人喊……喊叔叔,他也喊不出口。

江俪迟疑地道:"他……不是和你说了吗,他是我上司。"

江淮:"多大年纪?"

江俪:"四十多。"

她看见儿子忽然松了口气似的:"哦。"

江俪皱了皱眉:"他也离过婚,有个女儿,比你大两岁。他这两天回国主要就是来找我的,问我想得怎么样了。他还想和你见一面,我没答应。他不光是我上司,还是我老板。"她有些小心翼翼地看向江淮,"你怎么想的?"

"上市公司老板。"江淮轻轻挑了下眉梢,"我要当富二代了?"

江俪:"你能不能说些正经的?"

"正经的,"江淮低头,"就是结不结婚无所谓,你觉得幸福就好。"

一模定在三月一号。

一直有"一模成绩差不多就是你的毕业考试成绩"这么个说法,所以还没到寒假,家长群就先活跃起来了,积极交流着教育经验。

江淮十分庆幸江俪从来不刷家长群,否则他扛不住。

除夕在一月月底。

今年冬天天气暖,到年底都没有再下雪。江俪已经许多年没有在家过过年,这次她在家,就热闹许多。

江淮不会包饺子,阿财更不能指望,两个人在家过年都要靠外卖度日,但今年就不会了。

江俪从中午就开始忙。今天除夕,江淮没安排复习,下午带滑板出去玩了,临到天黑才回来。冬日天黑得早,其实才五点多。江俪还在厨房进进出出,熬了粥、和了馅、炖了汤,还做了些别的,如酱肉和腊肠。

江淮拎着滑板到门口往里瞧:"待会儿要我帮你吗?"

江俪在揉面。她瞥过江淮脏兮兮的滑板和脏兮兮的手，皱紧眉头："去换鞋，去换外套，把手洗干净。用不着你。"

江淮："哦。"

这是江淮过过的最闲的一个年。

有些活他还是能帮江俪干的，但江俪一直没让他进厨房。

今天，江淮也不想学习，最后和阿财一人一边，光脚蹲在地毯上下塑料小跳棋。

阿财的小腿是先天畸形，小时候做过手术，但是还是没法和正常小孩一样。

江俪说等明年，再送阿财去国外做矫正手术。到时候她复工，把阿财带在身边也方便。正好，不至于江淮去上学，她去工作，阿财一个人被扔在家里没有人管。

江淮对此没意见。

阿财换了新的学校，新的老师、新的同学都对她挺好，可身体上总归还是有残疾。

塑料小跳棋下了一个小时，江淮轻轻松松地赢阿财五把。

阿财输得气急败坏、一蹶不振，抱着自己的跳棋盒愤愤离去。

江淮微眯起眼，手掌撑着坐在地毯上。

打开的电视还在播放新闻联播。

他突然觉得他好像不是一个人了，或者说挺久以前，就不是一个人了。

春节联欢晚会一直播到零点多。

从今年到明年，从旧的一年到新的一年。

电视晚会喧喧嚷嚷，阿财依旧趴在地毯上看自己的动画片。餐桌上摆满了菜，江俪做了许多菜，忙了一晚上，现在还在厨房打扫卫生。

江淮靠在窗边，低眼看着电视。

临到十一点五十九分，中央台右上角显示出一个微透明的计时器。

11：59：01

11：59：02

11：59：03

…………

窗缝透着低弱的冷气。

倒计时，十秒。

电视中的晚会歌舞结束了，一片喜气洋洋的红色，主持人们倒数着距离新年的最后时刻："十、九、八……"

江淮给"BJ"拨了一个语音通话。

"七。"

薄渐接了。

江淮懒懒地笑："接得挺快。"

"六。"

薄渐轻声说："原本就想打给你。"

"那巧了。"江淮说。

电视里人声如沸。

"五、四……"

江淮微微眯起眼，窗外漆黑，"嗖——"地蹿上一束烟花，火花般的四溅迸开。

"嗖"，又是一朵。

尖锐破空的烟花声骤然频繁开来，如同漫天星火，金红青紫，迸裂到一起。

春晚的最后倒数："三、二、一！"

右上角透明的计时转至00：00。

很吵，江淮却听得见薄渐很轻的呼吸。

"听见了吗？"江淮低声说，"烟花。"

学校二月九号开学。

离 模还有不到一个月。

一轮复习已经到了尾巴。一轮复习是三轮复习里时间最长、覆盖知识点最细致、唯一一次系统的复习。老师一直有个"一轮复习定生死"的说法，特用来警示不好好学习的同学。

放寒假前，收拾东西回家，江淮要薄渐把他养的小薄荷带回家。这一盆娇娇弱弱的小薄荷如果放在不供暖的学校宿舍大半个月，必死无疑。

薄渐觉得有道理，于是把小薄荷寄存在了江淮家，临别前叮嘱："你要好好照顾它，不要老薅它叶子，明年你带回来，我还要继续养的。"

江淮："……"

寒假期间，薄渐多次以"探望盆栽"的名义到访江淮家，和江俪相处得十分愉快。

尤其是江俪，每每看到薄渐是这么一个懂事听话有礼貌、想法成熟、不胡闹不乱来，还处处让着江淮的孩子，都心怀愧疚，顺便再敲打敲打江淮，让他不要欺负人。

江淮的脾气比以前好了许多，忍住没有把那盆和薄渐情深意厚的小薄荷连盆带土一起扣在薄渐脑袋上。

到二月份，天气尚未回暖。

但一天到头待在学校能做的事情少，江淮比往常看见了许多没注意到的小东西：譬如灌木枝条上裹在褐色枯皮里的芽；从土里冒出来指头粗、几寸高的春竹；用鞋底碾开去年的枯草底，已经微泛嫩绿的新草。

他手机里存了许多照片，内存不够，也不想删，寒假时他就买了个单反相机。

他没技术，不讲究好看，不讲究布景，就是想随手拍下来。

新年回来，显然能觉出同学们更沉闷。

沉闷的愈沉闷，放纵的愈放纵，像被推到悬崖边的新鹰，要么飞出去，要么跌落崖底。

赵天青是个体育生，却出奇地没有在放纵的那一批里。江淮现在不和他做同桌，但总归还都是坐后排，不远，时常看见赵天青攥着根笔，一副一个头涨两个大的苦瓜脸表情，硬逼着自己写作业。

赵天青四月份体育统考就算过了，文化课的分数线也是有要求的。

这时，薄渐就显出和一众考生的不同了。

别人加紧学习，他课上依旧在看一些江淮看书名都不知道是在讲些什么的书。幸亏，薄渐坐倒数第一排，此类举止才没有得以被他人揭发。

但开学摸底考试完，校园网还是多出一个帖子——

"薄渐还是人吗？有和他同班的同学吗？出来说说他是怎么学的？天天出校参加活动，学生会事还都贼多，却没掉出过年级第一？"

这个帖子一度顶得挺高，但到最后也没讨论出结果。

最后楼主出来总结——

"行吧，懂了，真就是天才呗！不酸了，酸不动，告辞。"

百日誓师这天在二月二十七号。

开"誓师大会"前，校园网有人开帖说这次大会学校原本的意见还是开"誓师大会"，但校学生会找了校领导，讨论沟通后，把"誓师"改成了"给成年的你的一封信"。

但江淮都不关心。全校起誓的"誓师大会"也好，其他什么会也好，他都不关心，他就下去升个旗。

他不是太容易受群体情绪感动的人。

最近，天稍暖和了些。上午第二节课大课间，江淮拎着本语文作文必背素材出的学礼楼。天光正亮，他被刺得眯了眯眼，心想：春天要来了。

在操场，级部二十六个班到指定班级区域排队站好。

大会还没开始，刚刚下课，操场上人松松散散。

今天二十七号，距离毕业考试的第一百天，周四。

下周一一模。

卫和平自己手里也揣着本《必背3500词》，和江淮感慨："大家都这么努力吗？人手一本《必背3500》和练习题？"

江淮神情没变，缩起脖子把冲锋衣拉链拉到顶："下周考试，考前冲刺了。"

不知怎么，卫和平看上去有些感伤："下周就一模了啊！时间过得也太快了吧，我都没感觉，一轮复习就结束了，离考试还剩三个月。"

"嗯。"江淮回应。

他捏着作文素材本的手稍紧了紧。

卫和平扭头："那你想考哪所学校？"

他知道的，江淮想和薄主席去同一所学校。

可这太难了，也就淮哥这样的人敢想，换成自己，想都不敢想，遑论每天逼着自己好好学习，提高成绩，真去努力实现这件事。

江淮现在变了许多，但卫和平又常常觉得其实江淮一点儿都没变，还是他认识的江淮，还是想去做什么就去做，不想后果，不想旁人看法，一条道走到黑，就像他初中那会儿刚认识的江淮一样。

卫和平初中和江淮一个班,但上初一时他和江淮根本不熟。

江淮长得好,属于那种在学校去哪里都有人偷偷看他的男生。但江淮性子独特,别人冲他示好他也不搭理,就只和秦予鹤来往。

卫和平不一样。他长相、学习、家境,哪样都不算多好,还发育晚,初一入学的时候别的男孩子都至少有一米六,而他才一米四多,比班里最矮的女生还矮。

从入学军训,他就被人带头嘲笑长得矮。这些事一传十,十传百,就连隔壁班的同学也听说了他"发育不良"的事。

他没做错过事,可好像每个人都瞧不起他,都拿他开玩笑。

宿舍六个人,五个人都不和他玩。

卫和平记得他找到江淮是在一场考试中。考试要涂答题卡,但他忘了带涂卡铅笔。他前面坐的是江淮,在那之前,他和江淮没有说过一句话。

他不知道江淮会不会借。班上很少有人会给他借东西。即使借了,也大多一脸不情愿,好像借给卫和平的东西再还回来也脏掉不能用似的。

卫和平基本没抱希望,但还是去问江淮可不可以借他涂卡铅笔用一用。

他讨好人讨好久了,别人讨不讨厌他,都看得出来。

在那一眼,卫和平忽然觉得,似乎江淮看他的眼光和江淮看别的同学的眼光没有区别。

他确实看对了。

"你准备和薄主席考一所大学吗?"卫和平问。

江淮沉默了会儿,却没说"是"。

"不算。"他轻描淡写地道,"考我力所能及能够得到的最好的一所学校。"

操场人渐渐多起来。

有老师提早拿粉笔头在红塑胶跑道上划了"片区",这是几班,那是几班,下教学楼的同学依据分区自行排队站好。

在班队前头站了没多长时间,江淮又掉到队尾去了,待在队尾没人管。

江淮拎着素材本一个人去了队尾,也不嫌地脏,屈腿坐到队伍最后头的足球场草坪上。校裤起静电吸起些足球场细小的黑色小塑胶粒来,他大致扑了扑,翻开素材本开始看作文素材。

说实话，江淮挺讨厌写语文作文的，字丑，就是一笔一画地写，也不好看，就只能在内容上加把劲，但他总觉得语文作文都是些套话。

要不是语文作文占60分，他也不可能天天六点起来背鲁迅和尼古拉·阿列克谢耶维奇·奥斯特洛夫斯基都说了什么经典名言。

最近，江淮就很喜欢在作文里引用尼古拉·阿列克谢耶维奇·奥斯特洛夫斯基的名言，看上去唬人不说，一个名字占十九个格，用个四五遍就快一百个字了，考试作文要求才八百字。

但上次作文课他刚被语文老师警告过，不要往语文作文纸上填充无意义的内容。

老林在前头巡逻，江淮坐在最后。

他前面站着的是赵天青，赵天青一米九几，几乎把江淮挡得严严实实。

江淮带了支中性笔下来，低着头有些分心地在作文素材本上勾勾画画。

下周是一模，二模在四月，到五月三模。三模就没一模二模正式了，题也出得简单，就是一套考前的熟手题。

过年回来，基本就是大考连着小考，没有喘口气的空了。

江淮出神地想着考试的事，忽然听见一阵骚动。

前头的赵天青："真随机点？这么刺激？"

他旁边的是钱理，也是挺高的一个男生："串好了的吧？怎么可能随机点，点上去的都是学生会的成员？"

"才不是，叫上去那人我就认识！"赵天青一脸悚然，"那人是十六班的田径体育生，根本跟学生会不沾边儿。幸亏不是薄主席点人，要不然这不得从咱们班叫上去好几个！"

江淮稍抬了抬头，刚刚台上说过什么他没仔细听。

他听了几句赵天青的话，才转着笔出声问："怎么了？"

"江哥？"赵天青扭头，"你没听见刚刚台上说了什么？"

"没听。说什么了？"

赵天青颇为震惊："这次动员大会……不，成人典礼，主题不是'给成年的你的一封信'吗'，所以刚刚台上主持人说校领导不参与演讲，第一个环节是从台底下随机抽取同学上去说说想对成年的自己说的话。"

江淮沉默了半响，慢腾腾地从地上爬起来，扑扑裤子上的灰。他拎着素材本踮脚往前头看。赵天青给他让了让，演讲台上是一男一女两个主持人，他记得好像都是学生会的干事。

一个个子蛮高，身条蛮瘦的男生刚好上台，手背在校服后头，看上去有些无所适从。

主任、老师们在台下坐着。

江淮看见薄渐。薄渐站在台下，微低着头，拿着一本文件夹。隔了很远，面容都模糊，只看见晨日的光在他轮廓线上折上一层浅色。

主持人的声音从话筒传出来："如果让你给成年的自己写一封信，你会写什么呢？"

"我没什么好说的，就是……就是等我毕业考试结束了，我想我……能去那所我一直想去的学校。"男生声音慢慢低下来，"我也没多努力过，但还是……还是想有个梦想成真的机会，没有遗憾，现在想不通的事情也都能有一个答案……"

台底下慢慢静下来，主持人安静地听着。

江淮夹着素材本，懒洋洋地插兜站着："我记得誓师大会一共就一个多小时，还有别的环节，叫人最多就叫三五个上去，不用担心叫到自己头上。"

他回的是赵天青好几分钟前说的话。

赵天青："这倒是。不过一千多个人，抽三五个，被抽中那可真是天选——"

女主持："下面就请二班班队最后那个头发比较长的男生再上台来，说一下你想对毕业后的你说的话吧。"

赵天青猛地刹车，惊恐地看向江淮。

江淮："……"

能在一千五百多个人里头被挑中，这种见鬼的事江淮是不相信概率的。

尤其是女主持人的描述——头发比较长。如果她叫江淮上台的话替换成"请级部所有头发比较长的男生上台发表演讲"，同样成立。

这不是江淮第一次上演讲台。

他从主持人手中接过话筒。

主持人："如果让你给成年的你写一封信，你会写什么呢？"

江淮低下眼，手搭在后颈摸了摸。

底下嘈嘈切切地似乎在小声说什么，他在台上听不清。

他没别的要说的。

"谢谢吧。"他说。

主持人愣了一下,没有听懂:"嗯?"

"如果要对毕业后的自己说什么话的话……"江淮微微侧过脸,轻声说,"去找你应该去找的人,你欠他们一声谢谢。"

欠老秦,欠卫和平,欠林飞,欠江总,欠赵天青,欠许文杨……欠薄渐。

他对上薄渐的眼,看见薄渐用口型对他说:听见了。

"百日誓师"临近末尾,放起轻缓的纯音乐。

江淮坐回足球场的假草坪,但草长莺飞也已不远。

薄渐是最后演讲的人。隔着密密集集的班队人群,江淮坐在最后头,看不到薄渐的脸,只听见薄渐的声音,熟悉而沉静——

"愿你一生有所热爱,一生充满热情,一生心火滚烫,永不熄灭,往更自由的明天去。"

"敬你我,敬理想,敬逆旅。"

学校学礼楼后头栽了许多银杏树。

四月份,圆钝的小绿扇子伸展开,树底的青草冒出来。

天暖和了。

老林找人在教室后黑板上用白色粉笔写了三个大字"倒计时",离考试还有多少天。每天早自习,那个数都会减一。

近五月份,几乎每天都切身可感,今天比昨天更暖和了些,仿佛夏天也有迹可循,近在眼前。

一模成绩下来,江淮超常发挥,考得前所未有的好。

他把那个分数,也记在"小江暑假计划"的背面,似乎T大近在咫尺。

江淮想,如果他毕业考试成绩能比一模考得更高一些,他就能够得着T大。

二模的考场是按一模考试成绩来安排的。

江淮这三年来,第一次进一号考场。

普通的教室考场只有三十个人,但一号考场是阶梯大教室,有一百个人。一排贴了十个考生号,一共贴了十排,薄渐在第一排最左边的位置,江淮在第七排最右边的位置。

从四十号考场考到一号考场，江淮已经实属三个级部都难得一见的"进步模范生"了，但江淮还想离薄渐那个位置更近些。

他这么想，就一定会这么去做。

中午午休，江淮基本没回过宿舍。

二轮复习是专题复习，其实从一轮复习开始，江淮就有个本子，本子从多少页到多少页是哪科，用标签纸贴着。从必修一到最后一本选修，依课本、依单章地记着他哪个具体知识点没明白，需要问；又有哪个知识点明白了，但是做题老是错。等他彻底弄明白了，就把写着知识点的那张纸撕下来。

江淮一直没觉得自己整理错题整理得多，但到二模考试收拾考场前，才发现物理错题本都用完了两个108页的活页本。

不过，他字大，整理错题都寥寥草草，空隙也大，江淮还是觉得其实没抄几道题。

二模江淮考砸了。没别的原因，就是题正好不会。语文考得最烂，原本江淮好不容易把语文提到120分了，这回又付诸东流。语文没考完，答题卡还没往上交时，江淮自己都给考笑了。果然成绩下来：108。

二模发卷子那天是星期五，天阴了一上午。

二模前一个星期，江淮都基本没和薄渐说过话。没矛盾，就是他忙，薄渐也忙。他几乎天天都待在教室，中午不回宿舍，晚上回宿舍刷题刷到快十二点；薄渐在准备一个什么校外的活动，天天准备材料，有时候课都不能按时来上。

早自习出的成绩，和江淮预想的差不多，考得很烂。

但他倒没觉得难过，只觉得什么闷在胸口，压得他喘不上气。

薄渐还是年级第一。但薄渐连成绩单都没去看，赶着又请假出学校了，到下午第一节课才回来。从前，薄渐上课不听课是真的，可手头也有做的事。这是江淮第一次看见薄渐上课睡着了。

这是一节英语课，英语老师没管薄渐。

以前他们班英语老师就说过："如果你们谁的考试成绩稳定在145，上英语课你们就爱干什么干什么。因为这些能考到145的同学，再想提高分数，就不是我上课能教到的了。"

江淮一边心不在焉地在卷子上整理短语句式，一边觑薄渐。

薄渐昨天没回宿舍。

少年的肩膀已经很宽阔，把衬衫肩膀那儿撑得很整齐，额头抵着手臂，江淮看不见他的脸，只看得见一截耳朵。他的头发比江淮的短，也比江淮的硬。
　　到中午放学，大雨就落下来了。
　　第一节课时雨势才渐弱，教室外哗啦啦地响，夹杂着老师讲题的声音、隔壁班讲题的声音。
　　江淮看了一会儿薄渐，意识到什么："你醒了？"
　　"没睡。"薄渐的声音有点哑，撑起头来，侧头看着江淮，"上课太吵了，没睡着。"
　　江淮："……"
　　那还能让英语老师闭嘴，让您睡觉不成？
　　薄渐小声说："累。"他又问，"你累不累？"
　　江淮没说话，听着外面雨声渐渐沥沥。"下节课出去放松一下？"他抬眼问。
　　薄渐："怎么放松？"
　　江淮："你想怎么放松？"
　　"下节课上数学。"薄渐说。
　　江淮挑出个笑："翘掉就好了。"

　　雨还在下。
　　"砰——"
　　篮球摔在地上，溅起细细密密的水花。
　　雨滴渐小，渐细密，末春初夏的雨还是冷的。
　　才下午三四点钟，教学楼都点起了一盏盏灯。透过蒙着水滴的窗看，天是昏黄的。
　　江淮去换了篮球衣和短裤。
　　薄渐什么都没换，依旧穿着校服衬衫和校裤，换不换，区别也不大，出来不过十几分钟就从头到脚淋湿了个透。江淮想不通为什么要在雨天翘课出来打球，也可能没必要想通，只是他乐意。
　　下雨天，篮球场空无一人，球声混着雨声。
　　他仰着下颌，勾手把球投给薄渐，感觉有雨水沉在他睫毛上，抹了抹："要是今天不下雨，就带你出去一块儿玩跑酷了。"

薄渐接过球，站在三分线上把球投进篮筐。他没转头，轻笑道："还不是你非要陪我出来淋雨。"

"滚。"江淮眼皮微抬。

他们翘了第二节课，但第三节课上课铃响，也没回去。

雨愈下愈密，打下几片刚冒出来的绿叶。

江淮从头到脚都浇透了，薄薄的球号服紧贴在身上，手臂都冰凉，袜子湿到脚底。他跟薄渐满场跑，有时候他守薄渐攻，有时候他攻薄渐守，有时候也不跑，就站在三分线外一个球接一个球地向篮筐投。

心脏滚烫，有什么被抛之脑后，压抑着的、不安分的、让人喘不动气的。

其实，江淮一直想知道他和薄渐谁体力更好，大概是薄渐比他好一点，也可能是因为他跑得比薄渐多一点，临第三节课下课，江淮终于跑不动了。雨水细细地凝成小股，从路缝淌过，淌进下水道。

他直接坐到地上，很深地喘气。

头发好像都湿了，江淮感觉一撮头发黏在脖子后头。

薄渐投进一个球，没再去捡，向江淮走过来。

天气愈炎热。

在某个倦懒、困意沉沉的中午，江淮听见第一声蝉噪。

后黑板的倒计时从两位数缩减到一位数，像谁打开了倒计时最后十秒的秒表。"咔嗒"，十；"咔嗒"，九；"咔嗒"，八；"咔嗒"……数到一，闷热的夏天轰然落幕。

惴惴不安的时日将变成一段遥远而模糊的回忆。

考前第三天，住宿生、走读生都要收拾课本、书卷回家备考。

考前最后一个月，江淮过得很平稳。

到最后一个月，老林没再跟以前那样天天追在同学们后头谆谆教导说多学习，年轻人少睡一两个小时不打紧。反倒开始叮嘱班里的同学多休息，不要吃辛辣冰冷的刺激性食物，少运动，省得崴脚扭腿，安安稳稳过好这一个月就行。

六月四号放假，只有上午一节班会。

老林在台上说了许多，从昨天，到今天，到明天。他把准考证一张一张地发下来，他不会煽情，少年们也意识不到这原来是这条同行路的终点，只听着林飞絮絮叨叨，考试注意事项重复了好几遍。

江淮低着头，拿中性笔偷偷地在木头课桌上刻了一个"T"。

但他转头瞥见薄渐一直在看他，就佯装无事把"T"上的中性笔墨水拿手指头擦掉了，手臂一盖，挡住了毁坏学校公共财物的物证痕迹。

放学了。

走廊上嘈杂起来，有家长来。

今天没课，不少同学昨天就把课本跟复习资料都捎回家了。

江俪昨天来过一趟，跟江淮把大部分书都搬回了家。

江淮课桌上还剩几支笔，零零散散地躺着。他抓了一把，把中性笔、涂卡笔、钢笔都拢到一起塞进书包，抬眼问："你走吗？"

"暂时不走。"薄渐轻笑道，"学生会还有事要交接，要等等。"

江淮停了会儿："那我去天台等你？"

"好。"薄渐应。

天热。

早已六月。

江淮换了学校的短袖衬衫，敞着，里头套了件黑T恤。天台热、晒，还有风，衬衫后襟被风鼓得老高，江淮摸摸裤兜的棒棒糖，感觉糖都要化了。

他拆了糖纸，叼着糖棒，靠到天台栏杆边。

穷目所极，都熟悉得不能再熟悉。白色的教学楼，红色的塑胶跑道，秀气、浓青的银杏树。每处颜色，他都看了三年。

江淮没带相机，顺手拿手机拍了两张照片。

他身后哗啦啦地响，是被风掀到栏杆上的废卷子、废公告纸。

他觉得躁，像有什么要破土而出。

"江淮。"

江淮回头。

薄渐在后头，被日光刺得微微眯住眼，看着江淮笑："不热吗？"

"还行。"江淮咬着棒棒糖看他，"你事情忙完了？"

"还没，被放鸽子了，"薄渐轻飘飘道，"所以先上来找你。"

江淮狐疑地看着薄渐，心想：薄渐这家伙放别人鸽子的可能性更大。

薄渐上来时手里拿着个文件板，别着两支笔。

江淮等他过来，往薄渐手里觑："你拿的是什么，学生会的文件吗？"

"不是。"薄渐轻轻地递过来。

江淮看见了，里面夹着一张纸，纸上画的是他，和薄渐给他画的相册用的是同一种勾线笔，线条流畅，可是比起相册上的那些画，多了颜色。

相册上的画都是黑白的，唯独这张，草是绿的，天是蓝的。江淮手里还拎着本红色的作文素材书，也上了色。

没有具体的背景，江淮也分辨不出这画的是哪儿，大概是学礼楼楼前。

画上没有别人，只有他。

画最上面用钢笔写着几个漂亮的字："二班，江淮。"

上面的江淮在笑。

"送你的毕业画。"薄渐侧头望着江淮，"你从前的照片都不笑，所以我在给你画相册的时候就在想，等你什么时候会笑了，我再给你上色。"

江淮一时静然，文件板边上的手指头捏得很紧。

还没等江淮开口说什么，薄渐说："不用太感谢，如果你想报答我，今年九月就在T大见。"

江淮："……"

江淮："如果我考不上呢？"

薄渐稍一思索："考不上也没关系。你再复读两年，等你考上入学，正好叫我学长。"

江淮："滚。"

薄渐笑起来，江淮看着他笑，却也忍不住笑着。

江淮弯腰，从地上随手拾了张纸，把板子递回给薄渐，草草地叠了只纸飞机，从高高的天台栏杆上顺着风掷出去。

风卷着小小的纸飞机往更远处去了。

"毕业了，薄渐。"江淮说。

纸飞机随风去。

随风自由去，往更远去。

（正文完）

BOHE
YINJI
番 外

番外一　T 大

T 大军训一向漫长又艰苦。

蝉聒噪地响，学堂两侧道上高高的银杏树叶子都晒得发软。

这是一年到头最热的时候。

食堂开着冷气，从厚门帘缝向外冒。

正是十二点多，中午饭点，学生掀帘进门、出门。

三五个男生、女生端着餐盘找餐桌坐下。他们是大二的学长、学姐。

"咦，新生今天是军训完了吗？"

"都什么时候了，新生上个星期就军训完了。"

"哦，是吗？"问话的女生有些惊讶。他们几个都是同系的，她凑过头去，兴致颇高地问，"那这届新生里有没有长得帅的小学弟啊？"

"咦，你村里刚通网吗？这届大一新生有个特厉害的学弟，B 市理科状元，拿好几项奖学金入的学，上周新生开学典礼，他就是学生代表。"

"那长得帅吗？哪个系的？"

"肯定长得帅啊，不帅我还说什么，金融系的，我姐妹给我发了他的新生演讲视频。一会儿吃完饭我传给你看看，真的，特别帅。"

"不过，这届新生中也不止一个长得帅的，有个化学系的学弟，军训定向越野第一名。有一说一，我还是比较喜欢这种。"

"有视频吗，给我看看？"

"这个倒没有，但我记得他……"

一个穿着黑 T 恤，戴着顶黑帽子，帽檐压得蛮低，低着眼皮咬着可乐吸管的高个儿男生从餐桌旁擦过去。

这一桌人都未察觉。

"你说的那个人是叫江淮吧？我有印象。"

江淮懒洋洋地单手掀开门帘。

薄渐在食堂门口等他。

阳光明亮。

江淮微眯起眼，手里拿着冰可乐，看向薄渐。

他们走出十几米，薄渐忽然开口："这个周末有空吗？"

江淮嘴里的吸管掉出来，可乐气泡冰凉，咕噜咕噜地在喉管响。

江淮吸了口可乐，冰冰凉凉："没有。"

薄渐："……"

江淮走出几步，回头，薄渐却还在后头站着，眼巴巴地看着他。

不知怎么，江淮笑了，叼着吸管又走回去。

江淮低着头，小声说："也不是完全没有。"

薄渐也笑起来。

他们一起穿过人群。

银杏道长，如夏日绵长。

番外二 小时候

小时候老师教导我们要学会排队，不要占先来人的位置，可长大后我们才知道，这世界上没有几件事是讲究先来后到的。

我始终记得那个夏天。

我从小很受家里宠爱，有一个年长我七八岁的姐姐，还有许多表哥表姐，我是家中同辈中最小的一个。

但我爸始终认为我要独立，要有男子汉的担当，而不是天天在家当一个受哥哥姐姐宠爱的小哭包。

六岁，我上小学一年级。

因为怕我使性子不想上学跑回家，所以我爸把我送去了一所离家很远的公立小学，不到放学点，没有人来接我，不给我一毛钱，让我别想找出租车回家。

那时我六岁，还小，什么也不懂，被领着丢到教室门口，才隐隐约约猜出什么来。我被人丢下了。

我探头向班里看，班里密密麻麻的全是和我一样大的小孩，吵闹、拥挤、哭哭啼啼，还有人踢桌子、踢板凳，吵着要爸爸妈妈。蝉鸣拉得很长，嚷得人头疼。

我从来没来过这么乱的地方，被吓跑了。

没人管我。

唯一一个刚刚毕业的女老师，在教室被闹得一个头两个大，不知道该先安慰谁。

我跑出去，刚出门口，就被一截楼梯绊倒了。

我的膝盖蹭破好大一片皮，又疼又麻，还渗血了。我一下子害怕了，张开嘴哇哇大哭起来。

平常我刮破个小指头，都会有人凑上来对我嘘寒问暖，握着我的手问我疼不疼，可那一天，一个炎热的夏天，我被晒得眼皮上都是汗水，哭到后背冷汗涔涔、眼前发晕都没人搭理我。

只有蝉噪，吱啦吱啦地响。

我哭着想爬起来，一边大声哭一边小声打嗝。我要回家，不要待在这个没人管我的破地方。

我要爬起来，可我哭得脚麻，爬都无法爬起来，又摔回去。

我趴着，眼泪吧嗒吧嗒地掉。

真的没有人管我。

我哭了不知道多久，感觉很长很长很长——长到仿佛我再多哭一秒，就要晕了。

但据江淮事后回忆，他说最多两分钟。

我屁股上被人踹了一脚。

不但没有人管我,问我磕得疼不疼,拉我起来,安抚我,问我为什么要哭……还被一个路过的人踹了一脚。

我捂着屁股回头，眼前哭得一片模糊。

我看见一个小男孩。他和我差不多高，或许还比我矮一些，皮肤很白，手臂小腿都瘦瘦的、细细的，头发剃得很短，居高临下地睨着我，既厌烦又嫌弃："闭嘴，你太吵了。"

我哭得更厉害了:"你……你凭什么踹我!呜呜呜,你踹我,我屁股疼,屁股都破了……"

这大概是我从小就习得的博取别人关心的说话习惯。

其实,我屁股不疼,他只是轻轻地踹了我一脚。

但我故意说得很严重,这样我就是占理的那个了。

小男孩好像有几秒钟的无措,手在裤兜缝搓了搓汗。我趴着哭,他站着看,半晌,他朝我伸手:"我不踹你了,你别哭了。"

我哭着,打了个嗝,眼皮哭得肿,我瞟了小男孩一眼,犹豫好久,拉着这个唯一向我伸手的人的手起来了。

开学第一天,我像跟屁虫似的跟了小男孩一天。

小男孩在前头走,我在后头扯着他的衣服,拉出好长一条线。

他好像不耐烦到了极点,好几次我都感觉他要揍我了,但是我一开始哭,他就又闭嘴了,只让我安静点。

小男孩叫江淮。

那时,我并不知道,从此往后,我跟了他十多年。

江淮脾气不好,家庭条件也不好。

我没听他提起过他爸爸,也没有见过他爸爸。小学一年级,每天放学都是他妈妈骑着自行车来接他。

一开始我和他常常吵架,江淮受不了他去哪儿我都跟着,还有事没事老是哭,哭得他烦;我受不了他这么凶,认识的人里面没有这么凶的,天天动不动就要和我动手。

但我还是哭,一哭,江淮就拿我没辙,和他吵完架,趴在课桌上哭,他就偷偷给我递纸巾,推推我,拧着眉说:"你别哭了,丢不丢人。"

我也不知道我为什么对江淮这么执着。可能是我记仇,始终对班里其他小孩没有一个人来关心我的这件事耿耿于怀,也可能是我从小就知道他心软。

后来,我就和他吵得少了。

我们两个天天一起逛校园、翘大课间,别人在操场做操,我们两个蹲在教学楼楼角看蚂蚁窝,他会拿小树棍戳戳蚂蚁窝,我会往里面灌水,我一灌水,江淮就会皱皱眉,但是不说话。

他心很软，我知道的。

再后来，我们的关系更好了些，江淮会让我去他家。

江淮家破破的，在一个很差劲的小区，我第一次去的时候还很震惊。我姐姐在院子里养的大狗住的狗屋都比这几栋楼拾掇得干净。

但江淮妈妈做饭很好吃，人也很好。

我一周会去江淮家蹭饭三四次。我妈妈知道了，觉得我不应该去这种地方，这种地方卫生不好，也不安全，哪怕那是我同学家。但我爸爸倒是觉得我应该更独立，自己做决定，而不是天天赖在家人身边，指望家人的庇护。

我和江淮蹲在他家楼下，一边戳着蚂蚁窝，一边说着要去哪所初中。

我和江淮都是在学校偷懒，天天东逛西逛的学生，但是我们两个成绩都不错。

那时候，江淮头发还很短，摸上去都扎手。他蹲在马路边，一边低头看蚂蚁，一边说他想随便去个附近的初中，但他妈想让他去另一所远一些，但出名、学费也贵的重点初中。

我抬头问，如果考得上，你可以去那所重点初中吗？

江淮问为什么。

其实，我听到过我妈和我爸准备让我出国念中学的想法。但我还是说，如果你能去那所重点学校，我初中也可以和你当同学了。

江淮愣了会儿，回头，说他知道了，再看看吧。

江淮后来一直和我嘟嘟囔囔说篮球有什么好打的，没有跑酷刺激，但他不记得了，我第一次打篮球，是他教我的。

我第一个球连篮板都没碰到，扔偏出去很远，体育课上好几个同学在笑，江淮没笑，他去捡了球，手腕一勾，把篮球投出去。

篮球正进篮筐，"砰"地落地。

"多练练就好了，没什么难的。"他说。

后来，我就常常找江淮去练篮球。

江淮每回都嘴上说着不情愿，然后和我一起在烈日底下、在雪地上、在细密的雨里，一打就是一天。

有一次，那天下着小雨。

雨不大，站好久，才能湿透肩上的T恤。

我和江淮约了傍晚出来打球，在一个人很少的街头篮球场。

那天是我先去的。

往日一向冷清的篮球场破天荒的有个人，是个少年，看上去年纪也不大，不过十一二岁，但个子还算高。我来打球，有时候也会撞见穿着T恤短裤来打球的男生，但从来没有撞见过穿着衬衫、西裤来打球的人。

他还系着领带，原本熨帖地扎在腰带里的衬衫抻得有些乱。不知道是汗还是雨，把他整个人都打湿了，像从河里捞上来的一样，额前的头发湿成缕垂着。

他喘着气，一个人在球场打球。

他一遍遍地跑，一遍遍地运球、投球，只他一个人，球撞在地上"砰砰"响，像没声音的发泄。

他像是厌烦了，把碍事的领带粗暴地扯开丢到地上。可他投进一个球后，又沉默地把领带捡了回来。

我无故觉得他可怜。

球丢在一边，他一个人抱着肩膀蹲了好久。

少年抱着球走的时候，江淮刚好来了。

那个少年有一张很英俊的脸，我确定他不比我大，但是和他比起来，我和江淮都像是玩泥巴的小孩。

我下意识地往江淮看，江淮却根本没注意到他，径直往我走，扔给我一瓶水，问："你今天怎么来得这么早？"

我接住水笑了："是你来晚了，我一直在这儿等你。"

那天，我们打球打到晚上八九点钟，才勾肩搭背往江淮家走。

江淮搬家了，他妈妈找到新工作，带江淮离开了那个破破烂烂的地方。

江淮妈妈还收养了一个小女孩，我见过，很可爱，可惜腿是残疾的，智力也有障碍，一直没有人肯领养。

初中起，江淮开始把头发留得稍长了。

他头发从前很短，贴头皮的那种，他说这样洗头发省事。

但后来，他就把头发留长了，问他，他就说等会梳头以后给妹妹梳。

但我知道那都是假话。

从前，江淮从来不排斥跟别人勾肩搭背，但那以后就不让人勾他脖子了。

江淮把头发留长的那天，我去把头发剃短了。

江淮看见也没有多说什么，就是多看了看，说新发型挺好看。

我猜江淮没想过，但我想过很多很多次，和江淮一起初中毕业，高中毕业，去同一所大学，大学毕业，一起面对未来。

可这没有实现。

它从我年少的某一个憧憬，变为永无可能实现的空念。

我看见江淮身边多出一个个朋友。

缘分是件奇妙的事，其实江淮和薄渐早见过，只是他们都不记得了。

一切都在向更好的方向去。

人是会长大，明天总会更好。

江淮长大了。

但我还想留在原地，暂时不想长大。

番外三 当下

江淮和薄渐都住宿舍。

但薄大少爷在T大校外另买了套复式公寓，离学校蛮近，到周末会去住住。江淮经常收到来自薄大少爷的同住邀请。

开学事情多，江淮单上课的事都忙不过来。他降分进的T大，他在T大学生里基本排吊车尾。课上的东西要自学的太多，开学第一个月，每天熬夜翻书，江淮又有种回到考前的错觉。

他跟薄渐是在一个学校，但基本见不到面，除非到周末。

薄渐的事比江淮还多，理应也焦头烂额，但事实上薄渐比江淮闲得多，或者说游刃有余得多。

单论上课，他总会提前学，到大学，学校课程进度依旧没跟上他。

十一月多，江淮才慢慢适应下来。

天冷下来。

今早，江俪给江淮打了个视频电话，逼江淮在外套外面围了条长围巾。

江俪在国外还算顺遂，开始和那个男人交往，说年底或许会和他一起回国。

阿财去了国外的小学继续念书，英语不好，学得也慢，但她身边的人都对她有足够的耐心。江俪说江星星的手术在明年春天，腿可能不会恢复成和正常小孩完全一样的样子，但医生说多复健几个月，跑跑跳跳是有很大希望的。

　　可惜，江俪男朋友的那个上中学的女儿和阿财稍有摩擦，听说两看两相厌。阿财天天闷头在家给她画大头丑画，她看见，就会气得吱哇乱叫，扬言要撕掉阿财的画。

　　星期五，江淮十一点多推开的公寓门。

　　下午，薄渐给他发微信消息问今天来吗，但他一直写作业写到十一点，连晚饭都没来得及吃。

　　他有些累，心想：这么晚薄渐估计早都睡了。

　　江淮连外套都懒得脱，懒洋洋地解了鞋带，穿着袜子朝卧室走。只有玄关开着盏灯，客厅、走廊、楼梯都是暗的。

　　他推开门，窗帘紧拉着，黑黢黢的什么也看不见。

　　写作业写到十一点，江淮现在什么也不想干，洗脸都懒得洗，只想睡觉。

　　他草草摘了围巾，拎着围巾曲膝顶到床边，往床上摸索着躺。

　　夜中寂静，江淮只听得见自己的呼吸声。

　　江淮突然听见卧室门被推开的声音，他睁开眼睛："薄渐。"

　　"我等了你一个晚上。"薄渐说。

　　江淮静了会儿。他动了几下眼珠，但黑黢黢的，看不到人。

　　"我不是说我作业没写完，晚上要很晚回来吗？"

　　薄渐把围巾从江淮手里扯出来："我从五点等到你十一点，你一直在写作业？"

　　江淮写作业写得头发晕，一闭眼，眼皮上印的都是矩阵题。他昏头昏脑地躺在床上："我不写作业，还能去做什么？"

　　适应了黑暗，江淮渐渐能看得到薄渐的一点轮廓。

　　江淮大脑疲倦，这几天都休息得不大好，学校节奏快，只能靠自己。

　　江淮懒得去想太久以后的事，也懒得做预备。对他而言，所有关乎太遥远的未来的想法，都是些模糊而未成形的影子。他不喜欢去多想。

　　"别缺课就好了，"薄渐轻叹道，"别一天到晚都闷在图书馆写作业，这样你——"

"薄渐，"江淮轻声说，"晚安。"

番外四 未来还长

二月。

这是一个干冷的冬天，自打入冬，还没下过一场雪。B市气温断点似的往下狠跌，掉光了叶子的法桐枝丫都冻得仿佛要皲裂。

刚刚放寒假没有多久，但一晃眼，江淮这届同学已经大四了。

江淮先从学校回了B市，今年江俪女士带着阿财一起回国过年。前年，江女士成功地和男朋友走进了婚姻的殿堂。江淮在学校，要上课，遗憾赶不过去，阿财举着平板给他直播的婚礼全程——阿财还兼职本场婚礼中的花童。

阿财要快上初一了，可惜还是矮矮的，发旋上长得最高的那一根毛才到江淮的肩膀。

她做了手术，现在腿恢复得差不多了，跑不快、跳不高，但走路是看不出大毛病了。

薄渐又进了学生会，依旧是学生会主席，这个学期和国外一所大学有个为期两个月的交流活动，要晚一些才能回来。

以前的老同学，这些年也一直保持着联系。

江淮刚回B市没几天，就被叫着聚了一大圈。

今天，临除夕夜还有两天，卫和平又攒了个吃喝玩乐的局，把江淮叫过去了。

江淮一到，就看见男男女女闹哄哄的一帮人——都是以前的老同学。有的整四年没见，模样大变，几乎认不出是谁了。

卫和平在其中如鱼得水，吃的火锅，好几张桌。他眼尖地瞥见江淮从门口进来，远远招手："江淮，在这儿。"

四年过去，江淮瘦了些，样子没有大变，头发依旧蓄着不长不短的一截，在脖颈后留着。

外面刮着冬夜的大风，江淮还是以前那样，特抗冻，里头从来不穿秋衣秋裤，外头只套了件长风衣，松散地围着条羊绒巾，露出一截瘦削的下颌轮廓，像白石一样。

卫和平一时有些恍然，好像回到了四年前。

那时候的江淮，就好像一块石头。很硬，外头硬，里头也是硬的，哪怕把他砸开、砸碎了，也还是石头块，扔在那儿，孤零零的。

"薄主席还没回来？"尽管都毕业了，卫和平还是习惯喊薄渐主席，"后天就要过年了吧？"

江淮找了个座："还没，这两天应该就回来了。"

优秀的人果然都忙得脚不沾地，卫和平一阵感叹，坐到江淮旁边："可惜老秦也回不来，外国学校春节都不放假，他在国外一个人都过了多少个年了。"

江淮拿手机扫码，翻着火锅菜单，懒洋洋地道："倒也不用这么夸张。他元旦不是刚回来过吗？"

卫和平："那能比吗？元旦跟农历春节是一个概念？"

嘴上说着是同情兄弟，但卫和平这话怎么听怎么有点幸灾乐祸的意思："老秦在国外这些年连个一块儿过年的朋友都没有，你说到底是他看不上国外的人，还是国外的人看不上他啊？"

"这种事不能强求。"江淮道。

卫和平瞥了他一眼："你是不用强求，反正你有很多人陪你过年。"

江淮："羡慕？"

"羡慕不起。"卫和平连忙摆手。

江淮皱着眉头看了眼卫和平，也没说什么，自顾自地下起菜。

外头天太冷了，火锅沸汤上白气升腾，在这滚烫的新年年意中人声喧哗，人们忙碌拥挤。

江淮喝了点酒，但不多，只让他微醺，在这热烈的欢声笑语中愈加飘飘洒洒、没边没际。

作为当年从知名的年级倒数选手，到后来逆袭，一举考上T大，江淮俨然成了学校此届毕业生中的传奇。老同学们簇着他，好像每一个人都有话要跟他说。

一场聚会，吃到将近十点钟才散。

饭局刚散，又有意犹未尽的提出要一起打车去KTV唱歌，今夜就不醉不归。

此提议一呼百应，老同学们纷纷同意。

可除了酒，原来太热烈的氛围也是能醺人的。江淮已发昏，婉拒了众人的盛情邀请，在火锅店门口，目送着一帮人前呼后应、浩浩荡荡地打了好几辆车走了。

远处万家灯火，冬夜通明。

冷风沿着衣领缝向里钻，江淮收紧围巾。

车灯在他眼前来往，像一条沿着沥青路的河流，奔腾不息。

他漫无目的地在路口站了会，倏地想到了什么，招手拦了辆出租车。车在他跟前靠停，江淮上了车，抖了抖一身在外头吹进的冷气，然后对出租车师傅说了去他们学校西门。

"好嘞。"师傅应，从前视镜里打量了一眼这个年轻男生，"学校不都放假了吗？你是这里的学生？"

"以前是，毕业了。"江淮回答，"放假了，学校没人，我回去看看。"

"噢噢。"师傅咕哝了几句，大概是说自己的女儿也在上学，但当初没有考上这所学校，这学校不好上。

江淮拿出手机。吃饭的时候没注意，江女士发了几条消息，问他几点回来，还有阿财，给他发了一长段抽象表情。

还有薄渐，在十分钟前——

薄渐："我到东郊机场了，给我你的定位，我去找你。"

江淮："你回来了？"

薄渐："嗯。"

江淮："现在还在机场吗？我去接你。"

薄渐："不用了，我都出来了，也不早关心。"

江淮："……"

薄渐："你现在在哪儿？"

江淮犹豫了。窗外灯光黯淡，他低着头坐了好一会，才回了一条简短的消息："在我们的母校。"

但薄渐没有问"为什么突然想起来回学校了"，只很快地回他："好的，我一会儿到。"

聚伙吃饭的地离学校不远。

出租车师傅把江淮拉到学校西门。这里原本有堵上了年头的破墙，但自从那一次外校生翻墙进来后,这里就推倒改成了铁栅栏。

显然,自从改成铁栅栏后,就没有学生翻得进来了,累了厚厚一层灰。

江淮盯着铁栅栏最顶上。他向后退,一步、两步、三步……他向上高高跃起,消瘦的手指狠狠抓住落满灰的栅栏杆顶,因为猛烈的摇晃,栅栏发出酸掉人牙根的金属"咯吱"声,而江淮脚已经踩在了铁栅栏顶上。

他像一只敏捷的动物,从高高的地方,平稳、声音不大地踩回了地面。

同时接到一个电话,薄渐的。

"到学校了吗?"薄渐带着点笑音。

江淮:"到了。你现在到哪儿了?"

薄渐:"我也到学校了。"

江淮下意识地抬头,在周围看了一整圈:显然,都快过年了,一个学校后头的偏巷子里,就他一个人。

"你到哪了?"江淮问,"我刚刚从西门翻墙进来,怎么没看见你?"

薄渐:"学校保安还没放假,我跟他说了声,从正门进的。"

江淮:"……"

极其可恨,薄渐佯装成恍然大悟的样子:"哦,你是翻墙进来的。"

"……"江淮想在聪明绝顶的薄渐脑袋上一个暴扣。

可最后,薄渐还是没有掩住笑,轻声道:"好,那你在西门那边等等我,我现在过去找你。"

放假了,空荡荡的学校熄了灯,树影幽深,唯独栅栏外头的巷子中亮着一盏昏黄的灯。

江淮靠着光秃秃的槐树树干,半合着眼。

不若夏夜,此起彼伏的蟋蟀鸣,冬天的夜晚,哪儿都是静静的,偶尔能听得到遥远得像在另一个世界中的车喇叭声。

在这片安静中,江淮渐渐听到极轻的脚步声,一声声叩着,轻得像是他的幻听。

他睁开眼,要往树的那头,朝学校正门来的方向看的时候,却发现薄渐已经离他很近了,见他扭头,便停了下来。

江淮倏然有种时间倒流回过去的错觉。倒流回四五年前,他在这头,薄渐在那头。薄渐跟着他,他走,薄渐走,他跑,薄渐跑。一路走走停停,而到今天。

而薄渐始终在此。

他盯着薄渐,薄渐又抬脚,慢慢走到他面前来,笑时呼出一团冷白气:"哦,被你听见了。我本来还想突然吓你一跳。"

江淮扭过头,驴唇不对马嘴地说:"新年快乐。"

薄渐稍愣了下,似乎也是没想到江淮能把一句"新年快乐"说得这么突如其来,还没反应过来:"嗯?"

江淮掉头朝教学楼去了,好似后头有狗在撵他,走得极快,还愈走愈快、愈走愈快,到最后几乎是在小跑了。他在前头边跑边烦躁地大声道:"新年快乐,新年快乐,新年快乐……后天过年,祝你快乐,这回听清楚了吗?"

薄渐:"……"

薄渐在原地站了半晌,似是看出来江淮那点别别扭扭、不好意思了,轻声一笑,大踏步跟了上去。

江淮一路跑到学礼楼,他们这一届的教学楼。

天很冷,风很大,但他的手和脸都滚烫发热。

他循着记忆,把一楼外头当年都有点年头了的窗户挨个摸了一遍,最后他找到了,找到一扇坏了锁鞘、锁不上了的窗户。

薄渐才不急不慢地跟过来:"十点多了,你要进去砸学校?"

"抬举。我没您说的那么没公德心。"江淮拉开窗,径直翻了进去。他扑了扑沾在掌心的灰,高高地站在楼内,向薄渐说:"进来吗?"

薄渐望着他,看了江淮一眼,没有多说,也翻进了窗。

整栋学礼楼都没有开灯,可走廊上并不暗。

月亮将走廊地砖、班级门牌和贴在墙上的大学介绍映得清晰。

江淮摘了围巾,脱了风衣,把袖子一节节地挽上去。

薄渐扭过头:"你要干什么?"

江淮躬身系紧鞋带,头也懒得抬:"还能干什么?活动活动。你要是跑不动了,就在这给我看衣服。"

薄渐笑了:"你觉得我跑不动?"

江淮系好鞋带站起身来,眼皮微抬,直直地看着薄渐,挑衅似的:"那你就跟上我,别跟丢了。"

从一楼到五楼,江淮把所有锁上的窗户都打开了,把窗外的逃生梯和水管连接都检查了一遍。玩这个，必须事无巨细，因为是零容错率。

都检查完，江淮攀着逃生梯上了楼顶。他坐在楼顶的水泥台上，手心蹭了厚厚一层灰。

薄渐推开通向楼顶的窄门，慢慢地向他踱步走过来。

江淮撑着，下颏微微仰着，一条腿屈着，一条腿搭在水泥台外，运动鞋后跟一下一下地叩着水泥台底。而他脚下是十几米外的学礼楼楼底。连风也似从他脚下经行。

他循着声，向薄渐转过头，眼皮眯起一些："好了？"

江淮从喉咙哼出声笑，举起手，散漫地晃了一下，似是无声招呼道——

好了？

准备好了？

准备好了，就跟上我。

江淮纵身从五楼楼顶跃了下去，哪怕已经经历过无数次，薄渐喉咙还是有一瞬卡住似的窒息。他匆匆大步走到江淮坐过的水泥台，手心冰凉地向下看——

那个人平稳地落在了四楼窗外一方窄窄的台子上。白色月光下，薄渐看见他手背上暴突的筋骨，他抓着那台子，悬在四楼的半空，脚下空无一物，悠悠晃晃，像挂在一根单杠上。而他还在用腰腹发力，晃动的幅度愈来愈大、愈来愈大，仿佛下一刻，他就会再也抓不住那一点粗糙的台边，失足跌下楼去。

哪怕让不恐高的人在旁看，都几次令人心脏骤停。

而下一刻，江淮松了手。

他疾速下行，攀住了三楼的窗台外边沿。他利索地翻滚上去，在那方仅有半个人宽窄的台子上站了起来，走也懒得往前走，径直远跳到了两三米外的另一方窗台上。他已到了楼角，一根墙外白色水管从三楼伸出，一直下到一楼。

在三楼半空，江淮朝那根水管跳了过去。

他抓住了。

像一只抓住藤蔓的猴。接着，江淮两脚落地。

薄渐一动不动地看着楼下，直到他听见江淮在楼下的一声口哨，才大梦初醒似的猛地回神。

其实，从江淮跳下去到现在，不过不到一分钟。

一个简单"热身"下来，江淮已觉得有些热了。大冬天的，他扯了扯薄毛衣的领子，在楼下等得颇不耐烦，拢起手向楼上喊："别看了，你下来啊！"

薄渐压低声地笑了，解开大衣，太阳打西边出来地没有嫌脏，就直接放在了楼顶。

他斯斯文文地卷好袖子，系紧鞋带，向着他一直在追赶的方向追赶了过去。

冷风掀着窗棂，压进走廊，在楼中穿行。

远远看去，学礼楼中少有的几个声控灯亮了，熄灭，又亮了，又熄灭，像风在楼中轻声喃语，惊起一阵灯火通明。

…………

学校中零点的敲钟声响起。

江淮大汗淋漓，发梢都湿透了，黏在后颈。薄渐远远地把他的风衣抛给他："衣服穿好，别感冒了。"

他靠在天台围栏上，眯着眼，好一会儿沉默。

不知是感叹，还是追忆，江淮轻声道："时间过得真快。"

薄渐侧过头道："但未来还长。"

（全文完）

图书在版编目（CIP）数据

薄荷印记．2 / Paz 著 .— 武汉 ：长江出版社，
2024.5
ISBN 978-7-5492-9429-9

Ⅰ．①薄… Ⅱ．①P… Ⅲ．①长篇小说—中国—当代
Ⅳ．① I247.5

中国国家版本馆 CIP 数据核字（2024）第 075314 号

薄荷印记．2 Paz 著
BOHE YINJI

出　　版	长江出版社
	（武汉市解放大道 1863 号）
选题策划	眸　眸
市场发行	长江出版社发行部
网　　址	http://www.cjpress.cn
责任编辑	罗紫晨
封面设计	小茜设计
印　　刷	长沙鸿发印务实业有限公司
版　　次	2024 年 5 月第 1 版
印　　次	2024 年 5 月第 1 次印刷
开　　本	710mm×1000mm　1/16
印　　张	20.5
字　　数	336 千字
书　　号	ISBN 978-7-5492-9429-9
定　　价	49.80 元

版权所有，翻版必究。如有质量问题，请联系本社退换。
电话：027-82926557（总编室）　027-82926806（市场营销部）